Manuela Martini
Wenn es dunkel wird

In der Reihe X-Thriller sind außerdem erschienen:
Beatrix Gurian: Dann fressen sie die Raben
Susanne Mischke: Röslein stach

Weitere Bücher von Manuela Martini im Arena Verlag:
Sommerfrost
Sommernachtsschrei
Puppenrache
Der Tod ist unter uns

Manuela Martini,
1963 in Mainz geboren, studierte Geschichte und Literaturwissenschaft in Mainz und München und arbeitete anschließend einige Zeit im Werbe- und im Dokumentarfilmgeschäft. Nach mehreren Jahren in Australien lebt sie heute in Spanien und schreibt neben Krimis und Romanen für Erwachsene auch für Jugendliche.

Manuela Martini

Wenn es dunkel wird

Arena

Für Lukas

Die Zitate zu den Bedeutungen der Tarotkarten stammen aus:
Gerd Ziegler: *Tarot – Spiegel der Seele. Handbuch zum Crowley-Tarot.*
Königsfurt-Urania Verlag, 1988.

1. Auflage 2012
© 2012 Arena Verlag GmbH, Würzburg
Alle Rechte vorbehalten
Dieses Werk wurde vermittelt durch die
Michael Meller Literary Agency, München.
Covergestaltung: Frauke Schneider
Gesamtherstellung: Westermann Druck Zwickau GmbH
ISBN 978-3-401-06608-0

www.arena-thriller.de
facebook.com/arenathriller
Mitreden unter forum.arena-verlag.de

1

Heute, am 27. Juli, wurde bei YouTube unter dem Usernamen melkri01 ein mehrteiliges Video hochgeladen. Der letzte Teil vor einer halben Stunde.

Zu diesem Zeitpunkt wurden bereits sechshundertzwölf Viewer gezählt. Vielleicht liegt das an dem hübschen Mädchen mit den Sommersprossen, der blassen Haut, dem rötlich blonden Haar und den intensiven Augen. Es sind die Augen, die den Betrachter nicht loslassen. Sie blickt ihn daraus an, als scheine die Sonne zu hell. Aber heute ist es düster.

Sie ist etwa achtzehn oder neunzehn. Sie trägt ein grünes Kapuzenshirt und sitzt offenbar auf einem Stuhl an ihrem Schreibtisch. Vor ihr steht ein Glas mit Wasser. Im Hintergrund ist eine rötlich tapezierte Wand mit einem Poster zu sehen. Das Motiv ist aus der Entfernung nicht zu erkennen. An die Wand stößt ein Bett mit einer in verschiedenen Rottönen gehaltenen Tagesdecke.

Sie räuspert sich mehrmals, greift nach vorn, richtet offenbar das Notebook mit der Kamera aus, streicht sich mit einer nervösen Bewegung das glatte Haar zurück.

Man fragt sich, was sie zu sagen hat. Dass sie sich von ihrem Freund getrennt hat?

Sie räuspert sich wieder, der Blick aus ihren schmalen Augen wird intensiver. Spätestens jetzt können die meisten wohl nicht mehr wegklicken. Ihre Stimme klingt rau und zittert, als sie zu sprechen anfängt.

Also, ich weiß nicht, wer mir zuschaut. Ich sag es dir gleich vorweg: Ich hab das alles nicht gewollt. Es ist passiert, irgendwie hat es sich nicht aufhalten lassen. Es war wie... wie wenn man sich aus Langeweile entscheidet, in irgendeinen Zug zu steigen, einfach so, und man hat nicht auf der Anzeige gelesen, dass da HÖLLE steht.

Es ist jetzt fast ein Jahr her und anfangs hab ich geglaubt, irgendwann hört man auf, daran zu denken, und vergisst. Aber das stimmt nicht. Ich habe jeden Tag daran gedacht. Und als auch noch diese Mail kam – danach wurde es dann ganz schlimm. Sobald ich die Augen zugemacht habe, war da sein Gesicht. Ich habe nicht mehr geschlafen. Und manchmal bin ich aufgeschreckt und meine Mutter stand vor mir, weil ich geschrien habe.

Ich konnte ihr nicht davon erzählen, denn dann hätte ich ihr alles verraten müssen.

Claas meinte, ich müsste unbedingt die Nerven behalten und mich entspannen.

»Wir haben ein Geheimnis, Mel«, sagte er, »und wir müssen dichthalten. Jeder Einzelne von uns.«

Und dann fügte er noch hinzu: »Du weißt, dass ich mich nach dem Abi in Oxford für Wirtschaft, Politik und Philosophie bewerben will.«

Ich sollte ihm sein Leben nicht verbauen. Das hab ich verstanden.

Jedenfalls konnte ich seitdem nicht mehr richtig schlafen, dem Arzt hab ich erzählt, es ist die Angst vor den Abi-Prüfungen.

Er hat mir Tabletten verschrieben. Ab und zu hab ich sie genommen, weil ich's nicht mehr ausgehalten habe, wie ein Zombie durch die Welt zu stolpern.

Im Café Theatiner in der Fußgängerzone, in dem ich bis vor ein paar Wochen gejobbt habe, ist mir schon x-mal Geschirr vom Tablett gerutscht, ich habe Gläser beim Abtrocknen zerbrochen, ich bin über die Teppichläufer zwischen Kuchenbuffet und Küche gestolpert, habe völlig falsch rausgegeben, meine Monatskarte für die U-Bahn vergessen und im Unterricht – vor dem Abi – bin ich ständig eingeschlafen. Bin einfach für Sekunden oder Minuten weg gewesen. Tests hab ich total in den Sand gesetzt und bei einem Referat hatte ich sogar ein komplettes Blackout. Was mir sonst niemals passiert ist, ich bin nämlich das, was man eine Einserkandidatin nennt. Von den Albträumen will ich gar nicht reden.

Meinen Eltern hab ich vorgemacht, dass es mit dem Abi zu tun hat, ja, dass ich wohl plötzlich so was wie Zukunftsangst gekriegt habe. So ganz haben sie es nicht geglaubt, jedenfalls sieht mich meine Mutter seitdem öfter von der Seite an und hat nebenbei was von Schwangerschaft fallen lassen und dass ich mit ihr über alles reden könne. Ich hab an meiner Ausrede festgehalten.

Ja und nach der Mail wurde es natürlich nicht besser. Deshalb hab ich beschlossen, das hier zu tun.

Irgendwie fühle ich mich damit schon ein wenig erleichtert, obwohl ich weiß, dass es jetzt kein Zurück mehr gibt.

Das war jetzt alles ziemlich durcheinander. Aber ich ... na ja, ich bin ein bisschen nervös, du verstehst auch sicher bald, warum.

Warum ich nicht zur Polizei gehe, stimmt, das wollte ich noch erklären. Ich glaube, die ist bloß an Beweisen und Tatwaffen interessiert. Am Ende ist es denen egal, warum etwas geschehen ist. Aber genau darum geht es doch, oder? Um das Warum, damit man es selbst irgendwie verstehen kann.

Ich fange dann an. Moment, ich hab noch was aufgeschrieben, was ich gern vorlesen würde. Also ...

Ich will bei der Wahrheit bleiben, aber wie man ja weiß, sieht Wahrheit oft anders aus, je nachdem, wer und von welcher Seite man sie betrachtet.

Man sollte auch berücksichtigen, dass jeder Mensch dazu tendiert, sich besser darzustellen, als er ist, genauso wie die meisten ihr Fotogesicht aufsetzen, wenn jemand die Kamera draufhält. Ich nehme mich da nicht aus. Aber das betrifft nur Kleinigkeiten.

Im Nachhinein habe ich mir einiges zusammenreimen müssen, von dem ich nichts mitbekommen habe oder von dem ich nichts wissen kann. Aber im Großen und Ganzen ist das hier die Wahrheit. Okay, dann wäre das geklärt.

Ich wollte eigentlich so anfangen: Es war im letzten Sommer in Südfrankeich... – aber dann hat sich immer

eine andere Szene davorgeschoben und deshalb fange ich jetzt damit an. Außerdem kannst du ja das Video auch wieder zurückspulen, wenn was unklar ist.
Gut.
Also, jetzt fang ich wirklich an.

Er war seit zwei Wochen tot, als ich ihn zum ersten Mal in der U-Bahn sah. Er hat nichts zu mir gesagt, hat nur immer wieder zu mir rübergesehen. Du spinnst, hab ich mir einreden wollen, der Typ sieht ihm nur ähnlich. Es regnete an diesem Tag und er trug ein Regencape, ein schwarzes, und er hatte die Kapuze über den Kopf gestülpt. Er sah genauso aus – wie damals.
Ich hab mich an der Stange festgeklammert, als wäre es meine letzte Verbindung zur Realität. Ich hab ihn wie paralysiert angesehen. Mel, du bildest dir das ein, hat meine innere Stimme versucht, mir einzureden. Aber ich hab nicht wegsehen können und gemerkt, dass ich angefangen habe zu zittern. Und er? Er machte nur eine kleine Bewegung mit dem Kinn in meine Richtung, als wollte er sagen: Guck ruhig richtig hin, denn ich bin's wirklich! Ich bin zusammengezuckt. Und als dann die U-Bahn hielt, drängten Menschen raus und rein und er verschwand irgendwo in der Menge.
Wie lange habe ich ihn angestarrt? Eine Minute? Zwei oder drei? So lange wie die Fahrt von der Giselastraße bis zur Münchner Freiheit dauert.
Danach ist es immer wieder passiert. Mal beim Einkaufen, mal im Theatiner-Café, da sah ich ihn zu den Toiletten gehen, mal auf der Fahrt in die Schule – manchmal

blitzte auch nur für eine Sekunde sein Gesicht irgendwo zwischen anderen auf.

Ich werde verrückt, dachte ich. Und das Schlimmste war, dass ich niemandem davon erzählen konnte. Nur Claas, aber er war keine wirkliche Hilfe.

Und dann, nach einem halben Jahr, im Februar kurz nach Fasching, hab ich diese Mail gekriegt, die alles wieder aufgewühlt hat.

Carolin – das ist Claas' Schwester und sie war mal meine Freundin, aber seitdem das alles passiert ist, hab ich mich von ihr distanziert –, also, Carolin hat mitbekommen, wie ich mein iPhone in der Pause gecheckt habe. Sie hat mich entsetzt angesehen. »Mel! Was ist? Ist jemand gestorben? Du bist ja ganz weiß im Gesicht!«

War ich auch, mir wäre beinahe das Telefon aus der Hand gefallen. So hastig hab ich die Nachricht weggedrückt.

»Ach, meine Mutter stresst mal wieder, was soll ich dir erzählen...«

»Was du mir erzählen sollst?«, hat sie spitz gesagt. »Du erzählst mir sowieso kaum noch was.«

Ich hätte ihr so gern alles gesagt. Aber wir hatten uns geschworen, niemandem unser Geheimnis zu verraten. Ganz schön perfide Sache, oder?

Kannst du dir vorstellen, wie oft ich im letzten Jahr schon im Traum diese Verhöre durchgestanden habe? Fünfhundert Mal?

Es ist immer dieselbe Szene: Ich sitze in einem beklemmenden Raum mit rohen Betonwänden, es ist so eng, dass nur zwei Stühle und ein quadratischer Tisch darin Platz haben. An der einen Wand ist eine dunkle Scheibe und ich fühle mich wie eine Laborratte. Der Polizist, der mich verhört, ist Yannis – auf ihn komme ich später noch zu sprechen. Sein pechschwarzes Haar liegt an seinem Kopf an wie ein kurz geschorenes Fell, seine Koteletten und sein Kinnbärtchen sind scharf rasiert. Er ist ganz in Schwarz gekleidet, hat einen Klumpfuß und kann hinten unter seinem Jackett nicht ganz den Teufelsschweif verstecken. Er stellt mir immer wieder dieselben Fragen:

»Wie heißt du?«

Ich antworte: »Melody Krimmel.«

»Ein komischer Name.«

»Ich heiße Melody nach meiner Großmutter mütterlicherseits. Sie ist Irin und heißt Melody O'Shea. Und ich heiße Krimmel wie mein Vater und seine Familie, die seit zwei Generationen einen Feinkostladen in Nymphenburg betreibt.«

Er fragt: »Weißt du, warum dich die Todesstrafe erwartet?«

»Nein.« Dabei will ich Ja sagen, aber ich bekomme es nie über die Lippen.

Er grinst teuflisch, er trägt etwas in die Akte vor ihm ein und fragt noch einmal: »Weißt du, warum dich die Todesstrafe erwartet?«

Ich antworte wieder: »Nein.«

Das geht so lange, bis er aufsteht und mich allein lässt.

Auf dem Tisch hat er meine Akte liegen lassen und ich schlage sie auf. In dicker roter Schrift steht dort nur

»Schuldig«. Als er wieder zurückkommt, geht alles von vorne los – bis ich aufwache.

Aber zurück zur Mail. Sie kam wie gesagt nach Fasching und ich weiß nicht, wie oft ich die Mail gelesen habe, bis ich zu Hause war. Hundert Mal? Zweihundert Mal?

Der Absender klang merkwürdig, als wäre die Mail dreimal um die Erde geschickt und mit immer neuen Absendern versehen worden. Also, da steht:

»Ich bin nicht tot. Die Wahrheit wird euch einholen. Jeden Einzelnen von euch. Es gibt kein Entrinnen. Die Posaunen heben schon an. Es wird nicht mehr lange dauern. Meine Karte ist der Magier.«

Du hältst mich für abergläubisch, weil ich an solches Zeug glaube wie Tarot-Karten und Magier und so, stimmt's? Aber Fakt ist: Ich habe ihn *gesehen,* ich *weiß,* dass er wirklich nicht tot ist.

Vielleicht wirst du mich ja verstehen, wenn du die ganze Geschichte gehört hast.

Ob Lüge oder Wahrheit, heißt es, der Magier nutzt alle Möglichkeiten, um sein Ziel zu erreichen. Er kennt kein Gewissen und wandelt auf dem schmalen Grat zwischen schwarzer und weißer Magie – und wer immer diese Mail geschrieben hat, weiß, was letzten Sommer passiert ist.

2

Die ganze Geschichte fing letzten Sommer an.

Du musst es dir so vorstellen: Es ist ein brütend heißer August in Südfrankreich, an der Côte d'Azur, grelle, bunte, flirrende Farben wie in einem Siebzigerjahre-Film.

Der Himmel ist von einem strahlenden, blendenden Blau, das Meer noch einen Ton tiefblauer, silbrig blitzen Sonnenreflexe auf sanften Wogen. Weiße Flecken und winzige Punkte, Segelboote oder Motorjachten, gleiten dahin und scheinen weiter am Horizont ganz still zu stehen. Sattgelb leuchtet der heiße Sand in den sichelförmigen Buchten, die sich zwischen die Felsen schmiegen. Man sehnt sich nach nichts mehr als nach einem kalten Zitroneneis, um sich dann dort unten auf einem weichen Badetuch auszustrecken, die Hitze aufzusaugen und dann ins kühle Wasser zu tauchen. Spürst du das Prickeln auf der Haut und schmeckst die Zitrone und das Salz auf deinen Lippen? Und erinnerst du dich an das Gefühl, wie es ist, wenn man aus dem Meer steigt? Es kommt einem jedes Mal vor, als würde man nach langer Abwesenheit die Welt wieder betreten.

Hinter den Buchten mit den Stränden, der Uferstraße und den reflektierenden Karosserien der parkenden Autos erheben sich die mit Pinien und Zypressen bewachsenen Ausläufer des schroffen, in der Mittagssonne metallisch gleißenden Gebirges. Am Abend dann verwandelt es sich in eine feurig glühende Wand, die die unglaubliche Hitze des Tages langsam in die Nacht verströmen lässt. Die Aufwinde der warmen Luftströme nutzend treiben Raubvögel und lassen ihre Blicke schweifen.

Und dann dieser Duft.

Die Luft ist schwer von Salz und Meer, eine Brise weht würziges Pinienharz und betörend süßen Jasminduft heran.

Zwischen Strand und Gebirge krönt ein kleiner Ort die Felsen, eine dichte Ansammlung von verschachtelten, weiß getünchten Häusern mit roten Ziegeldächern.

Der Ort heißt Les Colonnes, was so viel wie »die Säulen« heißt und wohl mal wieder auf die Römer zurückgeht. Les Colonnes darf man sich nicht wie die mondänen, nach Glamour und Stars klingenden Orte Cannes oder St. Tropez vorstellen. Von Glamour hat Les Colonnes nichts. Reichtum verschanzt sich hinter hohen Hecken und Gartenmauern. Genauso wie die düsteren Geheimnisse. Aber dazu später.

Les Colonnes ist vom Jetset und den nachfolgenden Touristenhorden, den neureichen Russen, die an der Côte d'Azur mit Kohle um sich werfen, vergessen worden. Und so gibt es immer noch Läden, die unmoderne Klamotten verkaufen, Bäckereien mit richtigen Backstuben, die den Duft nach frischen Croissants und Baguettes verströmen – und es gibt herrlich chaotische, vollgestopfte Lebensmittelläden, die mittags ihren Rollladen halb herunterlassen, unter dem man durchschlüpfen muss, um im schummrigen, aber einigermaßen kühlen Dunkel die Packung Lieblingsspaghetti zu suchen. Daneben reihen sich in Strandnähe Geschäfte mit allem möglichen Kram für den Strand. Luftmatratzen, Surfboards, Bälle, Sonnenschirme, Klappliegen, Campingtische, Kühltaschen – und das alles in Plastik, hässlich und quietschbunt. Klar, eine Handvoll Bars und Cafés gibt's natürlich auch, in denen zu jeder Tageszeit Espressomaschinen zischen und den intensiven Geruch nach frischem Kaffee verströmen.

Im Sommer, vor allem im August, brodelt der Ort von Leben. Tagestouristen, denen die Hitze nichts anzuhaben scheint, besichtigen die nahe gelegenen Grotten und kehren zum Mittagessen in die Restaurants und Cafés ein, wo ihnen eifrige Kellner blitzschnell und geübt Papiertischtücher über die Tische decken und ihnen ruck, zuck ihr Touristenmenü und gleich die Rechnung servieren, damit sie ohne viel Zeit zu verlieren in ihren Bus oder ihren Mietwagen steigen und weiterfahren können, zurück nach Cannes oder St. Tropez und Nizza.

Die eigentlichen Einwohner trifft man morgens und vor allem abends auf den Straßen und Plätzen, wo sich ihre Unterhaltungen zu einem brummenden Gemurmel vermischen, abends beschienen vom bronzefarbenen Licht der Laternen und begleitet von Musik aus den Bars, dem Rattern der Mofas und dem Klirren von Geschirr und Gläsern. Jetzt fügen sich zu all den Düften noch die von den verschiedensten Parfüms, von Wein, frischen Kräutern und Knoblauch und gegrillten Fischen.

Hier ticken die Uhren anders, habe ich gedacht, als ich damals mit Claas in Les Colonnes aus dem Bus stieg. Im Nachhinein wundere ich mich, dass ich so naiv war. Aber vielleicht kennst du das: Du sehnst dich so sehr nach etwas, dass du dir irgendwann vormachst, es gefunden zu haben.

Verlässt man den Ort nicht über die Küstenstraße, sondern nimmt man die schmale, ins Gebirge hinaufführende Straße, gelangt man zu den versteckt zwischen ausladenden Pinien gelegenen Ferienvillen, mit atemberaubendem Ausblick aufs Meer, kristallklaren Swimmingpools und weitläufigen, üppig blühenden Gärten. Dort leben glückliche, reiche Menschen, habe ich immer glauben wollen – und dass Julian und Tammy dazugehören. Doch das hat sich als Illusion herausgestellt.

Sechs Wochen vor dieser Sache hatte ich was mit Claas angefangen, muss ich vielleicht noch erwähnen.

Du musst dir Claas wie den lässigen Überflieger vorstellen, der in allen Fächern brilliert. Genau – schlaksig, mit braunen, wirren Locken, Hornbrille, einem meist spöttischen Grinsen im Gesicht und einem Blick aus den Augenwinkeln, der einem das Gefühl vermittelt, er wird gleich eine intelligente, witzige Bemerkung über dich machen und du denkst dir am besten jetzt schon eine schlagfertige Antwort aus.

Unsere Beziehung begann auf intellektueller Ebene,

um das mal so auszudrücken. Ich bin nämlich auch eine Überfliegerin.

Claas gegenüber musste ich mich von Anfang an nicht dümmer geben, als ich bin – obwohl mir meine Mutter schon als kleines Mädchen mit dem altmodischen Horrorszenario drohte, als zu kluge Frau würde ich keinen abbekommen, ich würde nur alle verschrecken. Sie ist in manchen Dingen sehr altmodisch, reaktionär fast, aber das nur so nebenbei. Mir gefiel es, intelligent zu sein und von den Leuten für intelligent gehalten zu werden.

Mit Claas, den ich als Bruder Carolins kennenlernte, konnte ich wie mit sonst niemandem stundenlang über soziokulturelle Hintergründe des Zusammenbruchs irgendeines Weltreichs diskutieren oder über die Auswirkungen der Quantentheorie auf die zukünftige Medizin. Ihn interessierte das genauso wie mich.

Wenn wir uns richtig in Rage diskutiert hatten, küssten wir uns – und manchmal auch ein bisschen mehr.

Er war mein erster richtiger Freund, muss ich gestehen. Also der erste, mit dem ich einen echten *freiwilligen* Zungenkuss ausgetauscht habe –, eben nicht so einen wie den von dem Arschloch in der Jugendfreizeit, wenn du verstehst, was ich meine.

Vielleicht kannst du dir vorstellen, wie ich mich gefühlt habe, als Claas kurz vor den Sommerferien sagte: »Ein Freund von mir, dem ich Nachhilfe gebe, hat mich ins Ferienhaus seiner Eltern in Südfrankreich eingeladen. Ich hab mir gedacht, es wäre cool, wenn wir zusammen fahren.«

Und ich sagte: »He, cool.«

Ich hab die Schultage bis zu den Ferien gezählt, und zwar nicht nur einmal am Tag, wie sonst, sondern mindestens zehnmal am Tag. Ja, ich konnte es nicht mehr abwarten, endlich meinen Rucksack zu packen und mit Claas nach Südfrankreich abzuhauen. Die letzten Wochen hab ich zwei Schichten im Café gearbeitet, um noch das nötige Geld zusammenzukriegen. Und ich *hasse* diese Arbeit. Ich hasse den Geruch nach süßem Kuchen und milchiger Sahne, nach Putzmittel, mit dem nachher das Kuchenbuffet sauber gemacht werden muss, ich hasse meinen Chef, der die Frauen anglotzt, und ich hasse seine dauergewellte Mutter, die hinter dem Tresen über jede Portion herausgegebenes heißes Wasser wacht, als wäre es ein Goldbarren. Man kann sich also vorstellen, wie viel mir diese Reise wert war.

Ob ich in Claas verliebt war? Ich glaube, dass ich einfach davon ausgegangen bin, ja, weil es normal gewesen wäre. Schließlich passten wir doch zusammen. Beide Einserschüler, Außenseiter und wir beide hatten ehrgeizige Zukunftspläne. Ich wollte unbedingt Dolmetscherin bei der UNO werden und er, er wollte raus aus seiner spießigen Familie, hinaus in die Welt, am besten als Diplomat.

Und außerdem hat man sich doch in unserem Alter zu verlieben und einen Freund zu haben, oder?

Frankreich also. Bevor Claas und ich bei den Geschwistern eintrafen, hatten Tammy und Julian die Villa zum ersten Mal eine ganze Woche für sich allein. Ihre Mutter musste sich in einem Luxus-Wellnesshotel von einer Knie-OP erholen und ihr Mann, Dr. Wagner, Notar mit diesem typischen Ich-weiß-wie-die-Welt-funktioniert-Lächeln – ich hab ein Foto gesehen –, leistete ihr dabei Gesellschaft. Claas, der ja Julian Nachhilfe gab, war übrigens ziemlich beeindruckt von Dr. Wagner – und Dr. Wagner angeblich von ihm.

Gleich beim ersten Zusammentreffen mit den Geschwistern habe ich für einen Moment ein seltsames Gefühl gehabt.
Ich glaube, es war ihre Schönheit und Vitalität, die mich beeindruckte – und mir gleich darauf suspekt erschien. So, als müsste sich hinter dieser blendenden, leuchtenden Fassade etwas Düsteres, Hässliches verstecken.
Hinzu kam die fast unheimliche Ähnlichkeit. Dabei waren sie keine Zwillinge – Julian war fast anderthalb Jahre älter als seine Schwester. Aber beide hatten das gleiche weiche, leicht gelockte goldblonde Haar, die gleichen leuchtenden blauen Augen, dieselbe glatte und sich in der Sonne so mühelos tönende Haut. Und den gleichen Mund mit den vollen Lippen, die sich beim Lachen weit dehnten und perfekte kieselweiße Zähne freilegten. Sie trainierten ihre Körper auf mörderischen Mountainbike-Touren, steilen Klettersteigen, sie fuhren Snowboard, konnten endlose Strecken schwimmen und waren in all diesen Sportarten auch noch gut. Sie hatten einen Code aus einzelnen Worten, die für uns nicht viel bedeuteten, mit denen sie sich aber ganze Geschichten erzählten, sie warfen sie sich zu wie andere Bälle und jeder musste sich unweigerlich von ihnen ausgeschlossen fühlen.

Ihre schulischen Leistungen waren nicht ganz so überzeugend, erfuhr ich von Claas. Julian musste für das bevorstehende Abi-Jahr ziemlich viel aufholen – wofür sein Vater wie gesagt Claas engagiert hatte und bezahlte –, weshalb er seinem Sohn vorschlug, Claas – auch gern mit Freundin – ins Ferienhaus der Familie einzuladen.

Das Ferienhaus ist eine exzentrische Villa. Und, ich bin sicher, ohne dieses Haus wäre es wohl nie so weit gekommen, wie es gekommen ist. In den 1930er-Jahren wurde sie von einem wahrscheinlich mindestens genauso exzentrischen Musiker erbaut. Er musste ziemlich romantisch veranlagt gewesen sein, sonst hätte er sich nicht einen solchen Turm auf die erste Etage gebaut und auch nicht diese beiden dramatischen Sphinxe als Wächter auf die Terrasse gesetzt. Und erst der Pool! Zehn Meter lang und vier Meter breit, mit einer bequemen Treppe zum langsamen Eintauchen, Delfinmosaiken an Boden und Seitenwänden. Man hätte glauben können, man wäre im antiken Griechenland. Sogar der Wasserzufluss kam nicht aus Plastikdüsen, sondern aus drei geneigten Amphoren.

Schon im ersten Augenblick wurde mir klar, dass nicht nur die Menschen ihre Umgebung formen, sondern die Beziehung auch in der anderen Richtung funktioniert, dass die Umgebung die Menschen formt. Lebt man in einem Schloss, fühlt man sich recht schnell erhaben und auserwählt, glaubt, man kann sich alles erlauben und kann andere wie Leibeigene befehligen – lebt man in einer Blechhütte, weiß man, dass man durch Dreck und

Unrat waten muss, um zu überleben und irgendwie weiterzukommen.

Ich denke an die Familie von Claas. Wie oft bin ich nach der Schule zu Carolin zum Hausaufgabenmachen gegangen. Ich glaube, seit der siebten Klasse. Bei Claas und seiner Familie drehte sich immer alles ums Geld. Ob die Kreditkartenrechnung fällig wurde, Telefon, Strom, Kabelfernsehen bezahlt werden mussten, die Rezeptgebühr beim Arzt waren Diskussionsgrund, das Benzin fürs Auto, die Miete... von neuen Klamotten gar nicht zu reden.

Sein Vater arbeitete in der Stadtverwaltung und verdiente nicht das große Geld und seine Mutter hatte eine Halbtagsstelle als Sprechstundenhilfe bei einem Hautarzt.

Wie hätte wohl Carolin diese Villa in Les Colonnes gefunden, die zehn Monate im Jahr über leer steht und in deren Wohnzimmer ihre Dreizimmerwohnung reinpassen würde? Claas jedenfalls, daraus machte er kein Geheimnis, hasste seine Eltern für ihre Kleinbürgerlichkeit und dafür, dass sie seiner Meinung nach nicht genug aus ihrem Leben gemacht hatten.

Und hier, in der Villa, mit Julian und Tammy, konnte er endlich jemand anders sein. Auch ich habe geglaubt, hier etwas anderes leben zu können. Und so ist es ja auch gekommen. Nur ist der Traum vom anderen Ich in einen Albtraum umgeschlagen, von einem Moment auf den anderen.

Uns gehört der Sommer, haben wir gedacht. Claas und ich – und Julian und Tammy. Und er wird nie enden, er wird unser ganzes Leben lang dauern, so fühlten wir uns. Aber jener Sommer endete von einer Sekunde auf die andere, noch lange bevor sich die Blätter herbstlich färbten und morgens ein Dunstschleier auf dem aufgewühlten Meer lag.

3

In den Siebzigerjahren ging die Villa samt Inventar in den Besitz eines englischen Schriftstellers über – eine mysteriöse Gestalt, die noch von Bedeutung sein wird –, der plötzlich verschwand. Seine Frau beschloss irgendwann wohl, er sei tot, und verkaufte das Haus an die Wagners. Ich habe mich unzählige Male gefragt, ob alles anders gekommen wäre, wenn wir das mit dem Schriftsteller nicht gewusst hätten. Dann wäre die Villa eine extravagante Ferienvilla gewesen, aber so umgab sie von Anfang an ein düsteres Geheimnis, das eine eigentümliche Anziehung auf uns ausübte.

Als ich wieder zu Hause war und nachts nicht schlafen konnte, stand ich oft auf, ging zum Fenster, starrte auf den dunklen, stummen Wohnblock und den Schuhladen gegenüber und dachte: Wir haben es vermasselt.

Ich versuchte, den Moment zu finden, in dem sich unser Schicksal gegen uns gewendet hat. Vielleicht gab es mehrere Momente, vielleicht hat sich auch gar nichts gewendet, vielleicht war alles von Anfang an, von unserer Geburt an so angelegt. Was, wenn es einfach unser Schicksal war?

Das Leben gibt dir, was du brauchst, hat meine irische Großmutter immer gesagt, wenn ich die Ferien über bei ihr war und sie mir das Kartenlegen beibrachte.

Wie in einer ewigen Bildschleife haben sich seit unserer Rückkehr immer wieder die Erinnerungen an die Tage in Frankreich in meinem Kopf abgespult – und irgendwann fing ich an, mir auch die Tage vorzustellen, bevor Claas und ich in der Villa eintrafen:

Die erste Woche hatten Julian und Tammy die Villa für sich.

Julian liegt auf dem Rücken, hat die Arme seitlich ausgestreckt und klatscht von Zeit zu Zeit mit den Handflächen auf das glitzernde Wasser des Swimmingpools. Sein Handgelenk fühlt sich ungewohnt leicht an, seitdem er das gelb-grüne geflochtene Freundschaftsarmband abgerissen hat. Heute, vor einer Woche. Aber eigentlich, eigentlich ist es besser so. Gina und er hatten sich nur noch gestritten. Er schiebt die Ray Ban wieder auf die Nase und genießt das sanfte Wogen der Luftmatratze auf dem Wasser. Das Leben kann so einfach sein. Endlich kann er wieder, wenn er zurück in München ist, mit seinen Kumpels ins Sausalitos gehen, trinken, feiern und snowboarden – und mit anderen Mädels flirten. Er streckt den Fuß ein wenig aus und versetzt der Luftmatratze seiner Schwester einen leichten Stoß.

»He!«, protestiert sie, er lacht.

»Mann, du erschreckst mich jedes Mal«, sagt sie verärgert. Tammy sonnt ihren Rücken und hat die Arme unter der Stirn verschränkt.

»Das mach ich nur, damit du dich mal rührst und keinen Sonnenbrand kriegst«, gibt er zurück.

»Krieg ich eh nicht«, murrt sie.

»Sicher?«

Tammy antwortet nicht, dreht ihren Kopf in die andere Richtung und döst wieder ein. Er kennt ihre Träume. Sie ist Model in L. A. und verdient Millionen. Sie strahlt überlebensgroß von Hauswänden und fährt mit ihrem Porsche Cabrio auf die coolsten Partys, umgeben von lässigen Typen, die Kohle haben. Julian schließt die Augen. Vielleicht sollte er einfach auch nach L. A. gehen, vielleicht fände er etwas, was ihm Spaß machen würde. Etwas mit Sport vielleicht oder mit Fotos. Oder er könnte auch modeln.

Ein winziger Vogel auf der Spitze der Zypresse schlägt ein seltsames Klopfen an. Sonst ist es still. Da kein Wind geht, dringt das Meeresrauschen nicht zu ihnen herauf, obwohl man von hier oben das Meer bis zum Horizont sehen kann.

Eines Nachts hab ich hier zu Hause diesen Vogel gehört. Oder ich habe es mir eingebildet. Aber ich musste aufstehen und aus dem Fenster hinaus auf die dürren Bäume sehen. Natürlich hab ich keinen Vogel entdeckt, aber ich habe noch eine ganze Weile auf den Wohnblock gestarrt, in die dunklen Fenster. Warum ist nur alles so schiefgelaufen?

Aber zurück zur Villa.

Julian, stelle ich mir wieder vor, dreht sich auf den Bauch und sieht ins kristallklare Wasser. Auf der Luftmatratze treibt er über dem Bodenmosaik mit dem springenden blauen Delfin dahin und denkt an seine Mutter, die vor vier Jahren beim Anblick des Delfins einen Entzückensschrei ausstieß und sagte: »Dieses Haus will ich und kein anderes!«

Julian erinnert sich, wie er mit Tammy sofort durch den verwilderten Garten streifte auf der Suche nach verborgenen Höhlen oder einer Leiche. Denn der Vorbesitzer der Villa – eben jener Schriftsteller – war von heute auf morgen verschwunden und keiner wusste, ob er nicht vielleicht sogar hier gestorben war.

Nachdem sie damals keine Leiche im Garten fanden, erinnert er sich, suchten sie im Haus weiter. Julian schmunzelt, als er daran denkt, wie Tammy, damals noch dreizehn, hinter ihm herschlich, wie sie jede Truhe, jede Wand abklopften und in jeden Schrank sahen, ohne eine grausige Mumie, ein paar Knochen oder einen Schädel zu finden.

Julian lässt wieder die Hände ins Wasser klatschen. Ein paar Spritzer landen auf Tammys gebräuntem und durchtrainiertem Rücken.

Jetzt im August brennt die Sonne so erbarmungslos, dass sogar Sonnenanbeter wie Tammy und Julian gern unter den Schatten des Sonnensegels flüchten, später, am Nachmittag, sogar ins Haus. Selbst nachts kühlt es kaum ab, sodass sie am Morgen schweißgebadet und müde aufwachen. Der Gärtner Vincent, der während des Jahres und der Abwesenheit der Wagners nach dem Rechten sieht, meinte gleich bei ihrer Ankunft, so einen Sommer habe es schon lange nicht mehr gegeben. Er erzählte ihnen etwas von Hitzetoten in Marseille und dass das mit der Klimaerwärmung noch ein ganz, ganz schlimmes Ende nähme. Mit einem Blick auf Julian und Tammy fügte er hinzu, er wäre froh, dass er nicht mehr so jung sei wie sie. Er würde die schreckliche Katastrophe, wenn die Meere alle Inseln und Küstenorte unter sich ertränkten, nicht mehr miterleben.

Die Geschwister zuckten bei seiner Bemerkung die Schultern, aber gleichzeitig spürten sie das nervöse Flirren der Hitze. Etwas lag in der Luft, sie wussten nur nicht, was.

Hab ich schon erwähnt, dass man vom Pool aus auf die Gartenmauer sehen kann, hinter der das Grundstück jäh zu der gewundenen Straße abfällt, die nach Les Colonnes und hinunter zum Meer führt? Links der Gartenmauer, auf dem Grundstück nebenan, wuchert ein verwilderter Garten. Und im Laufe der Jahre hat eine übermächtige lilafarbene Bougainvillea das Dach des Hauses dort überwachsen.

Von der Villa der Wagners hat man eine geradezu unverstellte Aussicht aufs Meer. Das ist ein überwältigender Anblick. Frei. Ohne Grenzen. Erhaben. Genauso fühlten wir uns. Als könnten wir nach unseren eigenen Gesetzen leben, nur weil wir jung und die einen von uns intelligent und klug und die anderen schön und reich waren.

Doch wir haben uns getäuscht.

An diesem Nachmittag am Pool – so stelle ich es mir vor – fragt Tammy von ihrer Luftmatratze aus: »Was essen wir heute Abend?«

»Ich hätte Lust auf Nudeln«, sagt Julian. Nudeln machen glücklich, hat er irgendwo mal gelesen. Kann ja nicht schaden, ein bisschen Glück zu sich zu nehmen.

»Nudeln? Wenn du sie kochst«, gibt seine Schwester träge zurück.

Julian kocht gern. Für Freunde, manchmal sogar mit seiner Mutter.

Julian lässt seinen Blick über den Garten wandern. Sie waren erst ziemlich spät aus ihren Betten gekrochen, verkatert von dem Abend mit den Geschwistern von rechts nebenan, die heute mit ihren Eltern zurück nach Deutschland gefahren sind.

Den Rand des Pools sowie die Terrasse mit der großzügigen Sitzlandschaft aus Korbgeflecht schmücken noch die Reste der gestrigen Party: Leere Gläser, Wodka- und Champagnerflaschen, Red-Bull-Dosen, ein paar Teller mit Essensresten, Wachsstummel abgebrannter Kerzen, in den Oleander- und Hibiskusbüschen hängen Chipstüten. Auf den Stacheln der Kakteen neben der steilen Natursteintreppe, die zur Terrasse führt, sind scharlachrote Papierserviettenfetzen aufgespießt.

Julian lässt das Wasser aus seiner Hand fließen, als wäre es Sand. »Morgen muss wieder Chlor rein. Die Sonne schleckt das Zeug weg wie Eiscreme. He, wir sollten auch Eis kaufen. Chunky Monkey oder Chocolate Brownie, na?« Er schließt die Augen, schmeckte die Schokolade, die Banane und die Kuchenstückchen auf der Zunge.

»Chunky Monkey oder Chocolate Brownie?«, wiederholt er lauter.

»Hm?«

Tammy gibt wieder keine Antwort. Er seufzt. »Okay, also Chunky Monkey *und* Chocolate Brownie.« Er grinst zufrieden. Es ist wunderbar, sich um nichts Ernsthafteres Gedanken machen zu müssen. Französischlernen zum Beispiel. Abi – was ist das? Gina – wer ist das?

Tammy gibt ein leises Brummen von sich, als ihre blaue Luftmatratze den Beckenrand berührt. Sie streckt die Fußzehen und stößt sich von den Fliesen ab. Ihre Matratze treibt auf die Mitte des Pools zu, stößt sanft an Julians Matte, worauf Julian sie zurückschubst.

»Hast du schon mal überlegt, wie es wird, wenn Claas und Mel kommen?«, fragt er. »Ich meine, ich hab mich gerade an den Zustand gewöhnt.«

Tammys blaue Luftmatratze eckt an seine rote.

»Ans Chillen.« Er schiebt die Sonnenbrille aufs Haar, das während des Sommers noch heller geworden ist, und blinzelt ins grelle Sonnenlicht. »Man hat überhaupt kein Zeitgefühl mehr. Vielleicht sind wir schon zehn Jahre hier. Oder zwanzig.«

Tammy gähnt. »Das wär mir aufgefallen.«

»Vielleicht wär's gar nicht so schlecht.« Julian lässt die Brille wieder herabgleiten, faltet die Hände auf seinem flachen Bauch, den er selbst in den faulen Ferien trainiert.

»Was?«, fragt Tammy träge.

»Einfach hier so zu leben. Nichts tun.«

»Hm.« Tammy lässt die schlanken, muskulösen Arme

rechts und links neben der Matratze ins Wasser hängen.

»Man bräuchte ja nur ein bisschen Geld fürs Überleben. Essen und so. Sprit für ein Auto«, träumt Julian weiter.

Der winzige Vogel auf der Zypresse stimmt wieder seinen Klopfgesang an.

»Wir könnten die Gegend erkunden«, fährt Julian fort, »wenn wir mal rauswollten. Weißt du noch, letztes Jahr wollten wir die lange Radtour machen, aber dann kam dieser ätzende Regen.«

Tammy dreht sich auf den Rücken. Ihr langes Haar wogt auf dem Wasser, er denkt: Wie ein Teppich aus goldenen Algen – und sagt: »Wir würden unser Zelt mitnehmen und Kochgeschirr. In der Speisekammer muss noch die alte Box mit dem Campingzeug sein. Mit diesen roten Emaille-Tassen.«

»Die man gar nicht anfassen kann, wenn was Heißes drin ist«, sagt Tammy und ihre Lippen kräuseln sich zu einem Lächeln.

Julian lacht leise. »Ja. Und dieser wacklige Campingkocher...«

»...bei dem Mama immer panische Angst hat, dass er explodiert.« Mit niemandem kann er so lachen wie mit Tammy. Gleichzeitig. Mit denselben Bildern und Sätzen im Kopf.

»Wir müssen sie mal anrufen«, meint Julian jetzt. »Fragen, wie es ihr geht. Kannst du dir vorstellen, mit so einem Metallknie rumzulaufen?«

»Will ich mir nicht vorstellen« Tammy bleibt mit geschlossenen Augen liegen.

»In Japan haben sie Anzüge mit solchen Gelenken. Du ziehst einfach diesen Roboteranzug an und kannst wieder laufen. Oder kannst schweres Zeug schleppen. Einfach so. Cool.« Er hebt den Kopf. »Diesmal rufst du aber an.«

»Ich würde vor Langeweile sterben, wenn wir immer hierblieben«, sagt Tammy und gähnt.

Das Haar seiner Schwester umspielt seine im Wasser ruhende Hand wie zarter Tang. Trotz des etwas kühleren Wassers – er hat am Morgen frisches hinzulaufen lassen – schwitzt er. Die Mittagshitze ist inzwischen so heftig, dass sie das Harz in den Pinienstämmen und -zapfen aus den feinsten Rissen und Astlöchern presst und der würzige Duft die Luft erfüllt.

Auf einmal erfasst Julian eine Unruhe, die er sich nicht erklären kann. Sein Herz klopft unregelmäßig und viel zu heftig. Er zieht seine Hand aus Tammys Haar zurück und gleitet von der Matratze ins Wasser. Dann holt er tief Luft und lässt sich auf den blauen Mosaikboden sinken. Wie ein Fisch, der am Meeresboden Beute oder ein Versteck sucht, durchpflügt er mit kräftigen Arm- und Beinzügen zweimal den Pool. Langsam fühlt er sich besser. Er sieht hinauf. Die beiden Luftmatratzen sind hier unten zu dunklen viereckigen Schatten geworden, während die Sonne wie durch ein Brennglas auf den Pool-Boden scheint. Und still ist es. Nur die Wasserpumpe brummt leise und vertraut. Ruhe erfüllt ihn wieder. Ihm ist danach, da unten zu bleiben. Alles ist so weit weg und kann ihm nichts anhaben.

Dass mir das alles nichts anhaben kann, das habe ich auch geglaubt, als ich mit Claas bei Julian und Tammy ankam: dass ich mit alldem nichts zu tun habe, dass ich mich zurücklehnen und zuschauen – und einfach meinen Spaß haben kann. Aber alles hat seinen Preis – auch dieser Sommer.

Als Julian wieder die Wasseroberfläche durchstößt, so male ich es mir aus, ist ihm, als wäre er stundenlang fort gewesen. Vom Meer ist eine leichte Brise aufgekommen, die frische, kühlere Luft heranweht.

Er schüttelt das nasse Haar, schnickt das Wasser aus seinen Ohren und zieht seinen trainierten Körper mühelos auf den Beckenrand hinauf. Tammy liegt noch immer auf ihrer Luftmatratze.

»Fühlst du dich manchmal auch irgendwie seltsam. Irgendwie verloren im Universum?«, fängt er an.

»Was?«, fragt sie teilnahmslos, ohne den Kopf zu heben. Er verzichtet darauf, die Frage zu wiederholen. Er schüttelt noch mal den Kopf und springt auf die Füße. »He, was hältst du von einem Red Bull ohne Wodka zum Wachwerden?«

Tammy hebt eine Hand und streckt zustimmend den Daumen. Er geht tropfnass zur Veranda, in deren hinterem Teil sich eine Bar befindet, die ihr Vater stets mit einer ordentlichen Auswahl an Whiskey, Tequila, Wodka, Gin, Martini, Campari und Rum bestückte. Nur diesmal hat er – aus ersichtlichen Gründen – keinen Nachschub mitgebracht. Aber es sind immerhin noch Reste da. Julian nimmt zwei große Gläser aus dem Schrank unter der

Theke und holt die Red-Bull-Dosen und Eiswürfel aus dem Kühlschrank. Von hier aus sehen der Pool mit den Liegen, den blühenden Büschen, der Steinmauer und dem blauen Strich Meer im Hintergrund aus wie die Werbung in einem Luxushotelprospekt. *Genießen Sie die beste Zeit des Jahres, Sie haben es sich verdient.* Er öffnet die Dosen und klopft die Eiswürfel aus der Plastikschale. Tammy steigt aus dem Wasser. Wie braun sie ist. Brauner als er. Und wie lang und muskulös ihre Beine sind. Das ist ihm erst dieses Jahr aufgefallen. Er sieht ihr zu, wie sie den Kopf neigt und mit beiden Händen ihr langes blondes Haar auswringt, wie sie es zu einem Zopf dreht und ihn über die Schulter legt. Er beobachtet, wie sie sich auf einer der weißen Liegen ausstreckt, langsam und geschmeidig wie eine Katze. Ihre Figur ist perfekt. Absolut perfekt. Der Gedanke an Gina drängt sich wieder durch seine Gehirnwindungen und versetzt ihm einen dumpfen Schmerz in der Solarplexus-Gegend. Gina ähnelt Tammy ein bisschen, ein ähnliches Lachen, ähnlich sportlich, ihr dunkles Haar erinnerte ihn immer an den schweren Magahonischreibtisch in der Kanzlei seines Großvaters. Und sie hatte immer so gut gerochen. Ach – was soll's, soll sie doch mit diesem Angeber von der Sporthochschule rumhängen. Nach ein paar Wochenenden, an denen sie ihn von der Tribüne aus beim Schwimmen hat zusehen müssen, würde er ihr sicher bald langweilig.

Da sieht Tammy zu ihm herüber. Er fängt ihren Blick auf, lächelt flüchtig und widmet sich wieder den Drinks.

Ob er ihr sagen soll, dass sie ihr Oberteil anziehen soll?

Nein, was würde sie dann von ihm denken? Sie und Mama schwammen und sonnten sich hier und selbst unten am Strand immer oben ohne. Sie würde es ziemlich seltsam von ihm finden, wenn er plötzlich so... so uncool wäre.

Entschlossen schnappt er die beiden eiskalten Gläser und schlendert grinsend zu ihr hinüber. »Ich habe die Drinks auf Ihre Zimmerrechnung gesetzt.«

Sie zieht die fein geschwungenen Augenbrauen hoch und erwidert gespielt verführerisch: »Ach und ich dachte, ich hab all-inclusive gebucht.«

»Wirklich? Dann erfülle ich Ihnen natürlich gern jeden Wunsch...«

Er nimmt einen ordentlichen Schluck und legt sich auf die heißen Steinplatten ein wenig abseits der Liegestühle. Dann konzentriert er sich auf die kleinen weißen Wolken, die vom Meer heranziehen wie eine friedliche Herde Schafe.

Den Nachmittag verbringen sie wegen der Hitze drinnen im Haus. Tammy ist mit dem iPod im Ohr auf der Couch eingeschlafen, während er, Julian, mit der Originalfassung von *Candide* auf seinem Bett liegt und sich abmüht, dem Inhalt zu folgen. Nach knapp einer Stunde gibt er es auf. Es ist ja immer noch Zeit, sagt er sich und weiß, dass er sich etwas vormacht. Wenn er sich nicht anstrengt, kann er sein Abi nächstes Jahr vergessen. Er wirft einen Blick auf sein iPhone, das nutzlos auf dem polierten Nachttisch liegt. Man müsste ein Stück die Straße hochgehen oder sich an die entfernteste Ecke des Pools auf einen Stuhl stellen, um Empfang zu bekommen. Aber dazu hat er jetzt keine Lust. Es ist ein seltsames Gefühl, völlig abgeschnitten von der Welt zu sein. Er legt das Buch auf den Nachttisch mit den gedrechselten Beinen und fällt gleich darauf in einen Schlaf voller beunruhigender Träume, an die er sich aber schon nicht mehr erinnern kann, als er zwei Stunden später schlecht gelaunt aufwacht.

Es wird Zeit, dass Claas und Mel kommen, denkt er. Obwohl Claas ein intellektueller Ehrgeizling ist, kann er sich auch wie ein Kumpel benehmen. Außerdem ist Julian auf seine Freundin Mel – also auf mich – gespannt. Claas hat ihm auf seinem Handy ein Foto gezeigt. Aber da erkannte man nicht viel drauf. Das Bild ist zu weitwinklig aufgenommen und außerdem geblitzt. Dabei macht Claas sonst ziemlich gute Fotos, denkt Julian. Und: Hoffentlich ist sie nicht so eine Zicke.

Sein Mund ist trocken vor Durst. Aber er hat keine Lust aufzustehen. Träge und unentschlossen betrachtet er die hellblau-goldene Streifentapete, den gewaltigen alten Schrank mit den geschwungenen Spiegeltüren und den Schnitzereien, den dazu passenden Stuhl in der Ecke neben der Tür, über den er seine Klamotten geworfen hat, den Sekretär mit den Schubfächern und den anderen Schulbüchern, die er seit der Ankunft noch nicht angerührt hat.

Es gibt eine Regel hier im Haus, die nie gebrochen werden darf. Dieses Versprechen hatte ihre Mutter allen abgenommen, einschließlich ihrem Mann: Haus und Pool sollten unverändert bleiben. Keine Poster, keine Bilder dürften angebracht werden, keine anderen Tapeten (ein paarmal hatten sie neu tapezieren müssen, aber stets hatte seine Mutter alles darangesetzt, die gleiche oder zumindest eine möglichst ähnliche Tapete zu bekommen).

Auf dem Boden im Parterre, also im Eingangsbereich, im großen Wohnraum mit offenem Kamin und in der Küche ist ein Schachbrettmuster aus schwarzen und weißen Fliesen verlegt, in den oberen Räumen dunkel gebeiztes Parkett. In der Küche hängen zwar wie früher polierte Töpfe und Pfannen an der Wand, aber auf einen modernen Kühlschrank und einen Elektroherd hat dann selbst Frau Wagner nicht verzichten wollen. Auch einen Fernseher, wenn auch ein altes Teil gleich neben dem Kamin hat sie zugelassen. Doch wenn Julian am langen schweren Esstisch sitzt, über sich den Leuchter aus Hirschgeweih, kommt er sich vor wie in einem Film. Mit Matt Damon. Dieser Typ, der in die Rolle seines Freundes schlüpft.

»He!« Tammy reißt die Tür auf. Er fährt hoch. Er hat ihre Schritte auf dem knarrenden Parkett gar nicht gehört. Sie trägt ein Paar knappe Sportshorts und das enge Trägershirt, das er ihr mal aus Australien mitgebracht hat, und wirft seine Sportschuhe auf sein Bett.

Sie grinst ihr Piratengrinsen, so nennt er es immer, weil es was Verwegenes und manchmal etwas Hinterhältiges hat.

»Meinst du, dieser Schriftsteller«, sagt er noch immer in Gedanken, »dem dieses Haus gehört hat, lebt noch irgendwo, unter einem anderen Namen?«

»In drei Minuten geht's los.«

»Oder vielleicht hat ihn jemand umgebracht? Ich meine, wieso verschwindet jemand so einfach?«

Tammy zuckt die Schultern. »Ist mir egal, ich geh jetzt biken und du kommst gefälligst mit, sonst werden wir fette Alkis wie in den Doku-Soaps. Ich fühl mich schon, als wär ich eine Stufe in der Evolution tiefer gerutscht.«

»Was wär daran so schlimm, ein Affenleben zu führen?«

»Ich mag keine behaarten Hintern!«

»He, es gibt auch Paviane und die haben...«

Sie hat sich schon umgedreht. »Du hast noch zwei Minuten, sonst fahr ich allein, Affenarsch!«

4

In gewisser Hinsicht, glaube ich, war dieser Fahrradausflug bedeutungsvoll, die beiden sprachen jedenfalls mehrmals davon und womöglich hätten wir sonst auch nicht nach diesem Alarm das Haus durchsucht und – ja – das Buch gefunden.

Die Biketour der beiden habe ich mir immer so vorgestellt:

Im Nachmittagslicht strahlt das Gebirge, das sich hinter der Villa entlang der Küste wie ein Rücken erstreckt, in einem warmen Bronzeton. Die Schatten sind länger geworden, und als Julian über die Schulter zurücksieht, weiß er, dass Tammy, wie immer, wenn sie sich selbst anzutreiben versucht, gegen ihren eigenen Schatten anradelt. Dieser Trick spornt – jedenfalls solange sie die Sonne im Rücken hat – sie jedes Mal zu Höchstleistungen an. Sie tritt in die Pedale, bis die brennenden Schmerzen in ihren Oberschenkeln und Lungenflügeln selbst ihr zu viel werden. Noch ein paar Meter hält sie durch, überholt Julian, dann fährt sie an den Wegrand und lässt sich vom Sattel rutschen. Julian ist nur knapp hinter ihr.

»Schon fertig?«, fragt er im Vorbeifahren.

»Dreiundvierzig Minuten«, sagt sie und sieht von ihrer Uhr auf. Sport ist für sie nicht nur Mittel, um fit zu bleiben, sondern macht ihr tatsächlich Spaß. Sie liebt den Wettkampf, er macht sie besser, stärker, schneller – und schöner. Und unbesiegbar. Denn eines ist ihr ganz klar, ist ihr Prinzip, Lebensregel: Sie will Dinge allein und aus eigener Kraft durchziehen. Um nicht so zu werden wie ihre Mutter, die ständig an sich zweifelt und die Männer für sich springen lässt. Ach, das kann ich nicht! Oh, das ist viel zu schwer für mich! Langsam, wartet auf mich! Wie Tammy das zum Hals heraushängt! Damit drängt sich ihre Mutter immer in den Mittelpunkt. Und alle müssen auf sie Rücksicht nehmen. Wenn die Männer für sie, Tammy, etwas tun, dann bitte sehr, aber sie wird sich dafür nicht verbiegen. Sie braucht niemanden.

Denn sie kann jeden haben. Das ist ja gerade das Schöne. Es lässt sie ihre Macht spüren.

Und wenn ihre Fotos erst mal in den Magazinen sind, werden ihr Hunderttausende zu Füßen liegen.

Julian ist ein Stück zurückgefahren und steht nun neben ihr. »Wer zuerst unten ist!«

Tammy wuchtet ihr Rad herum, hievt sich wieder auf den Sattel und spurtet los. Noch ist Julian hinter ihr und sie versucht, den Vorsprung zu halten. Sie beugt sich über den Lenker, um den Luftwiderstand zu reduzieren, versucht, die Ideallinie zu fahren und Julian nicht an sich vorbeizulassen. Sie legt sich in die Kurve, rechts, links, sie findet ihren Rhythmus, rechts, links, und dann erfüllt sie endlich dieses Gefühl, das irgendwo unter dem Magen seinen Ursprung hat, das sie leichter und schöner und schneller macht, es wird stärker, breitet sich aus und lässt sie übermütig laut schreien. »Aaaaaaaaaaah!« In diesem Moment schießt etwas um die Kurve, ein Auto natürlich, sie hat ja die ganze Zeit damit gerechnet, aber nicht gerade jetzt!

»Tammyyyyyyy!«, hört sie noch Julian rufen und gleichzeitig die schrille Hupe und das Quietschen der Autoreifen, im Reflex reißt sie den Lenker nach rechts – und ohne zu stürzen, rollt sie am Auto vorbei, das Schimpfen des Fahrers ist schon wieder weit weg. Dann erst hält sie an.

»Mensch, das war ziemlich scheiße!« Julian kommt neben ihr zum Stehen.

Jetzt erst merkt sie, dass ihre Knie zittern. Und sich ihre Hände an die Lenkstange krallen. Als sie den Griff lockert, zittern auch sie.

»Achtung!«, schreit Julian und stößt sie zur Böschung. Was!, will sie gerade schreien, als ein Auto knapp neben ihr bremst. Polizei. »Hat dieser Wichser nichts Besseres zu tun als die Polizei zu rufen?«, sagt sie leise zu Julian. Da hat der Polizist auf der Beifahrerseite schon das Seitenfenster heruntergelassen. »*Ah, vous êtes les fils de Madame Wagner.*«

Jetzt erkennt Tammy den Polizisten mit den Koteletten so lang, dünn und geschwungen wie Säbel. Er ist der Sohn des Bäckers im Ort, erinnert sie sich. Bei einem

Dorffest im letzten Sommer hat ihre Mutter mit ihm gesprochen und sie und Julian vorgestellt.

»*Julian et ...*« Er zögert und sieht Tammy an.

»*Tammy*«, hilft sie ihm. Es kommt automatisch. Vielleicht will sie einfach, dass er sie nicht länger so anstarrt, dieser südländische Macho.

»*Faîtes attention. Il y a une bande de cambrioleurs ici.*«

»Was ist hier?«, fragt Tammy ihren Bruder, obwohl der auch nicht besser Französisch kann als sie. Er zuckt die Schultern. Der Polizist begreift, dass sie ihn nicht verstanden haben, und legt die Finger so um die Augen, als blicke er durch ein Fernglas, und macht dann eine Drehbewegung mit dem Handgelenk.

»Anscheinend Diebe!«, sagt Julian. »Sie beobachten das Haus.«

Der Polizist nickt. »*Comprenez?*«

»*Dangereux?*«

Der Polizist hebt die Brauen, die genauso dünn und schwarz sind wie seine Koteletten. »*Qui sait?*« Er schlägt mit der flachen Hand, die zum Fenster heraushängt, außen an die Tür. »*Vous faîtes attention, n'est-ce pas?*«

Er hebt die Hand zum Gruß und fährt davon. Tammy sieht ihm nach, bis er hinter der nächsten Biegung verschwunden ist. »Sieht aus wie Satan persönlich«, sagt sie. Julian runzelt die Stirn. »Wenn ich diese Typen bei uns erwische, dann ...«

»Was dann?«, fragt Tammy erwartungsvoll.

Julian kneift die Augen zusammen und schiebt das Kinn vor. Manchmal wundert sie sich, wie schnell ihr Bruder wütend werden kann. Doch jetzt seufzt er und zuckt die Schultern. »Dann wird mir schon was einfallen.« Er steigt wieder aufs Rad. »Los, ich hab Hunger!«

Tammy ist die Lust am Schnellfahren vergangen. Wenn das Auto ein bisschen schärfer um die Ecke gekommen wäre ... für einen Moment blitzt das Bild vor ihr auf: Ein zerbeultes Rad auf der Straße, ein Auto, dessen Fahrer fassungslos auf den Boden starrt, wo mit verdrehten Gliedmaßen ein blutiger Körper liegt, ein Windstoß fährt ins blonde Haar, hebt es für Sekunden vom schmutzigen Asphalt.

Sie schiebt das Bild weg. Sie ist viel zu jung, um an den Tod zu denken. Schließlich will sie noch einiges aus ihrem Leben machen. Sie schwingt sich auf den Sattel und denkt an ihre Modelkarriere in L. A. Sie kann ihr Ziel erreichen, wenn sie es nur will. Und das will sie. Um jeden Preis – um jeden Preis? Zumindest fällt ihr im Moment nichts ein, das ihr mehr bedeuten würde. Wieder gut gelaunt fährt sie die gewundene Straße bergab.

Ein roter Peugeot überholt sie und hupt. »Blödmann!«, ruft sie hinter ihm her, doch der Wagen ist viel zu schnell und der Fahrer hat sie bestimmt nicht mal gehört, geschweige denn, dass er sie verstanden hätte. Ihr Blick wandert nach rechts hinunter zum Meer, das jetzt in der Abendsonne unwirklich tiefblau leuchtet. Vier weiße Segelboote und in der Ferne zwei größere Schiffe, die sich in dieser Weite überhaupt nicht zu bewegen scheinen. So fühlt sie sich auch oft, wie diese Boote. Als hinge ein schwerer, eiserner Anker an ihr, der sie hindert loszusegeln. Das Austauschjahr in Kalifornien hat ihr gezeigt, wie cool Leben sein kann. In zwei Jahren hat sie endlich die Schule hinter sich. Sie kann es kaum abwarten, dass ihr Leben endlich anfängt.

Am Abend bringt Julian Tammy ein Bier und setzt sich neben sie auf die Mauer. Sie sind nach dem Radfahren noch mal schwimmen gewesen und jetzt hat er ein frisches Hemd und lässige Shorts angezogen. Tammy trägt ein weißes Top und einen Rock, in dem ihre langen, braun gebrannten Beine bestens zur Geltung kommen.

Es ist noch immer sehr warm und der Wind, der sonst abends um diese Zeit aufkommt, bleibt bisher aus. Julian nimmt einen Schluck Bier.

Von hier aus kann man hinunter in die tiefer gelegenen Gärten und Grundstücke sehen, alle üppig bewachsen mit blühenden Sträuchern und grünen Pinien. An dieser einen Stelle blitzt zwischen zwei ausladenden Pinienkronen ein Stück Strand hervor und man kann sogar – wenn man die Augen ein wenig zusammenkneift – die einzelnen Wellen mit ihren weißen Spitzen daran lecken sehen.

Julian legt den Kopf in den Nacken und atmet tief ein. Es ist seltsam, einerseits spürt er in sich diesen Drang, etwas zu tun, irgendetwas zu unternehmen, die Zeit nicht einfach so verstreichen zu lassen, und andererseits ist da etwas in ihm, das ihn unfähig dazu macht, das darauf wartet, dass etwas geschieht und ihn mitreißen würde – irgendwohin –, wenn nur etwas passieren würde.

Reflexartig, instinktiv, einem Gefühl gehorchend streckt Julian den Arm nach seiner Schwester aus, die genau wie er auf der Mauer sitzt und in den glühenden

Himmel sieht, und dann kann er nicht anders, als die nasse Strähne, die ihr über die Schulter nach vorn fällt, nach hinten zu legen. Ein warmes Gefühl durchströmt ihn dabei, und erst als sie ihn ansieht, wird ihm bewusst, dass er das vielleicht nicht tun sollte, er lacht und sagt rasch: »Die Sonne bleicht die Haare ganz schön!«

Tammy sagt nichts, nimmt einen weiteren Schluck aus der Flasche.

»Bin mal gespannt, wie Mel so ist«, redet er schnell weiter.

Als sie wieder nichts sagt, stößt er sie mit dem Ellbogen ein wenig an. »Was meinst du, sollen wir eine Wette abschließen?«

»Eine Wette?«

»Ja, zum Beispiel, ob sie es eine Woche mit uns aushalten oder ob sie hier miteinander Schluss machen oder...«

Über Tammys Gesicht zieht sich endlich ihr typisches, freches Grinsen. Na also, denkt er und fühlt sich gleich besser.

»Du bist echt fies«, sagt sie und schlägt in seine ausgestreckte Hand ein. »Schluss machen.«

»Okay«, er nickt. »Dann sage ich, sie machen nicht Schluss. Um eine neue Sonnenbrille. Von... Police.«

»Prollig«, bemerkt sie und verzieht das Gesicht. Na also. Er weiß einfach, wie er sie amüsieren kann. Sie betrachten die Sonne, die jetzt wie eine schmelzende Goldmünze langsam ins Meer tropft.

»Ich will eine Sportuhr«, sagt Tammy nach einer Weile, »wenn ich gewinne.«

Sie stoßen mit den Bierflaschen an. Er nickt und sagt: »Wenn sie sich trennen, kriegst du eine Uhr.«

Sie sitzen da, Schulter an Schulter, bis die Sonne ganz im Meer versunken ist und der Himmel nur noch ihr Glühen zurückwirft. Das warme Gefühl in ihm wird intensiver; es ist, als wären alle seine Zellen mit elektrischem Strom geladen, und sobald er sie noch ein wenig mehr berührt, ihren Arm, ihren Rücken, wenn er seine Hand in ihren Nacken schieben würde, auf ihre zarte, warme und vermutlich ein wenig feuchte Haut, dann... dann.

»Spaghetti!«, sagt er hastig und rutscht von der Mauer.

»Spaghetti«, wiederholt sie und lächelt zufrieden. Ihr Lächeln ist wie sein Lächeln, das weiß er, denn ihr Gesicht ist sein Spiegel – so wie sein Gesicht ihres spiegelt.

»Geht klar«, sagt er und, erlöst, erleichtert – und doch irgendwie enttäuscht darüber, dass der Moment vorbei ist –, geht er über die Terrasse ins Wohnzimmer und von da in die Küche. Mit den harten Steinfliesen unter seinen nackten Füßen scheint es, als ob er sich wieder auf festem Boden befindet, aber er wird das Gefühl nicht los, er schwebe. Seine Knie sind weich und sein Herz schlägt viel zu schnell.

Er nimmt den großen Wassertopf vom Haken, füllt Wasser ein und zündet mit einem Streichholz den altmodischen Gasherd an. Die blaue Flamme faucht, bis sie gleichmäßig brennt. Er schiebt den Topf darauf. Er kocht gern für sie beide.

Und plötzlich stört es ihn, dass Claas und ich morgen kommen.

Wir, die Fremden, würden in seine und Tammys Welt eindringen und sie entzaubern.

Tammy will beim Essen lesen, sie nimmt ihren Teller mit Spaghetti und dem geriebenen Parmesan – den hat sie sich heute mal erlaubt – mit zur Couch, zieht die Beine unter und versenkt sich in ihr Buch. Unschlüssig, was er jetzt tun soll, sieht Julian mit dem Teller in der Hand zu ihr hinüber. Wenn sie liest, ist sie vollkommen absorbiert, er ist sicher, sie hat ihn völlig vergessen. Er kommt sich fast schon überflüssig vor.

»Ich hab überhaupt keine Lust«, murrt er.

»Wer hat schon Lust auf Lernen?«, gibt sie zurück, ohne von ihrem Teller aufzusehen, von dem sie gerade Spaghetti auf ihre Gabel dreht.

Er seufzt. Sie hat recht. Aber er muss unbedingt von einer Fünf auf eine Drei in Französisch kommen. Sonst kann er das Abi gleich vergessen. Die letzten Tage hatte er das erfolgreich verdrängt.

Er setzt sich an den langen Küchentisch vor das Grammatikbuch, das seit gestern dort unberührt liegt.

»Und schmatz nicht so!«, sagt sie tadelnd und grinst, ohne von ihrem Buch aufzusehen.

Da muss er auch grinsen. Sie hat ihn doch nicht völlig ausgeblendet.

Zwei Stunden später hat er genug von Französisch, er kann sich nicht mehr konzentrieren und weiß, dass er sich diese Stunden auch hätte sparen können. Tammy sitzt immer noch mit dem Rücken zu ihm auf dem Sofa und er hört nur das Rascheln, wenn sie eine Seite umblättert. Einmal ist sie aufgestanden, um sich noch etwas aus dem Kühlschrank zu holen, hat kurz aufgeschaut, aber nur durch ihn hindurchgesehen.

Ist wahrscheinlich doch ganz gut, dass Mel und Claas morgen kommen, denkt er, da hat er wieder eine Ausrede, nicht Französisch lernen zu müssen.

Er steht auf, räumt den Teller in die Spülmaschine, verabschiedet sich mit einem »Gute Nacht«, geht in sein Zimmer, legt sich ins Bett und hört Musik.

Immer wieder dämmert er langsam weg, mit Bildern im Kopf, die ihn nicht loslassen, und wacht wieder auf.

Es liegt nicht am Mond, sagt sich Julian, dass ich nicht schlafen kann. Ist ja noch nicht mal Vollmond.

Er starrt auf die halbe, blass leuchtende Scheibe über den Zypressen, schlägt die Decke zurück und steht auf. Er ist aufgewühlt, fühlt sich, als würde der Blutstrom in seinen Adern ständig die Richtung wechseln. Ein leichter Windhauch streicht über seine nackte Haut und trocknet den dünnen Schweißfilm. Sie fühlt sich heiß an von der Sonne, die sie den Tag über gespeichert hat. Tammy schläft nebenan, er glaubt, ihre Atemgeräusche durchs offene Fenster zu hören, aber eigentlich kann es nicht sein, denn sie schläft ganz still und ruhig. Aber dennoch spürt er ihr Atmen in sich, als wäre sie ein Teil von ihm. Er atmet schwer.

Es ist still bis auf die Geräusche aus dem Garten, die Zikaden, hin und wieder ein Vogelruf, Blätterrascheln und von ganz in der Ferne klingt das gleichmäßige Rauschen des Meeres heran. An den Schriftsteller muss er immer wieder denken. Paige hieß er, oder? Henry Paige.

Er ist einfach aus seinem Leben ausgestiegen. Julian überlegt.

Man könnte Zeugnisse fälschen, sich den Pass aus einem halbwegs zivilisierten Land besorgen, Kreditkarten klauen – wahrscheinlich ist es gar nicht so schwierig.

Julian hat auf einmal das Gefühl, als würde ein anderes, weniger quälendes Leben da draußen auf ihn warten, aber er bringt es nicht fertig, die Tür aufzumachen und alles hinter sich zu lassen.

Er hat sich so auf diese Tage in der Villa gefreut, doch jetzt sehnt er sich nach seinen Kumpels, mit denen er feiern und trinken und Sport bis zum Umkippen machen kann, um irgendetwas da drin in sich nicht mehr zu spüren, irgendetwas, das mit Tammy zu tun hat.

5

Am nächsten Nachmittag:

»Überraschung!«, gellt es in Julians Ohr und reflexhaft reißt er die Augen auf.

»He, du Penner, wuchte deinen Hintern aus dem Bett, sie sind da!« Tammy steht in der Tür und schneidet eine Grimasse. »So früh!«, bringt er schlaftrunken hervor und begreift erst dann, dass es nicht Morgen, sondern Nachmittag ist.

Tammy rollt die Augen: »Das ist ja eine Tussi.«

»Wer?«

»Na, die Freundin von Claas.«

»Mel?«

»Ich hoffe, diese Mel zickt nicht rum.«

Jetzt setzt er sich auf. Streckt seine Hand nach ihrem Haar aus, das ihr übers Gesicht fällt, doch da hat sie die Strähne schon selbst hinters Ohr zurückgestrichen und er hält inne, ernüchtert.

»Mach also«, sagt sie, »ich hab keine Lust, sie allein an der Backe zu haben.« Bevor er noch etwas Beschwichtigendes sagen kann, hat sie sich schon umgedreht und die Tür offen gelassen.

Er schüttelt den Kopf, um seine Haare aufzulockern, zieht T-Shirt und Shorts an und geht barfuß über die Steinfliesen aus seinem Zimmer den Stimmen entgegen.

So weit meine Vorstellungen. Von da an war ich dabei.

Das Videobild friert ein.
 Der nächste Teil beginnt.
 Die Perspektive hat sich verändert. Sie ist wohl aufgestanden und sitzt ein wenig weiter links. Im Hintergrund kann man jetzt ein Stück einer Bücherwand sehen. Ein Buchrücken reiht sich an den anderen und das Regal reicht bis zur Decke.
 Mit der inzwischen vertrauten Geste streicht sie sich das Haar zurück. Sie blickt in die Kamera, ohne etwas zu sagen. Als warte sie darauf, dass jemand da im Netz zu ihr sprechen würde.

Okay, es geht weiter. Diese ersten Minuten in der Villa! Ich hätte am besten auf dem Absatz kehrtgemacht und wäre mit dem Taxi wieder in den Ort zurückgefahren.
 Höre auf deine Gefühle, denn sie sind die Sprache deiner Seele, hat meine Großmutter immer gesagt. Ich hätte auf meine Gefühle hören sollen.
 Hab ich aber nicht.
 Ich bin dageblieben.
 Wenn ich gewusst hätte, dass es so einfach gewesen wäre, mich zu retten, vielleicht nicht nur mich, auch die anderen...

Auf das Hupen des Taxifahrers tauchte in der Lücke der undurchlässigen Zypressenhecke Tammy auf und öffnete das Gartentor.

Ich spürte sofort, dass sie mich blitzschnell taxierte und zu dem Ergebnis kam: keine Konkurrenz.

Ich wiederum kam zu dem Ergebnis: egozentrisch, rücksichtslos – und ziemlich schön. Sie war es gewöhnt, sofort beachtet zu werden – ohne etwas dafür tun zu müssen – und hatte in der Schule sicher eine Menge Anbeterinnen, die hofften, dass für sie ein paar Jungs abfielen, die sich umsonst um Tammy bemühten. Ich war neidisch. Okay, ich geb's zu.

Wir lächelten uns falsch an.

Claas rief: »Du musst Tammy sein!«

Sie kannten sich nicht, denn während er im Haus der Wagners Julian Nachhilfe gab und öfter eingeladen wurde, war Tammy zum Schüleraustausch in den USA gewesen.

Ihr Lächeln konnte Claas vielleicht täuschen, mich aber nicht. Sie fand ihn uninteressant. Und wahrscheinlich sah sie keinen besonderen Sinn darin, sich mit ihm – mit uns – abzugeben.

»Das ist Mel«, stellte mich Claas vor. »Und ich bin Claas.« Er wollte ihr, glaube ich, auch die Hand geben, aber sie nickte nur und sagte: »Hi.« Mit noch immer demselben Lächeln auf dem Gesicht. »Gleich gefunden?«

»Wir hatten dem Fahrer die Koordinaten gegeben«, erwiderte Claas lässig, »in ein paar Jahren fahren die Autos damit auch ohne Fahrer. Ist ja schon lange in der

Testphase. Dann hätte die Bezeichnung Auto auch endlich wieder einen Sinn.«

Mir entging nicht, wie Tammy ihn anstarrte. Als hätte er was auf Mandarin zu ihr gesagt.

»Auto heißt selbst«, erklärte ich ihr. »Es würde dann auch endlich wirklich selbst fahren.«

Claas nickte zufrieden, während Tammys Lächeln endgültig gefror. »Hatte ich ganz vergessen, ihr seid ja die beiden Supergehirne.«

Claas grinste und steckte – um Coolness bemüht – die Hand in die Hosentasche. »Stimmt, Mel, oder?«

Ich überhörte seinen völlig missratenen Versuch, die Atmosphäre zu entspannen, und lächelte Tammy an.

In diesem Moment, glaube ich, schämte ich mich zum ersten Mal für uns und das Bild, das wir zusammen abgaben. Ob es an der Umgebung lag, daran, dass in dieser Fremde unsere gewohnten Schlagabtausche plötzlich deplatziert wirkten? Eines jedenfalls begriff ich damals zum ersten Mal: dass Claas und ich eigentlich nicht richtig zusammen waren, dass wir uns nur zusammendachten – dass unser Zusammensein eine Illusion war.

Wir folgten ihr über einen Weg mit Natursteinplatten zum Haus.

Ehrlich gesagt: Ich hatte ein ganz nettes Ferienhaus erwartet, einen Bungalow, wie man in den 1950er-Jahren baute, eher hässlich als schön – aber nicht dieses Schlösschen, das in seiner übertriebenen Protzigkeit schon wieder stilvoll war.

Die Büsche, der Rasen waren eher braun als grün, kein Wunder bei der Hitze. Da wartet man den ganzen Sommer auf ein bisschen Wärme und dann erlebt man so was! Ich konnte kaum atmen.

»Habt ihr hier ein sicheres Wasserversorgungssystem?«, fragte Claas, der hinter Tammy herging. »Die Stauseen sind ziemlich leer und erst mal werden natürlich die Städte versorgt.«

Ich fragte mich, ob mir Claas' Unfähigkeit, normale Konversation zu machen, bisher einfach entgangen war. Selbst ein Blinder konnte erkennen, dass Tammy ihn von Satz zu Satz langweiliger fand.

»Oder seid ihr gar nicht ans städtische Wassersystem angeschlossen?«, redete er unbeirrt weiter. »Habt ihr einen normalen Kanal oder eine Sickergrube?«

Jetzt drehte sich Tammy zu ihm um und sagte von oben herab: »Sickergrube? Wir haben zwei große Badezimmer und richtige Toiletten.«

Ich konnte nicht anders und lachte, worauf mich beide unverständig ansahen.

»Auch der Abfluss von richtigen Toiletten kann in Sickergruben gehen«, fühlte ich mich bemüßigt zu erklären. »Darin befinden sich Bakterien, die die Abwässer wieder reinigen. Theoretisch... könnte man es dann sogar trinken.«

Ich genoss, wie sich Tammys Mund angeekelt verzog. Claas warf mir einen bösen Blick zu.

Ich tippte mir an die Schläfe und sagte zu Tammy: »Sagt jetzt nichts. Ich weiß: Supergehirn!«

So verliefen die ersten Minuten. Und ähnlich ging es weiter.

In dieser Hitze kippte ich fast um. Als wir im Haus

waren, schaffte ich es gerade noch zum Esstisch, über dem dieser Jugendstil-Hirschgeweihleuchter hing, und konnte mich an der hohen Lehne eines schweren altmodischen Stuhls festhalten, der perfekt in eine Ritterburg gepasst hätte.

Tammy wollte ihrem Bruder Bescheid geben und verschwand im Flur – wahrscheinlich mehr als froh, uns für ein paar Minuten los zu sein.

Mein Blick schweifte über die Bücherwand und die antiken geschwungenen Kommoden mit den Messinggriffen und blieb an einem gerahmten Foto hängen.

Ich sah es mir näher an. Tammy und Julian hocken auf einer grünen Wiese, Tammy hat den Arm um Julian gelegt, ein großer brauner Hund liegt mit der Schnauze auf ihrem Schoß.

Claas schleppte von draußen unsere beiden Rucksäcke herein.

»Das mit dem Abwasser hättest du dir schenken können.«

Ich grinste. »Du hast mit diesem blöden Thema angefangen, vergessen?«

»Okay, schon verstanden«, stöhnte er und sah sich um. »Aber eins muss man ihnen lassen: geile Hütte, was?« Er wischte sich den Schweiß von der Stirn.

»Dachte ich mir, dass das hier dir gefällt«, gab ich zurück.

Ich wusste, ich hatte gut reden, ich lebe ja nicht wie er in einer engen, vollgestopften Wohnung ohne Garten, ohne Balkon, zur Nordseite. Ich wohne mit meinen Eltern in einer großzügigen Altbauwohnung, direkt über unserem Delikatessenladen, ja, das ganze Haus gehört seit Generationen der Familie meines Vaters.

Aber das sagte ich ja schon.

»Ach, Mel, du bist doch bloß neidisch auf Tammy.« Er drehte sich um.

»Wieso?« Doch da war er schon rausgegangen und ich konnte mir nur noch selbst eine Antwort geben. Ja, ich war neidisch. Mir war nur noch nicht ganz klar, worauf. War es ihr Aussehen? Oder eher die arrogante Selbstsicherheit, mit der sie sich präsentierte?

Ich blätterte eines der amerikanischen Modemagazine auf, von denen ein ganzer Stapel auf dem Tisch lag.

Ich wusste natürlich: Man soll nicht neidisch sein. Das sagen sie einem in der Kirche und in der Schule. Denen reicht es nicht, uns Mathe und all das beizubringen. Nein, es sollte auch noch was fürs Leben dabei sein.

Aber heute weiß ich: Es hat nichts geholfen: Mission gescheitert, Lernziel verfehlt.

Also, ich war neidisch und ich mochte Tammy vom ersten Moment an nicht.

Schwitzend, müde und durstig sank ich auf einen der Ritterburgstühle mit den samtroten Sitzflächen. Das war ja alles so was von dekadent! Die Villa mit Türmchen und Treppchen und diesen alten Möbeln und den alten Tapeten. Man fühlte sich wie in einer Filmkulisse. Als Betten haben sie sicher Himmelbetten mit tausend Kissen, dachte ich gerade, als Tammy mit einem Stapel Handtüchern vor mir auftauchte. Da merkte ich, wie sehr ich mich nach einer Dusche sehnte.

»Also ehrlich«, erwiderte ich, ein bisschen zu theatralisch vielleicht, »ich sag nie mehr was gegen unser Wetter. Das ist ja Hölle hier.«

»Gewohnheitssache«, gab Tammy zurück, ich folgte ihrem Blick, der abschätzend an mir herunterglitt.

»Aber du hast ja auch echt weiße Haut! Am besten gehst du gar nicht raus.« Ihr Lächeln war gemein und ich gab es ihr genauso zurück.

»Kein Problem, ich hab Sonnencreme mitgenommen.«

»Wie *klug* von dir!«

Würde das jetzt die ganze Zeit so gehen? Würde eine Beleidigung auf die andere folgen?

6

Ich bin nicht zum ersten Mal im Süden«, sagte ich mit noch immer demselben Lächeln auf den Lippen. Ich versuchte Claas, der gerade wieder hereinkam, mit meinem Blick zu verstehen zu geben, dass es eine blöde Idee war, mich hierher zu schleppen.

Aber Claas studierte schon mit schräg gelegtem Kopf die Titel der Bücherwand auf der langen Seite des Wohnzimmers.

Tammy zuckte die Schultern. Sie musste es nicht aussprechen, ich wusste auch so, dass ihr mein Sonnenbrand total egal wäre.

Während ich noch überlegte, mit welcher Strategie ich sie am tiefsten und zuverlässigsten verletzen könnte – ließ mich eine Stimme herumfahren.

»Hi!«

Mein erster Gedanke war, als ich Julian an der Küchentheke lehnen sah: Ich bilde ihn mir nur ein. Er entspringt meiner Fantasie, der klischeehaften Vorstellung siebzehnjähriger Mädchen von einem – nennen wir ihn mal: Traumtypen.

Peinlicherweise musste ich zugeben, dass ich wohl in dieser Hinsicht auch ziemlich archaisch ticke – in denselben simplen Kategorien denke wie meine zotteligen Vorfahren in den Steinzeithöhlen.

Nein, er sah *nicht* intellektuell aus und auch nicht kompliziert – sondern einfach bloß... cool. Als wären ihm die Schule und das, was sie einem als Zukunft versprechen, scheißegal, als wüsste er, dass nur der Moment zählte, und deshalb würde er sich einfach das Surfbrett unter den Arm klemmen und zum Strand schlendern. Barfuß über den Asphalt, mit nacktem Oberkörper. Die blonden Haare ausgebleicht von Sonne und Meer, braun gebrannte Haut über klar definierten Muskeln. Kurze Hosen und keine Schuhe.

Ich glaube, meine Hand zitterte ein wenig, als ich sie ihm entgegenstreckte, bevor ich merkte, dass diese steife Begrüßung völlig unpassend war. Er lachte – ich sah seine regelmäßigen weißen Zähne – und ich spürte, wie mein Gesicht heiß wurde und auch meine Knie zu zittern begannen.

»Hallo«, sagte ich mit viel zu hoher Stimme.

»Mel, richtig?« Seine blauen Augen blickten in meine und für einen Moment hatte ich wirklich das Gefühl, ich könnte ihn interessieren.

»Und du musst Julian sein«, konterte ich, ein wenig gefasster schon.

Es kam mir vor, als hätte sich ein Vakuum um uns herum gebildet, in dem wir erstarrt waren. Julian und ich in einer Blase.

Da rettete Claas – ob er mitbekam, was da gerade passierte, weiß ich nicht – die Situation. »Und wo ist jetzt die coole Bar von deinem Vater, Julian?«

Die Blase zerplatzte und schleuderte uns wieder in die profane Welt zurück, zu Julians arroganter, schöner Schwester und einem klugen, spöttischen Claas.

»Komm, ich zeig sie dir!«, sagte Julian und lachte dieses Schauspielerlachen, das mein Verstand überheblich gefunden hätte, wenn er denn noch funktioniert hätte.

Ich sah zu Claas hinüber. Obwohl er nicht schmächtig war, wirkte er gegen Julian geradezu schmal. In seiner Stirn klebte eine braune Locke. Seine Brillengläser waren beschlagen und er selbst war blass. Ich fürchtete, dass auch ich nicht gerade ein gutes Bild abgab, durchgeschwitzt, mit dem Ansatz eines Sonnenbrandes auf den Armen und auf der Nase. Wir passten irgendwie nicht hierher, in diese Welt der strahlenden Schönheiten, des Reichtums und der Coolness.

Es ist beschämend, ja, aber sofort beherrschte mich nur noch die Sehnsucht nach Julian. Sie fühlte sich an wie eine Wunde, die nur heilen würde, wenn er seine Hand darauf legte.

Meine Augen suchten ihn, als wären sie magnetisch von ihm angezogen, so lange, bis er in meinem Blickfeld auftauchte. Und dann warteten sie darauf, dass er ihren Blick erwiderte.

»Wir haben Wodka...«, sagte er, aber ich hörte gar nicht, was er alles aufzählte, sah ihn nur gebannt an, wie er auf der Terrasse am Kühlschrank lehnte, so ohne Eile. Cool eben.

Wie in einem Luxushotel standen weiße Liegestühle an einem Pool mit himmelblauem Wasser. Direkt vor uns lud eine Lounge, von einem weißen Sonnensegel überspannt, zum Chillen ein.

Zikaden zirpten und die Spitzen der Zypressen bewegten sich ganz leicht im Wind. Irgendwo zwitscherte ein Vogel immer dieselben zwei Töne.

»Mann!« Ächzend ließ sich Claas auf die Rattancouch mit den weißen Polstern fallen und streckte die Beine von sich. »Genial, oder, Mel?«, sagte er voller Begeisterung. Ich setzte mich auf einen extrabreiten Sessel schräg gegenüber von Claas und sagte: »Mhm, aber ganz schön heiß hier.«

Tammy kam mit zwei Wasserflaschen herüber. »Mel – hat dich deine Mutter nach Mel Gibson benannt?« Ihr Lächeln war zu strahlend, um echt zu sein.

Am liebsten hätte ich gar nicht geantwortet, doch da wir ja zumindest so taten, als wären wir nett zueinander, antwortete ich äußerst knapp: »Mel ist die Abkürzung von Melody. Ist ein irischer Frauenname. Meine Großmutter heißt so.«

»Ach, wie süß!« Ihr Haar zurückwerfend ließ sich Tammy auf die Couch fallen. »Oh je, bin ich froh, dass meine Eltern einen eigenen Namen ausgesucht haben. Sonst würde ich jetzt Martha heißen. Huuuh! Was dagegen, wenn ich dich Melody nenne?«

»Ja«, sagte ich bloß und drehte die Flasche auf.

»Schade!«, sagte Tammy. »Wenn ich deine Großmutter wäre, wäre ich gekränkt.«

»Wenn du meine Großmutter wärst, hätte mich meine Mutter sicher nicht nach dir genannt«, konterte ich. Aber ich hatte den Eindruck, sie verstand meine bösartige Bemerkung gar nicht.

Sie lehnte einfach den Kopf zurück und schloss die Augen, als wären wir gar nicht da.

Blöde Kuh, dachte ich und versuchte, meinen Ärger herunterzuschlucken. Warum genoss ich nicht einfach den Urlaub?

Ich hielt die Flaschenöffnung dicht an meine Lippen und spürte, wie die Kohlensäurebläschen platzten und ganz zart und kühlend mein Gesicht bespritzten.

Mein Wunsch nach Schlaf und einer Dusche war von einem viel stärkeren abgelöst worden: Ich war hellwach, schwitzte und wartete ungeduldig darauf, dass Julian hinter der Theke wieder auftauchen würde.

Claas redete unentwegt, ab und zu drang ein Wort zu mir durch, »romanische Ausgrabungen« und »Tagundnachtgleiche« und »Cicero« meinte ich, aufgeschnappt zu haben, aber im Grunde war es mir egal. Alles war mir auf einmal egal – alles außer Julian.

Da! Er kam mit diesem lässigen Grinsen, der Sonnenbrille auf dem Haar auf uns zu – mit vier Dosen Red Bull in seinen gebräunten, kräftigen Händen. Rasch sah ich weg, tat so, als starrte ich nicht ihn und seinen sonnengebräunten Waschbrettbauch an, sondern den blauen Himmel. Ach ja und seinen Nabel versuchte ich auch aus dem Kopf zu kriegen. Ich stehe auf Nabel.

Kennst du das, wenn man spürt, wie die Raubkatze in dir erwacht? Sie gähnt, dehnt ihren Rücken, streckt ihre Läufe, fährt die Krallen aus, leckt sich übers Maul, schärft ihren Blick und nimmt die Witterung auf, ihr Herzschlag beschleunigt sich, sie wartet auf ihre Beute.

Ich kam mir vor wie eine *dressierte* Wildkatze.

»Und, was macht ihr zwei so den ganzen Tag?«, fragte Claas, als sich Julian neben seine Schwester auf die andere Couch setzte, direkt mir gegenüber.

»Chillen«, sagte Tammy und strich sich mit einer grazilen Geste die blonden Haare aus der Stirn. Ich versuchte, mir eine Strähne aus der Stirn zu blasen, aber sie klebte fest. »Ist ja auch viel zu heiß«, hörte ich mich sagen, »da kann man nur schwimmen gehen und rumhängen.«

Julian sah zu mir herüber. Hatte er mich überhaupt schon richtig angesehen? Ob er schon bemerkt hatte, dass mich seine Schwester nicht mochte – und umgekehrt?, fragte ich mich.

»Wir haben überlegt, ob wir einfach hierbleiben«, sagte Julian und legte seiner Schwester die Hand auf den nackten Oberschenkel. Ich stutzte, aber dann sagte ich mir, dass das doch normal ist, sie kennen sich immerhin seit ihrer Geburt.

»Nein«, sagte Tammy zu ihm, »du hast es überlegt, ich nicht.«

Julian lachte, zog seine Hand weg und trank einen ordentlichen Schluck aus der Dose.

»Warum nicht, wär sicher ganz witzig«, sagte ich und dachte dabei jedoch nur an ihn und mich, wie wir ungestörte, nie endende Tage hier verlebten...

»Witzig? Hier hast du noch nicht mal Handyempfang«, sagte Tammy ein bisschen zu ruppig.

»Wirklich?« Claas reckte sich. Die Schweißflecken unter seinen Achseln waren auf dem blauen Polo erschreckend groß geworden. Und ich schämte mich – schon wieder. Nicht wegen ihm. Sondern für mich. Weil ich geglaubt hatte, ich könnte froh sein, dass sich jemand wie Claas für mich interessierte. Ich hatte mich zu schnell zufriedengegeben, wurde mir klar, nur weil ich wie andere sein wollte, weil es rein vom Verstand her nicht viel gegen Claas einzuwenden gab und weil es *normal* ist, einen Freund zu haben, nein, nicht nur normal, weil man einen haben *muss,* sonst zählt man nicht, sonst gehört man nicht dazu, sonst kann man nicht mitreden, sonst geht man allein auf die Partys – oder wird gar nicht erst eingeladen.

»Und Fernsehempfang haben wir auch nicht«, sagte da Tammy. Ich hatte aufgehört, der Unterhaltung zu folgen.

»Eigentlich sollte schon längst jemand kommen«, erklärte Julian, »um die Satellitenschüssel neu auszurichten, ist beim letzten Frühjahrssturm wohl fast vom Dach geflogen, aber«, er machte eine wegwerfende Handbewegung und Tammy beendete den Satz: »... diese Handwerker haben immer eine Ausrede.«

»Wir können das morgen machen«, sagte Claas großspurig an sie gewandt. »Ich krieg das hin.« Ich wusste gar nicht, dass er technisch begabt war.

»Internet gibt's natürlich auch nicht«, redete Tammy weiter, ohne auf sein Angebot einzugehen.

»Hm, klingt nach spannenden Abenden, oder, Mel?«, meinte Claas mit einem schiefen Grinsen.

»Na ja.« Ich warf ihm einen flüchtigen Blick zu. Seit

wir dieses Grundstück betreten und ich Julian begegnet war, war mir allein die Vorstellung, Claas anzufassen, unangenehm.

Claas beanspruchte die ganze Couch, hatte die Beine breit gespreizt und beide Arme über die Rückenlehne gelegt. Seine Schweißflecken waren nicht zu übersehen.

Ich sah zu Julian hinüber. Er saß genauso da. Aber bei ihm sah es alles andere als lächerlich aus. Meine Fantasie ging mit mir durch und ich saß neben ihm, unter seinem Arm, wie unter einem ausgestreckten Flügel.

»Wir fahren manchmal runter in den Ort, da gibt's 'nen Club...«, sagte Tammy. Sie hatte ihre nackten Beine untergeschlagen und drehte gedankenverloren eine Haarsträhne zwischen ihren schlanken, gebräunten Fingern.

»Ist nicht gerade die beste Location«, redete Julian weiter, »aber hier...«

»... gibt's nichts anderes«, beendete Tammy mit einem leisen Seufzer den Satz. Claas grinste sie an.

Toll, dachte ich, dein Freund verguckt sich gleich nach einer Stunde in eine andere. Aber ich selbst war ja auch nicht besser!

Wie es an dem Tag weiterging?

Wir hörten Techno aus Julians Block Rocker, rauchten Shisha und stiegen irgendwann auf Gras um.

Ich legte den Kopf zurück auf die Rückenlehne und betrachtete den tiefblauen Nachmittagshimmel, an dem weiße Wölkchen klebten wie weiße Watte. So banal und doch so schön. Vor mir glitzerte noch blauer der Pool und die weißen Liegen warteten nur darauf, dass ich mich dort ausstreckte. Julian lächelte mich an. Für einen Moment schloss ich die Augen. Ich sollte das alles hier einfach für die paar Tage genießen – und mich nicht kopflos verknallen. Und Claas sollte mir egal sein.

Verlieben – und dann ausgerechnet in so einen Typen wie Julian! Eitel und viel zu anspruchsvoll.

Als ich die Augen wieder öffnete, glaubte ich, Stunden geträumt zu haben.

Tammy stand auf einmal hinter der Couch, die Arme in die Hüfte gestemmt, und sah zu ihrem Bruder hinunter. Ich hatte gar nicht mitbekommen, dass sie weg gewesen war. »Sag mal, hast du meinen iPod genommen?«, fragte sie mit deutlicher Verärgerung in der Stimme.

»Nee, wieso?« Julian schüttelte gähnend den Kopf.

»Ich hatte ihn auf den Schreibtisch in meinem Zimmer gelegt«, sagte Tammy nachdrücklich. Ihr Blick wanderte zu mir, worauf ich bloß herausfordernd auffällig die Augenbrauen hob.

»Auf den S-e-k-r-e-t-ä-r meinst du wohl.« Julian lachte bekifft und Claas kicherte mit.

»Das ist überhaupt nicht komisch!«, protestierte Tammy mit einem Blick auf Claas, der sofort verstummte. »Du weißt genau, was dieser Bulle gesagt hat, von wegen Dieben und so!«, wandte sie sich wieder an ihren Bruder.

»He Tammy«, Julian zog sie an ihrem Arm zur Couch herunter. »Jetzt chill mal, wenn du ihn dahin gelegt hast, liegt er da noch.«

Clever, Julian, dachte ich und nahm einen Zug aus der Wasserpfeife.

»Er ist aber nicht da!« Tammy riss so schwungvoll ihren Arm los, dass sie beinahe hinfiel. Sie konnte sich gerade noch an der Rückenlehne festhalten.

»He!« Claas lachte. »Vielleicht hast du ihn einfach in deinem Zustand übersehen, woandershin gelegt, keine Ahnung?«

»Wieso Zustand? Meinst du, ich werde von dem bisschen Zeug high oder was?«, blaffte sie ihn an.

Jetzt lachten beide laut, Claas und Julian. Claas lachte wie Julian. Unter anderen Umständen wäre das mein Stichwort gewesen, um einzuschreiten, mich auf die Seite der Ausgelachten zu schlagen und sie zu verteidigen. Unter normalen Umständen – also wenn ich Tammy gemocht und Julian nicht so gut ausgesehen hätte.

Stattdessen zog ich tief den Rauch ein und dachte: Wunderbar, wie im Kino. Gleich würde einer eine Kanone ziehen oder Tammy würde Julian eine kleben oder Claas...

»Vielleicht hast du ihn vorhin in eine Tasche oder eine Jacke gesteckt«, meinte Julian langmütig, nachdem er und Claas wieder ernst geworden waren.

»Quatsch«, sagte Tammy und warf jetzt mir feindselige Blicke zu.

»Ich war's nicht, wenn du mich meinst.« Ich reckte herausfordernd lächelnd das Kinn.

»Mann, Tammy, hier war doch niemand!«, sagte Julian.

In dem Moment spürte ich, wie etwas in mir nach

unten rutschte, als würde sich mein Inneres vom Äußeren ablösen und dem Gesetz der Schwerkraft folgen. Mein Gehirn sank in die Beine, Füße und noch tiefer. Ich wollte mich irgendwo festhalten, griff ins Leere oder vielleicht bewegte ich mich auch gar nicht, aber dann stürzte ich, tiefer und tiefer, in vollkommene Schwärze, haltlos und bodenlos.

Ja, glaub es ruhig, denn heute wünsche ich mir oft, wieder in so eine Schwärze zu fallen, so tief, dass keine Erinnerung dorthin reicht.

7

Claas erzählte mir am nächsten Tag, dass sie mich wieder auf die Couch gehievt hätten. Und ich erinnere mich, wie Tammy sagte: »Ist doch klar, sie verträgt die Hitze nicht, hab ich ihr gleich angesehen. Und sich dann noch was reinziehen.«

»Wir hätten erst mal was essen sollen«, hörte ich Julian sagen und war ihm dankbar dafür.

Dann spürte ich eine Hand nach meinem Puls tasten. Und als mir klar wurde, dass es Julians Hand war, hämmerte mein Herz wie verrückt. Es war mir egal, dass Tammy sagte: »Kaum hier und schon gibt's Stress!«

Hauptsache Julian hielt meine Hand.

»So was kann jedem passieren«, sagte er dann noch.

»Mir ist so was noch nie passiert.«

»Und was war das bei der Klettertour vor zwei Jahren?«

»Mann, das war beim Sport, doch nicht beim Kiffen!«

Sie stritten – wegen mir – und irgendwie freute mich das. Meine Lebensgeister kehrten zurück, ich schlug die Augen auf und sah in Julians Gesicht.

»Du bist umgekippt«, erklärte Claas, als wüsste ich das nicht selbst.

»Langsam!«, mahnte Julian. »Langsam aufstehen.«

Ich tat, was er sagte, und sah ihm dabei in die Augen – diese blauen Augen. »Bin ich...«

»Du bist von der Couch runtergerutscht«, kam ihm Claas zuvor.

»Ach...«, sagte ich, ohne meinen Blick aus Julians Augen zu nehmen, »ist mir noch nie passiert.«

Ich sah gerade noch, wie Tammy entnervt aufstöhnte und sich abwendete. Claas und Julian sahen es auch und selbst in dem Zustand, in dem wir uns alle befanden, war wohl jedem von uns klar, dass die nächsten Tage wie ein einziges Feld voller Minen werden würden, unmöglich, nicht auf ein paar von ihnen zu treten. Ich stand schließlich auf, weil ich aufs Klo musste. Ich hörte noch, wie Claas aufgesetzt gut gelaunt sagte: »Jetzt muss ich mal euren Pool testen.«

Drinnen, am Esstisch mit den Rittersaalstühlen, blieb ich kurz stehen und sah noch einmal hinaus zu den anderen. Claas riss sich gerade die Kleider runter und sprang platschend ins Wasser. Wie weiß seine Haut war. Fast durchschimmernd. Ätherisch, kam mir kurz in den Kopf.

Julian zog sein Shirt über den Kopf und ich beobachtete, wie sich dabei unter der bronzefarben schimmernden Haut sein kräftiger Rückenmuskel wölbte. Mit zwei Schritten war er am Beckenrand und tauchte mit einem perfekten Sprung ins Wasser.

Er blieb ziemlich lange unten. Als er wieder durch die glitzernde Wasseroberfläche schnellte, warf sich

Claas auf ihn und drückte ihn unter Wasser, setzte sich auf seine Schultern, drückte ihn tiefer. Julian versuchte hochzukommen, aber offenbar war er an einer Stelle, an der er keinen Boden unter den Füßen hatte. Er zog Claas mit hinunter und für einige Augenblicke, die mir unendlich lang vorkamen, waren beide unter Wasser.

Da katapultierte sich Julian hoch, und als Claas auftauchte, drückte er ihn unter Wasser. Erst nach einigen Sekunden ließ er ihn nach Luft schnappen. »He, du Arsch!«, sagte Julian zu Claas. »Mach so was bloß nicht noch mal!«

Bevor Claas auch nur nicken konnte, tauchte Julian ihn wieder unter und Claas prustete und japste noch, während Julian schon aus dem Wasser stieg.

»Bist du behämmert oder was?«, schrie Claas ihn an. Julian nahm ein weißes, flauschiges Handtuch von der Liege und schlang es um seine schmale Taille. »Fick dich, Claas.«

Jetzt erst drehte ich mich um und ging ins Badezimmer.

In jener ersten Nacht in der Villa verhingen Wolken den Mond. Kein Lüftchen regte sich. Ich glaubte, im Zimmer zu ersticken. Daher schlich ich leise, um Claas nicht zu wecken, auf die Terrasse. Ich legte mich auf eine Liege, aber sofort fielen mich Mücken an und ich verzog mich wieder ins Haus. Egal, ob ich die Augen schloss oder offen ließ, immer sah ich Julian vor mir. Julians Oberkörper, seine Hände. Ich hatte keine Ahnung, wie ich die nächsten Tage und Nächte ertragen sollte.

Am nächsten Morgen verbarg sich das Blau des Himmels hinter einer dichten grauen Wolkendecke, unter der sich die Hitze wie unter einer Glocke staute. Die Luft war schwül und darin lag der süßliche und schwere Duft nach feuchter Erde, verwelkenden Blüten und verwesenden Insekten.

Auch unsere Stimmung war gedrückt, obwohl niemand mehr den vergangenen Abend ansprach.

Erst am Nachmittag riss die Wolkendecke auf und die Sonne schoss hindurch, als hätte sie ihre Kraft stundenlang gebündelt und auf diesen Moment gewartet. Feuchtigkeit stieg vom Boden auf und ich bekam Kopfschmerzen, gegen die mir Julian Aspirin aus dem Medikamentenschränkchen im Badezimmer holte.

Kurze Zeit später durchdrang die Hitze alles, machte jede Bewegung zu einer schweißtreibenden Anstrengung. Selbst die Vögel schwiegen. Nur die Zikaden zirpten unbeirrt weiter. Schrill und nervtötend.

Ich lag im Schatten auf einer Liege und döste beim Lesen immer wieder ein. *Billard um halb zehn* hatte ich schon mal gelesen und wollte diesmal auf bestimmte Details achten. Wie schildert Böll den Konflikt zwischen dem denkenden und verantwortlich handelnden Einzelnen und der Menge. Also, was genau läuft in Frau Fähmel ab, dass sie tatsächlich auf den Exnazi schießt? Aber es fiel mir schwer, mich zu konzentrieren. Immer wieder sah ich zu Julian und Claas hinüber, die unter dem Sonnensegel auf den Sofas lümmelten und mit ihren Computern spielten.

Plötzlich kam Tammy auf die Terrasse gestürmt. In ihrem Gesicht war ein merkwürdiger Ausdruck, irgendetwas zwischen Erleichterung und Verwirrung. »Ich kann es mir nicht erklären«, sagte sie kurzatmig und hielt ihren iPod hoch.

»Dann war ja der ganze Stress umsonst«, konnte ich mich nicht bremsen, ihr reinzuwürgen. Tammy bestrafte mich mit einem ihrer überheblichen Blicke – der an meiner Sonnenbrille abprallte.

»Wo war er denn?«, wollte Julian wissen.

»In der Schublade in meinem Nachttisch. Aber ich weiß ganz genau, dass ich ihn da nicht reingetan habe!«

Er zuckte die Schultern. »Na ja, vielleicht warst du ja in Gedanken oder die Shi...« Er wollte sich schon wieder dem Videospiel zuwenden.

»Nein!«, unterbrach sie ihn heftig, »gestern war er *weg!* Und offenbar hat ihn jemand zurückgelegt.«

Dabei sah sie natürlich mich an. Als ob ich ihren iPod nehmen würde! Ich schüttelte bloß wortlos den Kopf und wandte mich wieder meiner Lektüre zu.

Auch Claas und Julian erwiderten nichts, ich glaube, Julian war es peinlich, dass seine Schwester so einen Schwachsinn von sich gab. Und Claas wollte sich offensichtlich nicht einmischen.

»Nett, wie ihr alle Anteil nehmt!«, bemerkte Tammy und stolzierte davon. Die nächsten Stunden sah man sie nicht mehr, was mir nur recht war.

Irgendwann vermischten sich die Sätze in meinem Buch mit meinen Gedanken über Tammy und Julian, über den Sommer – dann zerfaserten sie und ich driftete weg. Als ich wieder aufwachte, lag mein Buch auf dem Boden, ich hatte einen steifen Hals, fühlte mich schwindlig und unendlich müde. Über den Steinen der Gartenmauer flimmerte die Luft in der Hitze. Julian und Claas hatten sich längst ins Haus verzogen. Mein Gott, dachte ich, wie hält man diese Hitze aus? Mühsam richtete ich mich auf und schleppte mich ins Badezimmer. Dort stellte ich mich unters kalte Wasser und allmählich kehrte Leben in mich zurück.

Am Nachmittag wurde es noch heißer und unerträglicher, dennoch legte sich Claas in die pralle Sonne an den Pool, während Tammy und Julian dösend auf ihren Luftmatratzen im Wasser trieben. Nur ich verzog mich in den Schatten, machte es mir mit meinem Buch auf der Couch im Wohnzimmer bequem und ließ hin und wieder meinen Blick nach draußen gleiten.

Sonne scheint. Meer blau, Hitze tötet jedes Leben, würde ich jetzt twittern. Und: Die Zeit dehnt sich endlos. Wenn nicht bald etwas passiert, hört mein Herz vor Langeweile und Hitze auf zu schlagen.

Aber hier im Haus hatte ich ja keinen Empfang.

Abgeschnitten, dachte ich, wir sind uns selbst ausgeliefert, und da fiel mir ein Zitat aus *Geschlossene Gesellschaft* von Jean-Paul Sartre ein. Die Hölle, das sind die anderen.

Ich nippte an einem Glas Mineralwasser und stellte es auf ein schwarzes Schachspielfeld – eine schwarze Bodenfliese. Immer wieder wanderte mein Blick hinaus zu Julian auf der Luftmatratze. Er hatte die Arme seitlich ausgebreitet und schaukelte sanft auf dem Wasser. Ich fragte mich, ob er etwas an mir fand. Ob er mich nur aus

Verlegenheit ignorierte – oder weil er Claas nicht in die Quere kommen wollte.

Mir fiel ein, dass Claas etwas von einer Gina erzählt hatte, mit der Julian vor Kurzem Schluss gemacht hatte.

Und plötzlich machte mich diese Trägheit wütend. Keiner von ihnen würde es merken, wenn ich nicht mehr da wäre. Auch Claas schien sich nicht sonderlich für mich zu interessieren. Irrte ich mich oder suchte er dauernd Tammys Nähe?

Entschieden klappte ich mein Buch zu und ging auf die Terrasse.

»Also, Leute«, fragte ich laut, »was machen wir heute Abend? Ihr wollt doch nicht die ganze Zeit hier so rumhängen?«

Claas drehte langsam den Kopf auf dem Liegestuhl und sah mich gequält an. »Warum schreist du so?«

Tammy grinste von ihrer Luftmatratze herüber. »Oh-oh. Ich glaube da ist jemand sauer.«

»Ich bin nicht sauer!« Ich ärgerte mich sofort über mich selbst, dass ich überhaupt auf ihre Bemerkung einging. »Ich habe nur keine Lust, meine Ferien so zu verbringen.« Ich zuckte die Schultern, als wäre das alles. Es war natürlich *nicht* alles, aber ich würde nicht vor allen zugeben und mir die Blöße geben, dass es mich nervte, wie nichts behandelt zu werden.

»Dann besuch doch einen Sprachkurs!«, meinte Claas und fügte in seiner spöttischen Art hinzu: »Aber ich nehme an, es gibt hier keinen, der auf deinem Niveau mithalten kann!«

Tammy kicherte, aber wenigstens Julian reagierte nicht.

»Ich wusste gar nicht, Claas, dass du so neidisch auf meine Noten bist«, gab ich zurück, »oder reicht's bei dir etwa noch nicht ganz für Oxford?«

Claas wollte etwas entgegnen, aber Julian kam ihm zuvor.

»Mel hat recht, gehn wir heute Abend mal runter nach Colonnes.«

»Heute ist Dienstag, da ist so gut wie gar nichts los«, warf Tammy gelangweilt ein.

»Hm«, machte Julian und ließ den Kopf auf seine Matratze zurücksinken.

Ich wartete. Darauf, dass Julian weitersprach – oder jemand überhaupt etwas sagte.

Aber das Thema war anscheinend erledigt.

»Okay«, sagte ich schließlich, »dann geh ich eben allein.«

»Ist, glaub ich, ganz schön weit«, meinte Claas.

»Hier gibt's ja bestimmt irgendwo ein Fahrrad, oder?«

»Meins kannst du nicht haben«, sagte Tammy sofort, »war viel zu teuer, um es vor einer Kneipe rumstehen zu lassen.«

»Dann nehm ich mir halt ein Taxi«, sagte ich trotzig. Ich ließ mich doch nicht von Tammy in die Knie zwingen.

»Und wie willst du das Taxi bestellen, hier gibt's keinen Empfang?«, fragte Tammy mit gekräuselten Lippen, sie hatte offensichtlich Spaß daran, mich vor allen auflaufen zu lassen. Doch hatte sie wohl ihren Bruder falsch eingeschätzt.

Julian setzte sich auf seiner Luftmatratze auf. »Mel

hat eigentlich recht. Hin können wir ja zu Fuß gehen, wir sollten uns eh ein bisschen bewegen, zurück nehmen wir dann ein Taxi.«

Ich sah zu ihm hinüber und versuchte, seinen Gesichtsausdruck zu lesen. Aber die Sonne blendete und ich konnte ihn nicht richtig erkennen.

»Ich hab kein Hemd mehr dabei«, kam es von Claas.

»Kein Problem, such dir eins von meinen aus«, bot Julian großzügig an.

Tammy sagte nichts, sondern ließ sich langsam von der Luftmatratze ins Wasser gleiten, als wäre sie tot.

Ich bin mir nicht mehr ganz sicher, ob an diesem Nachmittag zum ersten Mal die Dusche nicht mehr funktionierte. Tatsächlich hatten sich die anderen aufgerafft, mit mir hinunter in den Ort zu kommen. Ich duschte als Letzte und wollte gerade die letzten Minuten unter dem kalten Wasser genießen, da versiegte es. Nur ein paar Tropfen fielen noch aus dem Duschkopf, dann kam nichts mehr. Ich drehte die Hähne bis zum Anschlag auf. Nichts.

Weder Julian noch Tammy wussten, wo sich der Haupthahn der Wasserleitung befand. Julian versprach, von Les Colonnes aus Vincent, den Gärtner, anzurufen, der auch die Reparaturen im Haus erledigte.

Als wir endlich losgingen, kamen wir kaum hundert Meter weit, als uns ein Polizeiwagen überholte, scharf abbremste und dann neben uns herrollte.

Das Seitenfenster glitt hinunter und im ersten Moment dachte ich, da sitzt der Teufel persönlich. Genau, es war derselbe, der Tammy und Julian bei dem Beinahe-Zusammenstoß mit dem Fahrrad vor den Einbrechern warnte. Und der, der mich jetzt in meinen Albträumen heimsucht.

Yannis Lausac – so stellte er sich vor – war ohne Partner auf dem Heimweg nach Les Colonnes und ließ uns einsteigen.

Es war meine Rettung! Meine Schuhe scheuerten und ich fragte mich schon, wie ich den ganzen Weg durchhalten und dann auch noch tanzen sollte.

Im Nachhinein betrachtet war diese Begegnung wohl schicksalhaft.

Nicht nur weil er uns alle vier zusammen traf, sondern auch weil ich mich vorn neben ihn setzte und mir nicht entging, wie er mich ansah, wie er seine Hand auf dem Steuerknüppel weiter nach rechts zu meinem Knie schob.

Ich sollte ihm noch öfter begegnen und jedes Mal machte er mehr oder weniger deutliche Annäherungsversuche. Aber immer hielt mich irgendetwas davon ab, ihn brüsk abzufertigen. Es lag nicht an seiner Uniform, Autoritäten haben mir noch nie besonders imponiert. Vielleicht war es seine Macho-Tour, die mich irgendwie amüsierte. Er war so vorhersehbar.

Egal – entscheidend für das, was passieren sollte, war, dass er sich ganz offensichtlich für uns und für mich im Besonderen interessierte. Er behielt uns in gewisser Weise im Auge.

Okay, ich spielte auch ein bisschen mit ihm.

Man tut so was nicht, und schon gar nicht bei einem Polizisten, würde meine Mutter sagen.

Stimmt. Man tut so was nicht – aber gerade deshalb machte es mir Spaß. Und noch einmal mehr Spaß, weil es die anderen mitbekamen.

Beim Aussteigen erwiderte ich Yannis' langen Blick mit einem Lächeln. Julian beobachtete unseren kurzen Austausch und wirkte für den Bruchteil einer Sekunde irritiert. Ich triumphierte. Also ignorierte er mich doch nicht.

8

La Porte – die Pforte – hieß der Club, in den wir gingen, und später habe ich mir überlegt, ob der Name nicht schon ein Zeichen war. Jetzt, im Nachhinein weiß ich, in dem Moment, als der Türsteher uns das rostige Eisentor öffnete, überschritten wir eine Schwelle in eine düstere Welt, nur wussten wir es damals noch nicht.

Ich frage mich, wie wäre alles gekommen, wenn man uns nicht eingelassen hätte?

Wären wir früher zurück in die Villa gegangen und hätten so verhindert, was dann geschah?

Fakt ist: Die Tür vom La Porte öffnete sich für uns und arglos traten wir ein.

Die Hölle – dachte ich in den ersten Augenblicken. Die schwüle Hitze, die Dunkelheit, das Trockeneis, das Wummern und Vibrieren der Bässe, das alles schien aus den unheimlichen Tiefen der Erde zu kommen.

Der Club war gut besucht. Schweißnasse Körper, gebräunt vom langen Sommer am Strand, umschlangen sich, zuckten im Rhythmus von Techno und House. Eine Orgie des Lebens, dachte ich in einem Moment poetischer Entrückung und suchte die wabernde Menge nach Julian ab, doch er war schon irgendwohin verschwunden.

Tammy sah ich auch nicht mehr, selbst Claas war weg. Zuerst war ich missgelaunt, aber dann schloss ich einfach die Augen und überließ mich den Bässen, dem Wogen um mich herum, bald schwebte ich und ich fühlte mich frei und gut. Bis meine Gedanken wieder um Julian kreisten. Was wäre, wenn er genau jetzt vor mir stand? Genau jetzt.

Ich öffnete die Augen und natürlich stand er nicht vor mir. Stattdessen zuckten Lichtblitze über die Körper, die sich in einem einzigen Rhythmus bewegten. Als ich für einen Moment innehielt, einfach inmitten der Menge stehen blieb, fühlte es sich an, als pumpte ein gigantischer Organismus um mich herum. Es war, als seien die einzelnen Leiber bloß Zellen ohne eigenen Willen, unfähig, allein zu existieren.

Irgendwann erhaschte ich dann doch einen Blick auf Julians Gesicht, es war in lilafarbenes Licht getaucht, kaum aber erkannte ich es, verschwand es schon wieder zwischen all den anderen Gesichtern und Körpern. Hat er mich angesehen? Tammy, bemerkte ich, tanzte mit exaltierten Bewegungen, als könnte jeden Moment von ihr ein Foto gemacht werden.

Ich weiß nicht, wie lange ich tanzte, ich fühlte mich schwerelos, körperlos – da entdeckte ich Claas' Gesicht, er hatte die Augen geschlossen und wiegte nur seinen Oberkörper. Es war merkwürdig, aber auf einmal rührte er mich, vielleicht weil er mir so verloren vorkam, genauso verloren wie ich, kurz davor, sich in der Menge aufzulösen. Ich schob mich zwischen anderen Tanzenden durch, umfasste ihn, zog ihn zu mir heran und spürte die Hitze seines Körpers. Mein Kleid klebte schon an mir, aber ich ließ ihn nicht los und dann umfasste auch er mich, hielt mich fest und wir bewegten uns langsamer, viel langsamer als die anderen, als wären wir aus der Zeit herausgefallen. Ich schloss die Augen. Und dann geschah etwas, das mich erschreckte.

Unsere Wangen berührten sich und ich roch das Chlor in seinen Haaren und die Sonne des ganzen Tages auf seiner Haut. Unsere Körpermitten wollten sich nicht mehr trennen, nicht einen Millimeter, seine Bewegungen wurden meine und umgekehrt, bis es nur noch eine einzige, von anderen kaum wahrzunehmende Bewegung war. Zwei Zellen in diesem Organismus verschmolzen miteinander und dann überließ ich mich einer anderen Kraft, die mich überwältigte.

Töne und Licht explodierten, ich löste mich auf, schwebte irgendwo, wo es keine Grenzen, kein Oben und kein Unten gab, kein Vorher und kein Nachher, nur ein alle Zeiten umfassendes Jetzt. Julian. Julian. Julian. Es war Julian. Julian. Julian – nicht Claas.

»He, wir wollen los!«

Es dauerte eine Weile, bis ich zurückkam und realisierte, dass das da tatsächlich Tammy war, die vor uns stand. Und nur Bruchteile von Sekunden später erkannte ich auch, dass mich nicht Julian, sondern Claas festhielt.

»Jetzt kommt schon!«, schrie sie gegen die Musik an.

Ihre Gesichtsfarbe wechselte von Gelb auf Grün und wurde dann Rot.

»Wir kommen nach!«, schrie ich zurück und umklammerte Claas noch enger, ohne ihn anzusehen. Für Momente noch wollte ich mir noch etwas vormachen, ihn festhalten – ihn, Julian.

Tammys Augen zuckten. »Hier ist eh bald Schluss!«, schrie sie. »Wir waren jetzt echt lang genug hier!« Tammy verzog den Mund und musterte mich mit ihrem abschätzigen Blick. Aber einen Kommentar verkniff sie sich, denn ich hielt Claas und er hielt mich und sie war allein.

»Und wo ist Julian?«, wollte Claas wissen und sah sich um. Sein Griff um meine Taille lockerte sich, ich drückte mich an ihn, ließ meine Hand über seinen Hintern gleiten, es konnte doch nicht sein, dass er mich so schnell vergaß. Claas!, wollte ich schreien und meinte Julian. Da sah ich, wie sich sein Blick auf Tammy geheftet hatte. Auf ihren Mund. Auf ihr Dekolleté. Auf ihren Busen.

Tammy machte eine unbestimmte Geste Richtung Ausgang. »Also kommt ihr jetzt?« Sie gähnte demonstrativ, doch ich fand, dass sie eine ziemlich miese Schauspielerin war.

Claas nickte und im selben Moment ließ er seine Arme fallen, die mich noch immer, wenn auch lockerer, hielten, als hätte ich mich gerade in Luft aufgelöst.

Ich tappte hinter ihm und Tammy her. Warum nahm ich das einfach so hin, warum ließ ich mich so behandeln? Wir drängelten uns an verschwitzten Körpern vorbei, durch ein feuchtes Gemisch von Parfüms und Alkohol.

Claas liebte mich nicht. Ich bedeutete ihm nichts. Genauso wenig, wie er mir etwas bedeutete, das wurde mir nun klar. Denn wenn ich ehrlich gewesen wäre, hätte ich mir eingestanden, dass ich bloß geschmeichelt war, auserwählt worden zu sein.

Claas' Gesicht war auf einmal ganz nah.

»Ich hab dich gefragt, ob alles okay ist«, schrie er gegen die Musik an. Seine Brille war beschlagen, das Hemd, das er sich von Julian ausgeliehen hatte – und ihm zu groß war – war durchgeschwitzt, seine Locken klebten in der Stirn. Sein Geruch war mir auf einmal unangenehm. Ich wich zurück. Plötzlich konnte ich nicht mehr verstehen, gerade noch so eng mit ihm getanzt zu haben.

»Was soll sein?« Ich war beeindruckt. Von mir. Von der Kälte, mit der ich diese drei Worte rüberbrachte.

Sein Lächeln wurde unsicher. Ich wandte mich ab – und erblickte Julian.

Er drehte sich von einem Mädchen weg, ich konnte nur noch ihr langes dunkles Haar erkennen, dann war sie schon wieder in die Dunkelheit des La Porte abgetaucht. Der spitze Pfeil der Eifersucht bohrte sich in mein Fleisch. Warum hatte Julian mich nicht dort drin gesucht?

Ich war wütend, nein, das ist nicht ganz der richtige Ausdruck. Ich fühlte mich eher niedergeschlagen, weil ich vor der Tatsache kapitulieren musste, dass alle meine Gedanken um Julian kreisten.

Dass ich in meiner Obsession gefangen war.

Nur wenige Minuten standen wir in der Nacht, die wummerte und dröhnte und zirpte und hupte und schrie und lachte und nach hundert verschiedenen Düften roch. Das La Porte – es hätte ganz anders werden können. Und schon spulte ich in Gedanken zurück, die Dunkelheit, der Rhythmus, Julian und ich ...

Dann blinkte das Licht eines Taxis auf und Claas lief ihm fast vor die Motorhaube. Das Taxi bremste abrupt, der Fahrer machte bloß eine flapsige Bemerkung und ließ uns einsteigen.

Wie es kam, dass ich auf dem Rücksitz zwischen Claas und Julian saß?

Mein rechtes Bein berührte Claas' Bein, mein linkes das von Julian. Genau wie meine Arme ihre Arme berührten. Ich schloss die Augen und spürte ihr Atmen, ihre Wärme und ihren Herzschlag. Spürte Julian auch meinen?

Ich lehnte mich an Julian. Sein Arm, sein Bein, alles fühlte sich anders an als bei Claas. Stärker, heißer, sein Herz schlug kräftiger – er kam mir irgendwie lebendiger vor als Claas. In meiner Fantasie kehrte ich auf die Tanzfläche zurück. Mit Julian. Und ich erlebte alles noch einmal, intensiver. Mein Herz klopfte schneller und heftiger, mir wurde heiß, immer heißer. Mein ganzes Sein, so kam es mir vor, war auf allein die Körperstellen konzentriert, an denen Julian und ich uns berührten. Diese Fahrt durch die Nacht und die duftenden Hügel, mit dem Mond über uns, dem Rauschen des Meeres in den Ohren sollte niemals enden. Und wenn sie denn jemals enden müsste – dann in den Armen von Julian.

Natürlich endete die Fahrt. Doch in seinen Armen landete Tammy, die kicherte und stolperte, bis Julian sie auffing, während ich mich hinter Claas vom Rücksitz schob. Beim Abfahren hinterließ das Taxi eine Wolke aus Staub und Abgasen. Kein Zweifel: Der Zauber war vorbei.

Es war kühler als unten in Les Colonnes und im Wind raschelten die Blätter. Kein Licht brannte, wir hatten vergessen, es anzuschalten, als wir gingen, weil es noch hell gewesen war. Tammy – sie hatte sich aus Julians Armen gelöst – ging voraus, öffnete die Gartentür in der Hecke und steuerte auf das Haus zu, das kalkig hell in der Dunkelheit schimmerte.

War mir da schon etwas aufgefallen?

Ich ging hinter Claas durch den Garten, zwischen den Oleanderbüschen hindurch und sah dabei auf seinen eckigen Rücken mit dem schmalen Hals und dem durch die Locken zu groß wirkenden Kopf, bis er hinter den Büschen verschwand.

Im Nacken spürte ich – vielleicht bildete ich es mir nur ein? – Julians warmen Atem. Ich spürte ihn nicht nur, ich hörte ihn auch, ganz leise. Ich sah hinauf in den schwarzen Himmel, an dem Abermillionen Sterne funkelten.

Die nimmermüde Zikade zirpte und etwas in mir ließ mich langsamer gehen, mein Herz schlug wieder heftiger. Ich wollte mich zu ihm umdrehen, doch da umfasste er mich schon von hinten, zog mich zu sich heran und ich ließ es zu, ja, mehr noch, alles in mir seufzte. Als seine Lippen mein Ohr berührten, zitterte ich. Seine Hände griffen höher, über meinen Bauch zu meinen Brüsten, eine Hand schob sich nach unten über meine Hüfte, ich bebte, spürte, wie sich in mir etwas zusammenballte, etwas Heißes, Glühendes...

»Nein!«, gellte auf einmal Tammys Stimme.

Wir erstarrten.

»Jemand ist eingebrochen!«, schrie Tammy im Haus.

Während ihre Worte noch nachhallten, blitzten schon Bilder in meinem Kopf auf. Aufgeschlitzte Polster, aus den Regalen gerissene Bücher, umgestürzte Möbel – und Leerstellen, überall dort, wo vorher etwas gewesen war.

»Bleib, wo du bist, Tammy!«, rief Julian. Seine Hände waren plötzlich verschwunden und mein Körper fühlte sich seltsam kalt an. »Tammy, lass mich reingehen!«, hörte ich ihn rufen. Aber da war er schon an der Haustür.

Ich ließ mich auf einen Stein sinken. Noch nie habe ich mich so verlassen gefühlt.

Irgendwann erhob ich mich und ging ins Haus.

Gleißende Helligkeit blendete mich. Sie hatten alle Lampen angeschaltet, als wollten sie jeden Winkel ausleuchten, als könnte sich der Dieb hinter Vorhängen oder unter Betten versteckt haben.

Langsam ging ich ins Wohnzimmer, spähte nach allen Seiten, auch hinter mich, doch es huschte kein Schatten durchs Zimmer und anders als im Film schlug auch keine Tür zu. Der Dieb war weg. Man sah – und roch – ihn nicht mehr, falls er überhaupt einen besonderen Geruch hatte, nach Zigaretten, Schweiß oder einem aufdringlichen Parfüm, vielleicht. Aber der Typ hatte etwas anderes hinterlassen: Scharfe, spitze Glasscherben und Abertausende von blitzenden Splittern bedeckten den Schachbrettboden im Wohnzimmer. Er hatte die große Terrassentür eingeworfen und es kam mir vor, als lauerte da draußen die Nacht mit ihrer Dunkelheit und ihren Geräuschen und wir waren ihr nun schutzlos ausgeliefert. Mich überlief ein Schauder, als unter meinen Sohlen das Glas brach.

Ich weiß nicht, ob du das kennst, aber zerbrochenes Glas ruft ein seltsames Gefühl von Trauer in mir hervor. Von Gescheitertsein, davon, unwiderruflich etwas verloren zu haben.

Und so stand ich da im hell erleuchteten Wohnzimmer mit diesen Ritterburgstühlen und dem Ritterburgtisch und diesem enormen Hirschgeweihleuchter darüber und konnte mich auf einmal nicht mehr rühren, weil mich das Bersten unter meinen Sohlen an zerbrechende Knochen erinnerte.

Da erst hörte ich die anderen im oberen Stockwerk herumlaufen, hörte Tammy etwas von ihrem iPod plärren und Claas und Julian durcheinanderreden.

Ich hatte keine Lust, zu ihnen zu gehen, mich von ihrer aufgeregten Betriebsamkeit anstecken zu lassen, und goss mir an der Küchentheke ein Glas Wasser ein. Die Bässe vom La Porte dröhnten noch immer in meinem Kopf, in meinen Ohren war Rauschen. Mir fiel die große Meeresmuschel ein, die mir mein Vater als kleines Mädchen – ans Ohr gehalten hat. »Horch mal«, hat er gesagt, »darin rauscht das Meer.«

Als ich wissen wollte, warum, sagte er: »Weil die Muschel so lang im Meer gelegen hat. Sie hat die Musik der Wellen gespeichert.«

Natürlich hab ich das geglaubt. Kinder sind nicht bloß leichtgläubig, sie sind auch dankbar für jede mysteriöse Geschichte.

Ich stellte mir vor, was passiert war.

Als wir tanzten, als wir uns der Musik, dem Vibrieren und Stampfen, den Umarmungen und unseren Gefühlen überließen, genau in dieser Zeit warf also jemand einen Stein, der übrigens direkt vor mir auf dem Boden lag, durchs Terrassenfenster. Hat uns jemand weggehen sehen? Warum dieses Haus?

»Hm...«, machte es hinter mir.

Claas war heruntergekommen und ließ seinen Blick durchs Wohnzimmer schweifen. »Von meinen Sachen fehlt nichts«, sagte er, »und den Fernseher haben sie auch nicht mitgenommen, merkwürdig.«

Ich erwiderte nichts.

Obwohl das Haus nicht mir gehörte, mir die Glasscheibe egal sein könnte, fühlte ich mich, als sei auch mir Gewalt angetan worden. Ich sträubte mich davor nachzusehen, ob man von meinen Sachen etwas gestohlen hatte.

»Hm«, machte Claas wieder und schüttelte den Kopf, »wundert mich, dass die hier keine Alarmanlage haben.«

»Die hätte auch nichts genützt«, sagte ich.

Er fuhr sich durchs Haar, er war eindeutig verlegen.

Was wollte er? Sich entschuldigen? Fragen, ob das im La Porte echt gewesen war? Ob... ob ich mit ihm schlafe?

Und was wirst du antworten, Mel? Wirst du lügen?

»Ich hab mich gerade gefragt, ob...«, fing er an und drehte sich zu mir.

Seine Augen hinter den Brillengläsern waren mir noch nie so leer vorgekommen.

Er machte gerade den Mund auf, als Tammy die Treppe herunterschrie: »Mein iPod ist wieder weg!«

Claas rannte hinauf, als müsste er Tammy aus den Händen eines Mörders retten.

»Sieh am besten in der Nachttischschublade nach«, schickte ich ihm noch boshaft hinterher.

Zum zweiten Mal innerhalb von Minuten stehen gelassen, stieg ich über die Glasscherben hinaus auf die Terrasse. Wenn ich ehrlich war, war ich erleichtert, dass er nichts gesagt hatte.

Auf dem Wasser im Pool glitzerte silbern das Mondlicht. Schön, aber kalt.

Ich fühlte mich verletzt, allein und ich hätte heulen können – vor Wut – und vor Selbstmitleid, aber ich tat es nicht. Weil ich mir irgendwann einmal geschworen habe, nicht zu heulen. Heulen bedeutet Schwäche. Und wenn du schwach bist, glauben sie, sie könnten alles mit dir machen.

Über die Mauer hinweg, zwischen den Pinienkronen hindurch konnte ich die wenigen glimmenden Lichter von Les Colonnes sehen. Eben noch waren wir dort unten gewesen, eben noch berauscht – und jetzt? Jetzt drehte sich alles um einen gestohlenen iPod und eine zerbrochene Scheibe.

Ich zog mich aus und ließ mich vom Beckenrand ins Wasser gleiten. Das Wasser war fast so warm wie ich, ich spürte nur ein leichtes Streicheln auf meiner Haut und eine erlösende Schwerelosigkeit.

Ich legte mich auf den Rücken, ließ mich treiben und betrachtete den Mond.

9

Außer Tammys iPod – der ja seltsamerweise zum zweiten Mal verschwand beziehungsweise gestohlen worden war – fehlte nichts. Da im Haus weder Schmuck noch viel Bargeld noch ein Autoschlüssel aufbewahrt wurden, zu dem man das passende Auto hätte stehlen können, war es seltsam, dass der Dieb nicht wenigstens den Fernseher – vielleicht war der zu schwer gewesen? – oder eines der teuren Fahrräder mitgenommen hatte.

Die anderen kamen einer nach dem anderen aus dem Haus. Dann saßen wir eine Weile auf der Terrasse herum, regten uns über die Polizei auf, die erst morgen jemanden schicken wollte, und über Leute, die sich am Eigentum anderer vergriffen, und rätselten, wer der Einbrecher gewesen sein könnte.

Tammy meinte, sie könnte nie mehr in diesem Haus schlafen, aus Angst, von einem Einbrecher geweckt zu werden, und Claas sagte, Julian und Tammy sollten ihren Eltern eine Alarmanlage vorschlagen.

»Sie sollten gleich eine kombinierte Einbruch- und Rauchmeldeanlage nehmen. Ist ziemlich einfach, man braucht bloß Strom, keine Sensoren an Fenster und Türen... es gibt auch separate Deckenalarm-Anlagen, ist vielleicht auch nicht schlecht, wenn...«

Er verstummte, als hätte er endlich von selbst gemerkt, dass er uns alle langweilte.

Und Julian? Er tat so, als habe es den Moment im Garten gar nicht gegeben. Ja, er sah mich noch nicht einmal an. Sein Arm lag um Tammys Schulter.

»Es war doch bloß ein iPod«, sagte ich zu Tammy. Mir war dieses Drama sowieso schon zu viel. »Ich wette, du hast sogar noch einen zu Hause.«

Sie schaute auf und sah mich an, als wollte sie sich gleich auf mich stürzen und in Stücke reißen.

»Nur ein iPod?« Tammy schoss aus der Deckung von Julians Arm vor. »Weißt du, für wie viel Geld ich da Musik drauf geladen habe? Und außerdem: Hier«, sie fuchtelte in Richtung Haus, »hat so ein Wichser mit seinen dreckigen Pfoten rumgewühlt! Er hat einfach die Scheibe kaputt geschlagen und ist hier reinspaziert! In unser Heim!«

Dieses Wort aus Tammys Mund – klang einfach völlig daneben.

»Heim?«, fragte ich gedehnt. »Ihr wohnt doch bloß ein paar Tage im Jahr hier.«

»Das ist doch völlig egal!«, regte sich Tammy auf und schob ihr Kinn vor. »Selbst wenn wir *nie* hier wohnen! Es *gehört* uns! Niemand hat das Recht...«

»Tammy«, Julian legte seine Hand in ihren Nacken, »komm mal wieder runter. Mel wollte dich nur trösten, oder, Mel?«

Mein Gott, wo bin ich hier gelandet? Erst »Heim«, dann »Trost«?! Und Julians Blick dabei!

Eben noch hatte er mich ins Gebüsch zerren wollen und jetzt mimte er den sensiblen Samariter.

»Ich glaube, ich verzieh mich mal lieber ins Bett.« Ich stand auf. »Bevor ihr hier alle noch Heiligenscheine kriegt.«

Keiner erwiderte etwas, erst als ich im Haus war – da hörte ich Tammy sagen: »Die spinnt doch total.«

Beinahe wäre ich noch mal rausgerannt und hätte sie angeschrien: Und du erst! Aber ich beschloss, mich nicht auf ihr Niveau zu begeben.

Ich hätte gern geduscht, aber in der ganzen Aufregung hatte ich kurz vergessen, dass wir kein Wasser hatten. Vincent wollte am nächsten Morgen vorbeikommen und nachsehen.

In dieser Nacht suchten mich die Bilder von diesem Abend im La Porte wieder heim, ich tanze, die Lichter zucken, ich spüre die Hitze in meinem Körper – und immer wenn ich in das Gesicht vor mir sehe, bin ich überrascht, dass es nicht Claas – sondern Julian ist, der mich festhält.

Als ich mir, aufgewühlt von meinen Träumen, in der Küche etwas zu trinken holte, sah ich Claas auf der Couch vor der eingeworfenen Terrassentür liegen. Er rieb sich die Augen und schwafelte: »Tammy hat Angst, dass jemand in der Nacht reinkommen...«

»Und warum schläft dann da nicht Julian?«, fiel ich ihm ins Wort. War ich eifersüchtig? Ja.

»Julian schläft vor ihrer Tür.«

»Ihr seid doch alle krank«, murmelte ich und ging mit einer Flasche Wasser wieder in mein Zimmer hinauf. Ich boxte in mein Kopfkissen, bis mir die Handgelenke wehtaten. »Ich hasse dich, ich hasse dich!«, schrie ich ins Kopfkissen. Mal meinte ich Claas, mal Julian.

Ich bin nachtragend, ja. Und am nächsten Morgen hatte ich natürlich nicht alles vergessen, ich konnte nicht so tun, als sei nichts gewesen. So bin ich nicht. Hoffentlich tut Claas alles weh vom Schlafen auf der Couch. Hoffentlich bleibt Tammy heute so kleinlaut und ängstlich wie gestern Nacht. Und hoffentlich – hoffentlich versucht es Julian noch mal bei mir und ich kann ihn abblitzen lassen.

Eins wusste ich genau: Heute musste ich hier raus – auch wenn die Villa riesengroß war, ich hatte das Gefühl, eingesperrt zu sein.

Ich überlegte, ob ich mit dem Aufstehen warten sollte, bis sie alle ihren Kaffee getrunken und sich irgendwohin verzogen hätten, als ich unten fremde Stimmen hörte. Da fiel mir ein, dass ja die Polizei kommen wollte.

Dann bin ich wenigstens nicht mit ihnen allein, dachte ich, stand auf und zog mir T-Shirt und Shorts an. Es duftete bereits nach Kaffee.

Yannis Lausac stand an die Küchentheke gelehnt. Er hatte einen Kollegen dabei, einen gedrungenen Kleinen mit einem runden, rötlich braun gebrannten Bauerngesicht, dem die Uniform eindeutig zu eng war. Der Dicke hatte gerade die Scherben auf den Fliesen fotografiert und folgte Tammy mit hündischem Blick in ihr Zimmer. Klar – alle Typen finden Tammy toll.

Okay, ich neidete ihr diese Ausstrahlung, das gebe ich zu. Aber will nicht jeder geliebt und bewundert werden? Hatte ich nicht auch ein Recht darauf? Doch wenn ich ehrlich bin, wollte ich sowieso nur die Aufmerksamkeit einer bestimmten Person.

Julian war draußen. Er telefonierte auf der hintersten Ecke der Gartenmauer sitzend. Bestimmt versuchte er, seine Eltern zu erreichen. Claas hatte sich ein Handtuch geschnappt und ging an mir vorbei in Richtung Badezimmer. Er hatte wohl vergessen, dass die Dusche nicht funktionierte. Und Yannis Lausac, der Polizist? Er musste sich vorkommen, als interessiere sich niemand für ihn – bis ich herunterkam.

»*Bonjour!*«, sagte er mit einem breiten Grinsen. »Dass man sich so schnell wiedersieht. Aber leider«, fügte er mit einer Kopfbewegung in Richtung der Scherben bedauernd hinzu, »sind die Umstände nicht sonderlich erfreulich.«

»Nein«, sagte ich schulterzuckend, wobei ich mich bemühte, nicht ganz so gleichgültig zu wirken, was den Einbruch anging. »Wollen Sie einen Kaffee?« Ich ging zum Herd und zeigte auf die Espressokanne, in der es mittlerweile aufgehört hatte zu brodeln. »Ist gerade fertig.«

»Ja, dann gern.« Er lächelte wieder und er sah mir zu, wie ich uns beiden eingoss und ihm die Zuckerdose über die Theke hinschob.

Er war befangen, wahrscheinlich wegen der gestrigen

Autofahrt – und weil er sich wohl fragte, was ich davon heute hielt. Ich ließ ihn zappeln. Sollte er sich ruhig über mich den Kopf zerbrechen.

Der leichte Olivton seiner Haut wirkt heute ein bisschen gelblich, so als hätte er eine zu kurze Nacht hinter sich. Aber seine Koteletten waren genauso akkurat rasiert wie gestern Abend.

»Sie haben auch nichts bemerkt, oder?«, fragte er und nahm einen Schluck Kaffee.

»Nein, der Einbrecher muss schon weg gewesen sein, als wir wiederkamen.«

»Hm. Haben Sie Besuch gehabt, in letzter Zeit?«

»Solange wir hier sind nicht, aber am besten fragen Sie Tammy.«

Er machte eine wegwerfende Handbewegung. Fast wirkte es so, als ob ihm die Reichen von Les Colonnes auf die Nerven gingen, die ihre Villen hier oben in den Bergen leer stehen ließen und sich dann aufregten, dass eingebrochen wurde. Das war ja nicht sein erster Fall in diesem Sommer.

Er griff nach dem Block, den er neben seine Tasse gelegt hatte.

»Ich brauche Ihren Namen, Geburtsort. Fürs Protokoll.«

Ich gab ihm die Infos und er notierte sie.

»Sie sind mit ihrem Freund Claas...«, fing er dann an.

»Wir sind vor zwei Tagen angekommen, ja.« Ich sah ihm ohne zu blinzeln in die Augen, bis er den Blick senkte.

»Und kennen Sie vier sich schon lange?«

Ich tat so, als ob ich überlegen müsste. »Es geht.«

»Gehen Sie in dieselbe Schule?« Ich merkte, dass er versuchte, die Frage nebensächlich klingen zu lassen – also musste sie ihm wohl sehr wichtig sein.

»Nein, aber«, ich sah ihm wieder tief in die Augen, »warum ist das denn wichtig?«

Mit einer einzigen, raschen Bewegung kippte er die Tasse und trank den letzten Schluck.

»Routine«, sagte er ein bisschen zu hastig.

»Ich verstehe. Vielleicht war es ja auch einer von uns, oder? Das denken Sie doch?« Ich lächelte und genoss seinen irritierten Ausdruck.

»*Mais non!*«, protestierte er. »Verstehen Sie, ich muss doch einen Bericht schreiben und darin muss ich Sie alle aufführen.«

»Ach so!« Ich durfte es nicht übertreiben. Wenn er begriff, dass ich nur mit seiner Unsicherheit mir gegenüber spielte, würde er nicht mehr so freundlich sein, das spürte ich.

Er ließ seinen Blick über den Tisch und die Rittersaalstühle gleiten, verweilte auf dem Hörnerleuchter und fragte mich: »Vier junge Leute – in einer Villa, wird das nicht manchmal ein bisschen... zu eng?«

»Zu eng, hier?« Ich machte eine ausgreifende Bewegung mit den Armen, als zeigte ich über meinen Landbesitz.

»Und die Geschwister?«, fragte er weiter. »Wie ist es mit ihnen so?«

»Wir verstehen uns super«, beharrte ich.

»Aha.« Er sah mich etwas zu lange an. Um seinen

Mund zuckte es. »Dann sind wir vorerst fertig. Danke für den Kaffee. Wir melden uns, sobald wir Näheres wissen. Ich wünsche Ihnen noch schöne Ferien. Und keine weiteren Einbrüche.«

»Danke«, ich lächelte ihn an. »Es war mir ein Vergnügen.«

Errötete er ein wenig?

»Ganz meinerseits... wenn nur die Umstände...«

»Ja, die sind natürlich weniger erfreulich.«

»Ja.« Seine Augen suchten meine.

»Ach«, er drehte sich noch einmal zu mir um. »Wie lange bleiben Sie noch?«

Tammy kam mit dem bauerngesichtigen Fotografen zurück und warf mir einen ihrer giftigen Blicke zu.

»Noch vier Tage«, sagte ich und schenkte ihm noch ein Lächeln zum Abschied.

»Dann hoffentlich keine weiteren Störungen mehr«, sagte er und nickte Tammy zu. »Wir melden uns.«

Tammy wendete sich an mich: »Sag ihm, er soll sich gefälligst anstrengen. Ich will meinen iPod wiederhaben!«

»Sag's ihm doch selbst«, erwiderte ich kalt und freute mich bereits darauf, wie sie sich mit ihrem schlechten Französisch abmühen würde.

Sie wurde knallrot – und sagte nichts.

»Wir tun unser Bestes«, meinte Yannis Lausac und beobachtete Tammy und mich interessiert. Ich bin sicher, die Spannungen zwischen uns waren nicht zu übersehen.

»Das hoffe ich«, sagte Tammy und wandte sich noch

mal an mich: »Sag ihm, dass ich mich nicht mehr sicher fühle.«

»Oh, Tammy, das kannst du bestimmt selbst sagen.«

»Mann, ich weiß nicht mehr, was sicher heißt«, fuhr sie mich an.

»Hm, also sicher heißt *sûre*.« Mann, ich war auch echt gemein.

»Nein, das meine ich nicht, ich meine *safe!*« Sie wurde lauter.

»Das ist aber Englisch...«, wandte ich stirnrunzelnd ein und tat so, als würde ich nicht verstehen, was Tammy wollte.

»*Je ne me sent plus* ...«, fing sie an und sah mich dann wütend an. Yannis wirkte, als bereite es ihm durchaus ein gewisses Vergnügen, uns beide beim Streiten zu beobachten.

»*Abritée, protegée* ...«, sagte ich, worauf Yannis meinte: »Meistens kommen die nur einmal ins selbe Haus.« Er verstand wohl mehr, als wir dachten.

»Und dann suchen die sich ausgerechnet meinen iPod aus!«, rief Tammy erbost.

Yannis verstand zwar die Worte nicht, aber er begriff wohl ihren Sinn, denn Tammy sah alles andere als beruhigt aus.

Ich nahm meinen Kaffee und ging hinaus, während Yannis noch die Daten der anderen aufnahm.

Claas kam schlecht gelaunt auf die Terrasse. »Kein Wasser. Der Flic meinte, alle Häuser hier oben hätten keins.«

»Na toll«, sagte ich und sah durch meine Sonnenbrille

an ihm vorbei. Da fiel mein Blick auf den Wäscheständer neben der Bar am Pool. Ich hatte gestern meinen Bikini dort aufgehängt.

»Hast du Wäsche abgehängt?«, fragte ich Claas, worauf er mich ansah, als wäre ich übergeschnappt.

»Hat jemand meinen Bikini abgehängt?«, rief ich ins Haus.

Yannis war gerade gegangen. Julian kehrte die Scherben im Wohnzimmer auf und sah mich so verständnislos an wie eben Claas. Und Tammy – natürlich, ich hätte es mir denken können – verzog höhnisch den Mund und sagte: »Ich hab meinen eigenen, schon vergessen?«

Ich lief nach oben ins Zimmer. Hab ich ihn vielleicht aus Versehen in den Rucksack gepackt oder in eine Schublade gelegt?

Ich glaube, es wäre mir lieber gewesen, ich hätte mich selbst dabei ertappt, ihn gedankenlos irgendwo versteckt zu haben, anstatt nach einer halben Stunde Suche zu der Erkenntnis zu gelangen, dass er nicht da war. Jemand hatte meinen Bikini gestohlen.

Hört sich harmlos an, oder?

Der Bikini war nicht mal besonders neu und auch nicht besonders teuer gewesen. Aber ich hatte ein unangenehmes Gefühl. War hier ein Stalker unterwegs? Ein Triebtäter? Und: Was würde als Nächstes passieren?

Seltsam, ich kann es nicht erklären, aber schon zu diesem Zeitpunkt glaubte ich, dass dies alles erst der Anfang eines gruseligen Spiels war, dessen Ende niemand absehen konnte.

10

Um halb elf kamen der Gärtner Vincent mit seinem Sohn Patrick vorbei und öffneten den Zulauf eines Zweieinhalbtausend-Liter-Reservetanks, der neben der Garage in die Erde eingelassen war. Das Wasser war zwar weder zum Trinken noch zum Kochen geeignet, weil es nicht regelmäßig benutzt wurde, aber zum Duschen und für die Toilette war es okay, erklärte Vincent.

Das Auffälligste an Vincent waren nicht sein Lispeln, seine hagere Gestalt mit der Hakennase und auch nicht sein ausgeprägter Akzent dieser Gegend, sondern seine Augen. Während das linke sich ganz normal bewegte, rutschte sein rechtes immer nach außen weg, sodass man nicht wusste, in welches man blicken sollte. Sein Sohn hatte diesen Fehler nicht geerbt, fiel mir gleich auf, obwohl er seinen Blick sowieso meistens auf seine Füße richtete. Na ja, dachte ich, er ist mit seinen vierzehn oder fünfzehn wahrscheinlich gerade in der Pubertät.

Vincent runzelte die Stirn, als Julian ihm von dem Einbruch erzählte, sagte aber nichts dazu. Er war ganz offensichtlich kein Freund vieler Worte.

»Wann kriegen wir denn wieder normales Wasser, ich meine aus der Leitung?«, wollte Tammy in ihrem holprigen Französisch wissen, sie hatte die Arme in die Taille gestemmt und wirkte ziemlich angepisst. Patrick schien sogar ein bisschen Angst vor ihr zu haben, jedenfalls senkte er sofort den Blick, wenn sie ihn ansah.

Tammy war wütend, obwohl Vincent weder für die Sache mit dem Wasser noch für den Einbruch etwas konnte. Doch in ihrer verqueren Logik trug offenbar er die Verantwortung für das, was in der Gegend passierte, allein deshalb, weil er hier lebte. Er sah Tammy nur mit hochgezogenen Brauen an, hob die Schultern und ließ sie wieder fallen. Er tat es so deutlich und langsam, dass er sich jeden weiteren Kommentar dazu sparen konnte.

Als Vater und Sohn für die Fensterscheibe Maß genommen hatten und schließlich zusammen abzogen, schüttelte Tammy den Kopf. »Die sind ja auch nicht besonders hell.«

Ich versuchte, die Sache mit dem Bikini zu vergessen, sie nicht überzubewerten, mich abzulenken.

»Wenn ihr ein Fahrrad für mich habt, fahr ich runter und kauf ein paar Sachen ein. Außerdem will ich mal zum Strand«, sagte ich.

Ich hätte sagen sollen: Ich will *allein* sein.

Claas meinte, das sei eine gute Idee, er käme mit. Und zuerst sah es aus, als wollte Julian auch dabei sein. Was mich ehrlich gesagt wunderte. Seit dem Einbruch strich er um Tammy herum und versuchte, ihr jeden Wunsch von den Augen abzulesen. Natürlich würde er sie nicht allein lassen, er hatte die letzte Nacht vor ihrer Tür verbracht – während er um mich einen großen Bogen machte.

Nur ein Blick, einer dieser Augenblicke wie letzte Nacht und ich würde ihm – ja, auch wenn es pathetisch klingt – zu Füßen liegen! Und er würde seinen Arm um mich legen, mich zu sich ziehen und ... alles Wunschdenken! Seit letzter Nacht schaffte er es ja noch nicht mal mehr, mir in die Augen zu sehen oder in meiner Nähe zu sein.

Aber, wenn er jetzt doch mitkäme ... hoffte ich dann, als sein Blick zu mir herüberflackerte. Ich hielt die Luft an. Und dann sagte er: »Nein, ihr müsst allein fahren. Ich kann Tammy nicht allein lassen und die Scheibe ist ja noch nicht repariert.« Er räusperte sich und lief, mehrere Stufen auf einmal nehmend, die Treppe zu Tammy hinauf.

Der Wind wehte mir ins Gesicht, ich atmete auf. Ich hätte es keine Sekunde länger da drin ausgehalten. Dass Claas mitkam, störte mich nun gar nicht so sehr.

»Komische Sache mit dem Einbruch«, meinte Claas, als er neben mir den Berg hinunterrollte. »Warum ausgerechnet Tammys iPod?«

»Warum nicht? Es lag nur einer rum.« Tammy, Tammy, Tammy – ich konnte es nicht mehr hören. Erst recht nicht von Claas.

»Ich weiß schon, du hast was gegen Tammy«, sagte er.

Ich trat in die Pedale und setzte mich vor ihn. Ich hatte keine Lust, über Tammy zu reden, das taten die Männer um mich herum ja schon zu Genüge.

Er holte mich ein. »Meinst du... meinst du, das war ein Stalker?«

»Der es auf Tammy abgesehen hat?«

»Ja, warum nicht, gibt's doch!«

»Keine Ahnung, Claas! Es lag einfach nichts anderes rum, was ihn interessiert hat – außer meinem Bikini.« Ich trat noch mal in die Pedale, duckte mich, so gut es auf dem alten Alurad von Frau Wagner ging, und schoss um die Kurve. Claas ließ ich hinter mir. Nicht mehr weit entfernt erhoben sich die roten Dächer von Les Colonnes und dahinter erstreckte sich bis zum Horizont das Meer. Der Wind zerrte an meinen Haaren und ich sog diese unglaubliche Luft ein.

»Mel!«, rief Claas. »Jetzt warte doch mal! Tammy...«

»Mensch...« Er holte mich ein. »Was machst du eigentlich für einen Stress? Bist du sauer oder was?« Er bemühte sich, neben mir das Tempo zu halten.

»Komm schon, ich weiß es, du bist sauer, weil ich auf der Couch geschlafen habe. Aber ich konnte doch nicht Tammy...«

»Du kannst ab sofort jeden Abend auf der Couch schlafen oder sonst wo, jedenfalls nicht mehr in meinem Zimmer. Und lass mich jetzt endlich mit Tammy in Ruhe!«, schrie ich und trat meine ganze Wut in die Pedale. Ich schoss voraus und Claas gab sich keine Mühe mehr, mich einzuholen.

Wir kamen wenige Minuten an, bevor der Lebensmittelladen für ein paar Stunden schloss, und lehnten die Räder an die Hauswand.

Es war schon still in der Straße. Die meisten Einwohner hatten sich für den Nachmittag in ihre verdunkelten Wohnungen zurückgezogen.

Wir waren hier draußen die Einzigen, die sich jetzt noch der Hitze auslieferten – kaum waren wir von den Rädern gestiegen, stürzte sie sich schon erbarmungslos auf uns.

Wusstest du, dass einen die Hitze verrückt machen kann? Du kannst nicht mehr klar denken, du siehst Dinge, die gar nicht da sind, oder dein hitzegelähmtes Gehirn gibt ihnen eine völlig andere Bedeutung. Du verlierst die Nerven... Ja, es ist wirklich so.

Der Strand, oben von der Bergstraße aus noch so verheißungsvoll – erschien mir plötzlich wie eine höllische Wüste. Wie kann man sich auch um halb drei nachmittags an den Strand legen wollen? Mein Mund war trocken, meine Zunge fühlte sich an wie Schleifpapier und mein Herz hämmerte. Kein Wind versprach Abkühlung, der Schweiß rann an mir herunter und schien in der Sonne zu kochen. Ich hatte das Gefühl, in wenigen Minuten würde meine Haut Blasen werfen.

Auch Claas war schon rot im Gesicht und seine Haare waren tropfnass.

»Wenn du an den Strand willst, bitte«, sagte ich und blies mir die klebrigen Strähnen aus der Stirn, »aber ich leiste mir ein Taxi und lass mich wieder hochfahren. Ist mir viel zu heiß.«

»Und was machen wir mit den Rädern?«

»Ist das deine einzige Sorge?«, fuhr ich ihn an. Kein Wort des Bedauerns, dass wir beide nicht zusammen zum Strand gingen!

»Wie ...« Begriffsstutzig sah er mich an.

»Warum bist du überhaupt mitgekommen, wenn es dir jetzt egal ist, ob wir zum Strand gehen oder nicht?«

»Aber mir ist es doch gar nicht egal, du ...«

»Gib doch zu, dass es dir recht ist, gleich wieder hochzufahren! Tammy will vielleicht ihren Schönheitsschlaf halten und niemand schläft auf dem Boden vor ihrem Bett!« Die Worte kamen einfach so aus mir heraus.

»Eifersucht steht dir nicht, Mel. Außerdem gibt's gar keinen Grund dazu, okay?« Wie er mich ansah, so mit leicht geneigtem Kopf, einem freundlichen Lächeln – man hätte ihm glatt glauben können. In diesem Moment tat ich es sogar.

Warum hat er nicht die Wahrheit gesagt? Vielleicht wäre alles anders gekommen?

Ich zuckte die Schultern. »Ich nehme jetzt jedenfalls ein Taxi.«

»Julian findet es bestimmt nicht gut, wenn ich sein Rad hier unten stehen lasse ...« Er rieb sich nachdenklich das Kinn. Es ist ein Phänomen, dachte ich: Claas kann blitzschnell komplizierte Gleichungen lösen, kann in kurzer Zeit eine ganze Seite Vokabeln lernen, aber zögert bei solch simplen Entscheidungen.

»Okay«, sagte er schließlich. »Du nimmst das Taxi mit den Einkäufen, ich fahre mit dem Rad wieder hoch.«

Sollte er sich doch abstrampeln. Ich freute mich schon auf seinen Anblick, wenn er völlig erledigt in der Villa ankäme.

»Du bist so ein guter Mensch, Claas!« Mein Spott war nicht zu überhören.

»Verarsch mich nicht!«

»Natürlich nicht.«

Wir kauften das Nötigste ein. Eier, Milch, abgepackten Schinken und Käse, Joghurt, Brot, Nutella. Nudeln und Getränke waren noch ausreichend im Haus und die Tiefkühltruhe war gefüllt mit Gemüse und Fleisch. Leider führte der Laden nur eine Eissorte, die wir alle nicht mochten.

Aber andererseits wäre das Eis bis hoch in die Villa längst geschmolzen.

Mein toller Plan funktionierte nicht: Es kam kein Taxi vorbei. Natürlich nicht, es war ja auch niemand auf den Straßen.

»Du kannst runter zur Busstation radeln«, meinte Claas, »da stehen vielleicht welche.«

Ich wusste, wie weit das war – und verzichtete.

Beladen mit vollen Rucksäcken traten wir in die Pedale und kämpften uns die gewundene Bergstraße hinauf. Inzwischen war es drei und so heiß, dass ich jeden Moment fürchtete, wegen Hitzschlag vom Rad zu kippen.

Absteigen war auch keine Option, denn mit dem schweren Rucksack auf dem Rücken das Rad zu schieben, war auch nicht gerade eine angenehme Vorstellung.

Irgendwann, ich konnte es kaum fassen, sahen wir von ferne die Villa – und ein paar schmerzhafte Pedaltritte später waren wir endlich da. Wir waren beide völlig erledigt, unsere Köpfe glühten.

Wir verstauten die Einkäufe, duschten – das Wasser roch etwas muffig, aber immerhin war es Wasser –, tranken literweise Wasser aus dem Kühlschrank und warfen uns in den Pool. Es wunderte mich, dass es nicht zischte, als unsere Körper ins Wasser tauchten.

Claas gab sich Mühe, mir – und vielleicht auch sich – zu demonstrieren, dass wir immer noch ein Paar waren. Doch wenn er versuchte, mich zu umarmen, zu küssen, tauchte ich unter ihm hinweg, bis er schließlich aufgab.

Ich ließ mich treiben, sah in den Himmel, genoss das Wasser, das meinen Körper streichelte, und fühlte mich einsam. Schrecklich einsam. Morgen, sagte ich mir, morgen fahr ich frühmorgens an den Strand und bleib den ganzen Tag dort unten. Allein.

Als ich aufblickte, lehnte Julian im Schatten an der Terrassentür, eine Dose in der Hand, und sah uns zu. Für Sekunden ruhte sein Blick auf mir und ich spürte wieder diese Flamme in mir brennen. Ich erwartete, dass er zu uns kommen oder etwas sagen würde, aber er stand nur da, und als ich aus dem Becken stieg, tropfend nass in meinem anderen Bikini, drehte er sich um und ging ins Haus.

Ich schlang mir ein Badetuch um, legte mich auf eine der weißen Liegen und schlug mein Buch auf. Ich wollte das Kitzeln auf meiner nassen Haut genießen, wenn die Sonne die Wassertropfen aufsaugte, den Zikaden und dem hellen Zwitschern lauschen, das irgendwo aus den Pinienwipfeln herüberwehte. Und vor allem wollte ich an Julian keinen Gedanken mehr verschwenden.

Aber wenn der Kopf etwas will, heißt es noch lange nicht, dass auch das Herz so fühlt. O-Ton meiner Großmutter, Melody O'Shea.

Wenig später kam Tammy auf die Terrasse, warf erst

ihr Handtuch, dann einen Stapel Modezeitschriften auf die übernächste Liege neben mich.

»Ihr habt kein Mineralwasser und die falsche Milch eingekauft. Fette statt halbfette.«

In mir brodelte es, und ohne vom Buch aufzusehen, erwiderte ich: »Wird dich schon nicht gleich fett machen.«

»Na ja«, sie streckte sich auf ihrer Liege aus, »du kannst dir ja dein Dolmetscherkostüm gleich eine Nummer größer kaufen.«

Ich versuchte, mich auf mein Buch zu konzentrieren, aber meine Wut nahm Überhand. Schließlich klappte ich es zu. »Was hast du eigentlich gegen mich?«

Sie lachte auf, die schwarzen Gläser ihrer Sonnenbrille glotzten mich an. »Wie kommst du denn *darauf,* dass ich was gegen dich habe, Melody? Ich glaube, du liebst es einfach, jedem die Worte im Mund umzudrehen, je nachdem, wie es dir gerade passt.«

»Dann habe ich mich wohl geirrt. Und übrigens: In Zukunft brauchst du gar nicht mehr mit mir zu reden.«

Sie zuckte nur leicht mit den Schultern, als sei unser kurzer Schlagabtausch noch nicht mal ein richtiges Schulterzucken wert. Sie blätterte eine Modezeitschrift auf.

»Schön, dann haben wir das ja endlich geklärt«, sagte ich und öffnete mein Buch. Nie wieder würde ich ein Wort an sie richten, schwor ich mir.

»Hi, Mädels!« Claas stand tropfnass in seiner Badehose vor uns und sah auf uns hinunter. Tammy schob sich die Sonnenbrille aufs Haar und lächelte ihn an. »He, du machst mich nass!«

Er schüttelte die Hände auf sie aus, worauf sie geziert aufschrie. Er lachte.

Mein Gott, wie albern. Tammy wollte mich doch bloß ärgern, indem sie auf Claas' halbstarke Späße einging. Er war, nein, er konnte doch gar nicht ihr Typ sein – aber vermutlich war ihr so offen entgegenbrachte Bewunderung von jedem männlichen Wesen recht.

»Komm mit ins Wasser!«, forderte er sie auf. »Es war noch nie so frisch und blau!«

»Es sieht nur blau aus, weil sich der Himmel darin spiegelt und das Becken mit blauen Mosaiken ausgelegt ist«, bemerkte ich, ohne meine Nase aus dem Buch zu nehmen.

»Melody ist ja *so* klug«, sagte Tammy spöttisch.

»He, Mel, komm mit ins Wasser!« Claas versuchte abzulenken.

»Ich weiß gar nicht, ob das so eine gute Idee ist, Claas. Kann Melody überhaupt schwimmen?«

Claas stand einfach nur da und sah von einer zu anderen.

Ich klappte mein Buch zu und zwang mich, cool zu bleiben. »Melody kann schwimmen. Und Melody ist klug. *Zu* klug für euch.« Langsam erhob ich mich, nahm mein Handtuch und ging.

Oben im verdunkelten Zimmer streckte ich mich auf dem Bett aus und überlegte, wie ich am besten von hier wegkäme.

Später kam er, Claas, und kniete sich neben mich aufs Bett. Ich konnte die Sonnencreme riechen, den Tag Sonne auf seiner Haut, das Chlor. Ich wartete darauf, etwas zu empfinden. Sehnsucht nach Berührung, nach Nähe, nach... nach mehr, aber er war mir nur noch fremd.

Ich wollte, dass er wieder ging.

»Was war denn mit dir los, vorhin?«, fragte er. »Ich finde, du hast da total überreagiert.«

»Findest du das? Na und!« Ich fuhr hoch und er wich mit dem Oberkörper zurück.

»Es war nur ein Spaß, Mel. Tammy hat einen Spaß gemacht. Mehr nicht.« Er versuchte ein Lächeln, aber ich glaube, er war nicht mal selber davon überzeugt, was er sagte.

»Klar!«, sagte ich. »Hier ist alles nur ein Spaß! Das Unterwassertauchen von Julian, Tammys fiese Bemerkungen – hast du gesehen, wie sie mich angestarrt und gemeint hat, ich habe ihren iPod genommen?«

»Mel, ich glaube, du steigerst dich da in was rein«, fing er an und setzte so etwas wie einen zärtlichen Blick auf.

Ich konnte mich nicht mehr zurückhalten. »Gib doch zu, dass sie dir gefällt!«

»Was soll denn das wieder heißen?« Er klang ja so lau!

»Du kannst einfach schlecht lügen, Claas, lass es doch einfach! Meinst du, ich bin blind? Schlaf nur vor ihrem Bett! Vielleicht stolpert sie dann mal über dich und bemerkt dich endlich.«

Seine Miene erstarrte. Ich hatte ihn getroffen. Bingo!

»Und jetzt lass mich endlich allein, ich will ein bisschen schlafen.«

»Man kann nicht mit dir reden, Mel.«

»Stimmt«, sagte ich und konnte es kaum erwarten, dass er endlich die Tür hinter sich schloss.

Ob es die Hitze war oder meine Wut, mich hatte eine seltsame Lähmung befallen.

11

Als ich mir am späten Nachmittag Mineralwasser aus dem Kühlschrank holen wollte, war keines mehr da.

Auch in der Vorratskammer hinter der Küche fand ich weder Flaschen noch Kanister. Jetzt war uns also auch noch das Wasser ausgegangen. Ich nahm mir eine warme Flasche Cola.

Mir war heiß. Die warme Cola klebte mir eher den Mund zu, als dass sie erfrischte. Lust auf eine Dusche mit dem modrigen Wasser hatte ich auch nicht gerade. Wenn wenigstens ein bisschen Wind ginge. Ich schleppte mich wieder hoch ins Zimmer und schaltete den Ventilator an. Nichts. Er tat keinen Mucks.

»Verfluchtes Ding!«, schimpfte ich. »Du gehst doch mit Strom und nicht mit Wasser, oder?«

Im selben Augenblick schrie Tammy von unten: »Scheiße, der Kühlschrank geht nicht mehr!«

Julian checkte die Sicherungen. Doch an ihnen lag es nicht, dass wir keinen Strom mehr hatten.

Er rief wieder Vincent an, der ihm erklärte, dass er heute den ganzen Tag bei seiner Mutter irgendwo auf dem Land verbringe, mehr verstand Julian nicht.

Uns blieb also keine Wahl, wir würden einfach abwarten müssen.

Tammy war genervt, Claas stöhnte.

Und ich wurde einen Gedanken nicht los: Gab es einen Grund, warum das alles passierte?

Hatte sich das Schicksal gegen uns verbündet? Oder waren das nicht bloß Kleinigkeiten? Wir hatten einfach nur keinen Strom und kein Wasser. So was passierte an anderen Orten dauernd. Immerhin hatten wir ja Cola, Red Bull, jede Menge Alk, einen Swimmingpool und für nach Einbruch der Dunkelheit genügend Kerzen. Außerdem könnten wir jederzeit runter nach Les Colonnes zum Essen fahren.

Dennoch, im Nachhinein ist mir klar, dies waren bereits die Schatten der langsam heraufziehenden Katastrophe.

Legst du manchmal Tarot-Karten?

Du kennst Tarot, oder? Diese magisch aussehenden Karten, die du nach deinem Schicksal befragen kannst. Du glaubst, das ist Schwachsinn? Sei dir da mal nicht so sicher – vielleicht musst du dir eingestehen, dass du nur Angst davor hast zu glauben, dass du ein vorherbestimmtes Schicksal hast?

Ich hab die Sieben Scheiben gezogen. Weißt du, was das bedeutet? Fehlschlag. Angst und schlimme Erwartungen.

Natürlich wollte ich nicht daran glauben, wie du wahrscheinlich. Aber dem Schicksal ist es völlig egal, ob du daran glaubst oder nicht. Es überrollt dich einfach. So und nicht anders ist das.

Aber das kommt alles später – später, ich erzähle dir später davon.

Wenn wir aufmerksamer gewesen wären, hätten wir es schon am späten Nachmittag bemerkt: das mächtige weiße Wolkengebirge über dem Meer. Minute für Minute schob es sich näher, wurde massiver und verdunkelte die Sonne.

Aber ich sah es erst, als der Horizont längst nicht mehr zu sehen und Meer und Himmel in einem düsteren Grau miteinander verschwommen waren. Draußen auf dem Meer musste es bereits regnen.

Ich war gerade im Badezimmer – wo ich nochmals vergeblich die Dusche andrehte, als ich einen Blick aus dem Fenster warf. Ich stellte mir vor, wie die Regentropfen niederprasselten, wie ich rausrennen und mich nass regnen lassen würde, und ich stellte mir vor, wie die Tropfen unzählige Kreise auf dem Meer bildeten, die immer größer wurden, ineinandergriffen, Wellen bildeten, die irgendwo an einem fernen Ufer strandeten. Ich schlang mir ein Handtuch um. Da donnerte es.

»Gewitter!« Das war Tammys Stimme.

Gut, dachte ich, dann würde endlich die drückende Hitze vertrieben.

»So was!« Claas stand auf einmal in der geöffneten Badezimmertür. Ich hatte ihn nicht kommen hören. »Jetzt hatten die die ganze Zeit super Wetter und kaum sind wir da...«

»Beruhig dich«, ich warf noch einen Blick in den Spiegel, »du wirst schon noch braun genug.«

»Hm«, er zuckte die Achseln, »vielleicht hätten wir doch nicht herfahren sollen.«

Ich sah ihn fragend an.

Er schnaufte und fuhr sich mit der Hand durch die Locken. »Ist manchmal ein bisschen anstrengend mit den beiden.«

»Das hat aber die ganze Zeit ganz anders ausgesehen, nicht so, als fändest du die beiden anstrengend. Vor allem nicht Tammy«, fügte ich noch hinzu.

»Siehst du, wir streiten uns nur wegen ihr.«

»Wir streiten uns doch gar nicht.« Ich versuchte, gleichgültig zu tun, er sah zerknirscht zu Boden.

Irgendwie erinnerte er mich an Charlie Brown, diesen Jungen aus dem alten Cartoon, den meine Mutter so liebt.

Wahrscheinlich rührte er mich irgendwie, wie er so ratlos dastand. Daher sagte ich, etwas aufmunternder diesmal: »Wir sind hier ja nicht eingesperrt, oder? Wir können ja abhauen, wenn wir keine Lust mehr haben.« Ja, für einen kurzen Moment glaubte ich, dass es das Beste wäre, wenn wir morgen fahren würden. Doch im selben Augenblick schon kam mir wieder das Bild von Julian ins Bewusstsein, wie er vor mir kniete, als ich am ersten Tag ohnmächtig geworden war. Ich spürte wieder seine Arme und seinen Atem in meinem Nacken...

»Aber«, Claas nahm meine Hand und zog sie zu sich, »wir können die Zeit doch auch einfach genießen, oder?«

Ich strich ihm über die nackte Schulter. Absichtlich.

»Au! Mann!« Er zuckte zurück und verzog das Gesicht. Strafe musste sein.

»Oh«, ich lächelte schadenfroh, »man hat einen Sonnenbrand.«
»Verflucht, ja!« Er betrachtete seine rot verbrannte Schulter. »Meinst du, du könntest mich eincremen?«, fragte er. »Mit dieser Aftersun-Lotion?«
»Warum?«
»Weil... Mel...« Er strich über mein Haar, dann über meine Schulter. Und obwohl ich mich irgendwie dagegen sträubte, erregte mich seine Berührung und ich ließ es zu, dass er die Tür schloss und mich an die Wand drängte.

Aus den Augenwinkeln sah ich im Spiegel, wie ein greller Blitz über dem teerschwarzen Meer den Himmel erleuchtete. Ich zuckte zusammen und er flüsterte ganz nah an meinem Ohr: »Ich liebe Gewitter.«

Seine Hände glitten an meinen Schenkeln entlang nach oben. Mein Handtuch löste sich und fiel auf den Boden. Es ist Julian, stellte ich mir vor und schloss die Augen. Julian. Julian. Julian.

Danach konnte ich mir im Spiegel nicht mehr in die Augen sehen.

Ich will bei der Wahrheit blieben, hab ich am Anfang versprochen. Die Wahrheit ist manchmal hässlicher als die Lüge.

Stammt auch von meiner Großmutter.

An diesem Tag kam das Unwetter nicht näher. Es donnerte und blitzte und es regnete über dem Meer, aber nicht in Küstennähe.

Wir alle warteten – mehr oder weniger – auf eine Entladung der Atmosphäre.

Doch es kam nicht. Etwas anderes kam.

Ein Wendepunkt.

Du kennst das doch sicher auch, diese Momente im Leben, in denen alles auf den Kopf gestellt werden kann, Momente, in denen eine bestimmte Entscheidung das Leben in die eine oder die andere Richtung verlaufen lässt. Im Nachhinein gesehen war dieses Gewitter ein solcher Augenblick.

Als wir hinuntergingen, saßen Tammy und Julian einträchtig wie ein Paar auf der Couch. Sie sahen hinaus ins Freie. Die Scheibe der Terrassentür war ja zertrümmert, wir hatten keinen Strom, jetzt müssen wir Wache halten, damit niemand einbricht.

»Alles klar bei euch?«, fragte Claas und steckte die Hände in die Taschen.

»Tammy hat Angst«, erklärte Julian. Er trug nur seine Badeshorts und ich fühlte mich ertappt. Die Szene im Bad und meine Fantasien im Kopf waren noch allzu präsent – es war, als höhnte Julian mich mit seiner bloßen körperlichen Anwesenheit.

»Angst vor Gewitter?«, fragte Claas an Tammy gewandt.

»Quatsch!«, fauchte Tammy. Claas zuckte merklich zurück. Ich lächelte still in mich hinein: War sie etwa eifersüchtig?

»Tammy meint, jemand beobachtet uns«, sagte Julian ruhig. Dabei legte er den Arm um ihre Schulter.

Tammy zeigte irgendwo in die Dunkelheit in Richtung Gartenmauer, auf einen Baum, ins Meer, keine Ahnung. Obwohl ich mich anstrengte, sah ich nichts außer den dunklen Schatten von Bäumen und Sträuchern, der Mauer und dem Stückchen Dach vom Nachbarhaus.

»Ich kann niemanden entdecken«, sagte ich.

»Dass wir auch kein Licht haben!«, jammerte Tammy. »Wir sind doch total leichte Beute für so eine Bande. Die kommen bestimmt aus Rumänien. Die fackeln nicht lange. Da wird man wegen fünfzig Euro umgebracht!«

»Vincent kommt ja morgen«, versuchte Julian sie zu beruhigen.

»Morgen Nachmittag erst«, sagte Tammy.

»Wenn ich ihn richtig verstanden habe, hat er irgendwas von einer Leitung auf dem Dach gesagt, die wir überbrücken können. Wir könnten ja mal nachsehen«, meinte Julian und erhob sich. »Vielleicht hat ja bloß eine Maus unter dem Dach ein Kabel durchgefressen.«

»Wir haben Mäuse unter dem Dach?« Tammy verzog das Gesicht.

»Ich hab schon von Leuten gehört«, fing ich an zu fantasieren, »die hatten eine Riesenschlange da oben unterm Dach, klar, weil sie bestens mit Mäusen versorgt war. Praktisch, oder?« Ich grinste in die Runde.

»Jetzt übertreib mal nicht!«, meinte Julian und warf mir einen kurzen, strafenden Blick zu.

»Habt ihr da oben eigentlich schon mal nach diesem verschwundenen Schriftsteller gesucht?« Ich konnte es mir einfach nicht verkneifen, der Anblick von Tammys panischem Gesicht war es allemal wert. Ich bin mir sicher, normalerweise hätte Claas jetzt gelacht.

Ja, wir gingen mit Taschenlampen auf den alten Dachboden – es war wie in einem schlechten Horrorfilm. Und dies war eine dieser Szenen, von der man schon vorher weiß, dass etwas Schreckliches passieren würde. Nur die mit den Taschenlampen in der Hand, die wissen es noch nicht.

Julian öffnete eine Luke in der Decke, zog eine Leiter herunter und dann kletterten wir rauf. Julian, Claas und ich. Tammy zog es vor, unten an der Leiter zu warten. Wegen möglicher Mäuse, Schlangen und Skelette dort oben.

Aber uns erwartete etwas ganz anderes, da oben, unter dem Dach der alten Villa.

Spinnweben in einem Horrorfilm waren nichts gegen diese dicken dunklen mit Staub behangenen Gewebe. Zugegeben, ich schüttelte mich bei der Vorstellung, mich in ihnen zu verheddern und von riesenhaften, haarigen Spinnen bei lebendigem Leibe aufgefressen zu werden.

In der Dunkelheit macht sich die Fantasie manchmal selbstständig, das kennst du auch, oder?

Während Julian und Claas mit der Taschenlampe nach dem möglicherweise defekten Stromkabel suchten, entdeckte ich – im schwachen Schein des Mondlichts, das durch ein klitzekleines, schmutziges Dachfenster hereinfiel, eine aus rohen Brettern gezimmerte Holzkiste.

»Was ist das für eine Kiste?«

»Keine Ahnung«, meinte Julian und es schien ihn auch nicht sonderlich zu interessieren.

»Was dagegen, wenn ich sie aufmache?«

»Nö, mach nur.«

Ja, ich bin neugierig. Und auf dem Speicher einer alten Villa eine mindestens ebenso alte Holzkiste zu öffnen, die vielleicht dem verschollenen oder ermordeten Villabesitzer, einem verschrobenen Schriftsteller, gehörte, war eine Verlockung, der ich nicht widerstehen könnte.

Zwischen alten Metallträgern und Rohren fand ich eine Stange. Ich staunte über mich selbst, wie schnell ich die Kiste aufgehebelt hatte.

Was hatte ich erwartet?

Goldmünzen? Eine Schatzkarte? Oder doch eher überflüssiges Geschirr und alte Winterkleidung? Mottenzerfressene Wolldecken und afrikanische Holzmasken?

Ich war enttäuscht.

Bücher. Verstaubte, vergilbte Bücher, die den typischen säuerlichen Geruch nach altem Papier verströmten, als ich sie herausnahm und aufblätterte.

Wenn es wenigstens noch Krimis oder Liebesromane gewesen wären, über die hätten wir uns vielleicht amüsieren können, aber es waren ausschließlich englischsprachige Sachbücher.

»Hier Leute, gibt's Lesestoff!«, sagte ich und hielt ein Buch hoch.

»Zeig mal«, sagte Claas und leuchtete mit der Taschenlampe über die Deckel. »E. F. Anderson, Peyote: The Divine Cactus. Über den Peyote-Kaktus hab ich in der Zehnten mal ein Referat gehalten«, fing er an. »Wächst vor allem in Mittel- und Südamerika. Schon die alten Mexikaner haben sich mit dem Meskalin eine Dröhnung verpasst. Ihr LSD, sozusagen. Die katholischen Missionare haben es ihnen natürlich verboten, daraufhin brauten sie ihr Gesöff, um high zu werden, aus Agaven. Der Tequila war geboren.«

»Was macht ihr denn so lange da oben?«, rief Tammy vom Fuß der Leiter hinauf.

»Mel hat eine Schatzkiste aus dem Dunkel vergangener Jahrhunderte gezerrt!«, rief Claas hinunter und hängte die Taschenlampe so auf, dass sie auf die Kiste schien.

Ich hörte Tammys Schritte auf der Leiter.

Ich kramte schon ein anderes Buch hervor, einen ziemlichen Wälzer. »Kennt einer das hier? Illuminatus!«

»Von Dan Brown? Hab ich gelesen«, meinte Julian aus der hinteren Ecke des Speichers.

»Nee, das hier ist von Robert Anton Wilson.« Ich beobachtete, wie Claas Tammy seine Hand entgegenstreckte, sie aber nicht danach griff. Merkst du endlich, dass du für sie unsichtbar bist, Claas?, dachte ich schadenfroh.

»Wilson?«, sagte Claas und ließ seinen Arm enttäuscht sinken. »Illuminatus! Drei Bände Satire über Verschwörungstheorien, Politik und so.«

»Nee, kenn ich nicht«, kam es aus Julians Ecke, wo er im Dunklen nach dem Stromkabel suchte.

»Ich hab mich durch den ersten Band durchgekämpft«, sagte Claas. »Das Auge in der Pyramide. Nicht gerade leichter Stoff, wenn man alle literarischen und politischen Anspielungen verstehen will.«

»Puh, stinkt das alte Zeug!«, sagte Tammy naserümpfend.

»Hier gibt's noch was über Cannabis«, sagte ich. »Und hier, Freud und Wilhelm Reich.«

»Gib mal her!« Claas' Neugierde war geweckt.

Ich hatte schon ein weiteres Buch herausgezogen.

»Kennt jemand den hier? Henry Paige?«

Tammy riss mir den schwarzen Lederband aus der Hand. »He!«, protestierte ich, worauf Tammy bemerkte: »Darf ich dich daran erinnern, Melody, dass das hier zum Inventar unseres Hauses gehört?«

Ich erwiderte nichts.

»Henry Paige?«, fragte Julian auf einmal interessiert. »Das ist doch der Schriftsteller, dem die Villa hier mal gehört hat.«

»Law of Life von Henry Paige«, las er über die Schulter seiner Schwester gebeugt, »wieso hat er hier oben sein Buch versteckt?«

»Bestimmt hat es bloß seine Frau dorthin verfrachtet, als sie das Haus aufgeräumt hat«, meinte Claas.

»Vielleicht hat es ja Dad behalten wollen?«, erwiderte Tammy.

»War wohl ziemlich schräg drauf, dieser Henry Paige. Guckt euch mal das Foto an.« Julian hatte im Buch geblättert und ein Schwarz-Weiß-Foto zwischen den Seiten gefunden.

»Erinnert mich an Mussolini – der stand doch auch immer so wie aus Stein gemeißelt in seiner Uniform!« Claas lachte. »Also, sorry, aber euer Henry Paige sieht in dieser Fantasie-Uniform aus wie einer Operette entsprungen.«

»Sein Blick!«, sagte Tammy. »Wie ein Zombie!«

»Ich wette«, meinte Claas, »der ist an einer Überdosis LSD gestorben und seine Frau hat's vertuscht. Wegen der Versicherung.«

»Worüber schreibt er denn in dem Buch?«, wollte ich wissen.

Claas nahm Julian das Buch aus der Hand und schlug auf die erste Seite auf.

»Wow, das hat der alles handschriftlich abgefasst – ein Manuskript im wahrsten Sinne des Wortes. Und natürlich in Englisch, Leute, aber ich übersetze es euch mal rasch.«

12

Warum hab ich diese Kiste öffnen müssen? Ich bin schuld, dass wir dieses Buch gelesen haben. Ich, allein ich.

Also im Grunde beschwört dieser Henry Paige in seinem Buch das Recht des Stärkeren. Jeder sollte sich das nehmen, was er will, er soll sich nicht unterkriegen lassen und sich nicht vorschreiben lassen, was er tun und nicht tun darf.

Das hat er auf alles bezogen, auch auf die Liebe, auf Leidenschaft.
  Wenn jemand versucht, einem das Recht des Stärkeren zu nehmen, dann darf man ihn töten. Ja, solches Zeug stand da drin, die Handschrift mal streng und steil, mal zittrig und winzig. Wahrscheinlich mal im Rausch und mal in der Depression geschrieben.
  Ein Satz ist mir noch wortwörtlich in Erinnerung.
  Wer nicht nach seinem Willen lebt und liebt, soll verdammt sein. Ja, und höret: Wer bei diesem Vollmond nicht nach seinem Willen liebt, soll sterben.

Claas wusste natürlich wieder mal, woher dieser Paige das haben musste.

»Aleister Crowley. Der Okkultist! Das Tier!«

»Hat der nicht Tarot-Karten entworfen?«, glaubte ich mich jetzt zu erinnern.

»Richtig, Mel«, sagte er gönnerhaft. »Hat er auch, ja.«

»Jetzt klär uns mal auf, Superbrain!«, forderte Julian ihn auf. Claas versuchte es sich zwar nicht anmerken zu lassen, aber er genoss Auftritte wie diesen.

»Also, alles weiß ich auch nicht mehr«, er fuhr sich durch die Locken, »aber Aleister Crowley ist kurz nach dem Zweiten Weltkrieg gestorben. Und vorher hat er die Geheimlehre-Szene ganz schön aufgemischt.«

»Geheimlehre?« Tammy machte große Augen, das Licht der Taschenlampe verwandelte ihr schönes Gesicht für einen kurzen Moment in eine Grimasse.

»Na ja, die Kabbala zum Beispiel.« Claas sah Tammy an, »diese abgedrehte Zahlenlehre, in der alles in Zahlen umgesetzt und gedeutet wird. Auch mit den Freimaurern hat er sich, glaub ich, angelegt. Die Freimaurer sind Geheimniskrämer, was ihre Rituale angeht. Crowley war ein ziemlicher Anarchist, hat viele dieser Geheimbündler verärgert, wurde ausgeschlossen – und hat dann einfach seinen eigenen Orden gegründet. Hat mit Drogen experimentiert, soweit ich weiß, war ein begnadeter Kletterer – und auch ein ziemlicher Frauenheld. Hat mehrmals geheiratet. Ich glaube, er starb vereinsamt, arm und todkrank.«

»Wie ein Rockstar«, bemerkte Tammy spöttisch.

Wir nahmen ein paar Bücher mit hinunter. In jener

Nacht hatten wir nur diese eine Taschenlampe und einen Satz Reservebatterien. Den Grund für den Stromausfall hatten wir nicht gefunden.

Wir saßen im Dunkeln im Wohnzimmer, die Geschwister wie immer nebeneinander, Claas und ich in den zwei Sesseln gegenüber. Julian hatte für uns alle Nasi Goreng gekocht. Aus der Packung, aber es schmeckte gut und er hatte ein paar Windlichter und später eine Shisha angezündet. Die Kerzen flackerten in dem lauen Wind, der durch die Terrassentür hineinwehte. Eigentlich hätte es ganz romantisch sein können. Die Luft war warm und duftete süß, die Zikaden zirpten, und wenn man sich reckte, konnte man auf der glitzernden Fläche des Meeres die Lichter von Les Colonnes blitzen sehen.

Aber Paiges Buch, in dem Claas noch immer blätterte und aus dem er immer wieder Passagen rezitierte, hatte uns in eine seltsam gedrückte Stimmung versetzt.

»Also, ich weiß nicht, manches klingt doch gar nicht so unvernünftig«, meinte ich.

Tammy lachte auf. »Findest du dieses Geschwafel etwa richtig?«

»Nein«, sagte ich, »aber in manchem hat er schon recht. Ich meine, wollt ihr euch vorschreiben lassen, wen ihr liebt?«

Dabei heftete ich meinen Blick auf Julian.

Aber er sah nicht mich an. Sondern Tammy. Dachte ich mir da schon was dabei? Ich weiß es nicht mehr. Ich war wohl zu enttäuscht – auch Claas sah Tammy an.

Julian nahm Claas das Buch aus der Hand und las:

»Jeder Mensch hat das Recht zu arbeiten, wie er will – das sollten sie sich mal in der Schule merken.«

»Hier geht es um die Freiheit des Individuums«, belehrte Claas ihn – oder vielmehr uns alle. »Wir reden zwar dauernd davon und glauben, dass wir so frei sind«, dozierte er weiter, »aber sind uns nicht viele Rechte schon längst genommen? Darf eine Frau abtreiben, wenn sie es für richtig hält?« Er holte tief Luft und gab, bevor einer von uns etwas sagen konnte, selbst die Antwort: »Nein, sie muss erst die Erlaubnis von zertifizierten Experten haben, dabei ist es ihr Körper, ihr Leben.«

»Ja, der Fötus gehört doch nicht der Gesellschaft«, ergänzte ich. Claas grinste wissend. »Tja, darüber gehen die sozialpolitischen Ansichten auseinander.«

»Und ich will sterben dürfen«, redete ich weiter, »wann und wie ich will – und nicht einen Experten um Erlaubnis fragen müssen.«

»Der dann vor Gericht gestellt und verurteilt wird, weil er dir beim Sterben geholfen hat«, ergänzte Claas und nickte mir zu.

»Genau«, stimmte ich zu, »ich will über mein Leben wenigstens in diesen Grundbedürfnissen selbst entscheiden!«

Tammy und Julian schien unsere Argumentation überhaupt nicht zu interessieren. Tammy zog die Beine an und gähnte.

Julian sah von dem Buch auf. »Hört mal, das hier klingt echt krass: *Jeder hat das Recht, denjenigen zu töten, der ihm diese Rechte nimmt.*«

»Wenn dich jemand daran hindert, jemanden zu lieben, den du lieben willst, dann darfst du ihn killen«, Claas nickte, »genau das bedeutet es.«

Tammy lachte auf. »Wie war denn der Typ drauf?«

Wir alle dachten: Dieser Henry Paige musste ein egozentrischer, widerlicher Typ gewesen sein, den ein verquerer Missionierungsgedanke umtrieb. Aber – oder gerade deshalb – hatte er unsere Neugier geweckt, seine Ideologie faszinierte uns.

Warum? Ich weiß es nicht. Zumindest legten wir das Buch nicht zur Seite, legten es nicht in die Kiste zurück, in der es Jahrzehnte vor sich hin gemodert hatte.

»Ich will mir gar nicht vorstellen«, sagte ich zu den anderen, die schweigsam geworden waren, »dass dieser Paige hier gewohnt hat, in diesem Haus, in diesem Garten, ja, vielleicht hat er genau *hier* gesessen.«

Julians Blick streifte mich kurz, dann sagte er an Tammy gewandt: »Wenn wir das Mama erzählen, lässt sie alle Möbel rausschmeißen und die Tapeten abreißen.«

»Wundert mich, dass sie die Kiste nicht damals schon mal aufgemacht haben«, meinte Tammy.

»Wieso sollten sie?«, sagte Julian. »Sie wollten ein Ferienhaus, in dem sie die Sommer verbringen, was da heißt: Sonne – Pool und …«

»Drinks«, ergänzte Tammy.

Julian lachte. »Ja, genau. Und wer wühlt schon im Hochsommer beschwipst auf dem Speicher in staubigen Kisten rum?«

Claas und ich lachten kurz auf.

Seit der Sache im Bad waren wir komisch zueinander. Wir sahen uns nur noch flüchtig an, ich vermied jeden

Körperkontakt. Hatte etwa auch Claas an jemand anderen gedacht?

»Ich hab irgendwie das Gefühl, dass dieser Paige hier immer noch anwesend ist«, sagte ich, um den Gedanken zu vertreiben.

»Als Geist oder was?«, erwiderte Tammy verächtlich.

»Vielleicht ist seine Seele noch nicht erlöst und irrt immer noch hier herum«, redete ich unbeeindruckt weiter, ohne sie anzusehen.

»Wer glaubt denn an so einen Schwachsinn!« Tammy schnaubte. »Mel-o-dyyyy! Mel-o-dyyy... ich bin's, Henryyy!«

»Spirituelle Menschen können sich durchaus in weitere Dimensionen denken, weißt du, Tammy«, sagte ich betont nachsichtig und genoss es, dass Tammy nichts darauf zu erwidern wusste.

Julian sah auf. Die Schatten auf seinem Gesicht flackerten im Kerzenschein – sah er mich an?

»Ich kann mir vorstellen, wie dieser Paige verschwunden ist«, sagte Julian, schaltete die Taschenlampe an und blätterte, bis er die Stelle gefunden hatte. »Hier: *Der Mensch hat das Recht zu lieben, wie er will, auch erfüllet euch nach Willen in Liebe, wie ihr wollt, wann, wo und mit wem ihr wollt!*«

Er sah auf. »Das gibt doch totalen Stress, oder?«

Ich merkte zu spät, wie ernst er seine Frage meinte, und sagte flapsig: »Klar, irgendwann meinte seine Ehefrau: ›*Jetzt reicht's, lieber Henry!*‹, und rammte ihm das Messer ins Herz.« Ich grinste ihn an.

»Wer ist schon gegen Eifersucht gefeit?«, sagte er

nachdenklich, ohne meinen Blick zu erwidern, und blies den Rauch in die Nacht. Claas war still und ich glaube, Tammy war wohl kurz weggenickt. Ihr Kopf ruhte zumindest auf Julians Schulter.

Zu diesem Zeitpunkt bezog ich Julians Äußerung auf die Beziehung zwischen mir und Claas: Von der Freundin eines Freundes lässt man die Finger.

Noch immer wäre Zeit gewesen, das Buch zurück zu den anderen in die Kiste zu legen. Doch aus Langweile vielleicht – oder weil das Buch mittlerweile in meinen Händen lag und ich etwas Bedeutungsvolles von mir geben wollte, blätterte ich weiter und stieß auf jene schicksalhafte Seite.

Henry Paige hatte mit feinen Bleistiftstrichen etwas gezeichnet, dessen Bedeutung sich nicht unbedingt auf den ersten Blick erschloss. In seiner krakeligen Schrift hatte er darübergeschrieben: SECRET CAVE.

Preisfrage: Wie macht man jemanden neugierig?

Genau: Indem man »verboten« oder »geheim« darüberschreibt.

Es hat funktioniert. Wir sind in die Falle gegangen.

Alle vier.

Auf der folgenden Seite hatte er eine Karte aufgemalt, die wir als Wegbeschreibung von der Villa zum SECRET CAVE, einer geheimen Höhle, identifizierten. Eine rote Linie führte hinauf ins Gebirge und endete an einem Kreuz.

»Leider hat Mister Paige Kilometerangabe und Maßstab vergessen!«, rief Claas aus und nahm einen langen Zug aus der Shisha.

»So weit kann das nicht sein, der Typ sieht auf dem Foto nicht gerade sportlich aus«, meinte Julian.

»Ihr wollt doch nicht im Ernst dorthin!«, sagte Tammy genervt.

»Na klar!«, kam es von Julian und Claas wie aus einem Mund.

Wie naiv waren wir eigentlich? Haben wir geglaubt, wir könnten das Spiel einfach beginnen und aufhören, wann wir wollten? Haben wir nicht einen Moment daran gedacht, dass man manche Spiele bis zum Ende spielen muss?

13

Um neun Uhr am nächsten Morgen stand Vincents Sohn Patrick mit dem Glaser vor der Tür, der die Scheibe der Terrassentür ersetzen wollte. Das trifft sich gut, meinte Julian, dann könnten wir ja gleich loswandern. Tammy zögerte erst, doch alleine wollte sie auch nicht zu Hause bleiben.

Und so stapften wir um halb zehn einen schmalen Pfad hinauf in die Berge, von dem wir annahmen, dass er der roten Linie auf der Karte entsprechen musste. Das heißt, Claas war überzeugt davon, dies müsse der Weg sein, und wir folgten ihm. Julian in seinen Ralph-Lauren-Klamotten und Tammy in einem blauen Lacoste-Kleid.

Claas und ich waren wie immer weniger spektakulär gekleidet. Er trug eine kurze Hose und ein verwaschenes T-Shirt und ich meine H&M-Shorts und ein einfaches Trägershirt. Außerdem noch eine weiße Kappe gegen die Sonne.

In einen Rucksack hatten wir zwei Flaschen Wasser gepackt, die Patrick uns netterweise aus dem Ort mitgebracht hatte, eine Rolle Kekse, Bananen und Müsliriegel – falls die Höhle doch weiter weg lag, als vermutet.

Wenn ich einmal verdränge, was noch kommen sollte, war es ein herrlicher Wanderweg: Knorrige, uralte Olivenbäume krallten sich an den Felsen fest, darunter leuchteten winzige Blüten lila und pink und gelb zwischen Gräsern, die in allen Grüntönen vor sich hin wucherten, es duftete nach Rosmarin und Thymian. Vor uns ragten stolz und schroff die Steinwände des Gebirges in den strahlend blauen Himmel, drehte man sich um, schaute man auf das funkelnde Meer, während hoch über einem majestätische Raubvögel mit schwarzen, weiten Schwingen ihre Bahnen zogen.

Aber die Hitze! Schon eine Stunde, nachdem wir losgewandert waren, brannte die Sonne wie durch ein Brennglas. Ich spürte förmlich, wie meine Haut rot wurde, und mir kam es vor, als würde es von Minute zu Minute heißer.

Und dann – tatsächlich: eine Markierung. Bräunlich wie getrocknetes Blut. Julian entdeckte sie auf einem Felsen. Er und Tammy hatten inzwischen die Führung übernommen, während Claas und ich hinter ihnen herschnauften.

»Ist wahrscheinlich ein ganz normaler Wanderweg«, Julian drehte sich zu uns um, »wetten, dass wir nach drei Stunden zu 'ner Hütte mit Selbstbedienung kommen?«

»Seufzerjoch!«, sagte Tammy. Sie und Julian sahen sich an und lachten.

»Was ist Seufzerjoch?«, wollte Claas wissen.

»Ach«, fing Julian an, »war mal eine ewig lange Wanderung mit unseren Eltern. Tammy hatte gerade laufen gelernt!«

»Quatsch!« Tammy lachte und versetzte ihm einen Stoß in die Rippen. »Ich war mindestens zwölf!«

»Sag ich doch!«, spaßte Julian und boxte verhalten zurück. »Papa hat gedacht, er braucht keine Wanderkarte, und wir sind tausend Umwege gegangen, bis wir endlich auf dieser Hütte ankamen.«

»Und oben war's total voll«, redete Tammy weiter, »weil ein bequemer, ausgeschilderter Wanderweg hinaufgeführt hätte. Mama ist mal wieder ausgeflippt!«

Die beiden lachten wieder und ich spürte einen Stich in meinem Bauch. Eifersucht, aber das wollte ich mir nicht eingestehen.

Es wurde steiler, heißer und wir redeten nur noch das Nötigste.

Es war das Buch, das mich während des Aufstiegs beschäftigte. Ich glaube, jeder machte sich so seine eigenen Gedanken, auch wenn es keiner von uns anzusprechen wagte.

Ich schaffte es, zu Julian aufzuholen. Ein paar Mal berührten sich unsere Hände, so, wie es manchmal passiert, wenn man nebeneinanderher geht.

Ich wollte seine Hand festhalten, sie nicht mehr loslassen. Und ich hatte den Eindruck, die vage Hoffnung, dass es ihm genauso ging.

Das Verlangen wurde immer größer, bis ich plötzlich stolperte. Er griff meine Hand und drückte sie länger als nötig.

»He!« Er schaute mich an. »Alles klar?«

»Ja, nichts passiert.« Ich lächelte zurück. Wie warm und weich und trotzdem fest sich seine Hand anfühlte. Und wie viel größer als die von Claas, dachte ich. Mein Herz klopfte aufgeregt, ja, ich genoss jede Sekunde dieses dämlichen, anstrengenden Wegs, nur weil ich neben Julian ging. Hört sich albern an, ich weiß, aber ich will ehrlich sein, okay. So war es.

Und dann war sie ganz plötzlich da.

Tat sich vor uns auf, als hätte sie nur auf uns gewartet, um uns in ihren dunklen, muffigen Schlund der Verderbnis zu locken.

Secret Cave.

Ich habe am Anfang gesagt, ich glaube nicht mehr an Zufälle. Genau. Wenn wir nicht an dieser Stelle Pause gemacht hätten, wenn wir nicht ausgerechnet hier stehen geblieben wären, wären wir wahrscheinlich, wie viele andere vor uns, daran vorbeigelaufen. Und nachdem wir daran vorbeigelaufen wären und eine weitere Stunde in der Hitze herumstolpert wären, hätten wir genug gehabt und wären umgekehrt. Aber so ist es nicht gekommen.

Etwa drei, vier Meter oberhalb des Pfads hingen Luftwurzeln und Ranken von einem Felsvorsprung herunter und ließen auf den ersten Blick die gähnende Dunkelheit dahinter nicht erkennen. Wenn wir also nicht auf der Suche gewesen und wenn wir nicht hier haltgemacht hätten, wäre uns nichts Besonderes aufgefallen.

Tammy legte den Kopf in den Nacken, sah hinauf zu den über uns kreisenden Raubvögeln und sagte: »Ich mag keine Höhlen.«

»He, Tammy«, lachte Claas und stupste sie an, »das hätte ich nicht von dir gedacht!«

Tammy machte ein Gesicht, als hätte er ihr wehgetan. »Du weißt so einiges nicht über mich.«

»Ah, eine Frau mit Geheimnissen«, sagte Claas mit einem gekünstelt verführerischen Unterton. Claas, du Blödmann, dachte ich.

Immerhin, Tammy wird ihm was pfeifen. Auf Typen wie ihn steht sie doch gar nicht und trotzdem lässt er nicht locker. Du stehst doch auch nicht auf ihn, sagte meine innere Stimme, du stehst auch nicht auf solche Typen und trotzdem bist du mit ihm zusammen. Wenigstens ein bisschen.

»Wenn ich nicht mehr rauskomme, wisst ihr, dass mich die Hölle verschlungen hat«, sagte Julian amüsiert und nahm die Taschenlampe aus dem Rucksack.

»Hölle?«, rief Claas ihm zu. »Wahrscheinlich findest du die Leiche von diesem Typen.«

Julian fing an, den steilen Hang hinaufzuklettern. »Mann, Leute, hier waren sicher schon x Touristen. Wahrscheinlich steht diese Höhle sogar in einem Reiseführer, als Geheimtipp.« Julian kletterte weiter und drehte sich zu uns um. »Ich wette, da ist überhaupt nichts mehr drin – falls je etwas drin war.«

»Aber doch wenigstens ein paar Zeichnungen von Cromagnonmenschen!«, meinte Claas, der ihm jetzt nachkletterte.

Ich dachte auch, was soll da schon drin sein? Da ist ein bisschen Asche von einem Lagerfeuer, das die Ziegenhirten im Winter gemacht haben, um sich zu wärmen, dieser drittklassige Schriftsteller ist doch schon seit Jahren tot, na ja, wenigstens hat er sich nicht mehr blicken lassen.

Tammy und ich sahen zu Julian hoch, der die Höhle erreicht hatte und jetzt den Vorhang aus Ranken und Unkraut auseinanderschob. Er hielt kurz inne, sah zu uns hinunter und machte: »Tattattatta!«

»He, Mann«, rief Claas, »schieb deinen Arsch endlich in die Hölle!«

Julian grinste uns an und trat durch den Rankenvorhang, der sich hinter ihm schloss.

Wir warteten. Auf ein Signal. Ein Auflachen, ein »Hey!«, ein »Mann!« oder irgendetwas. Aber Julian sagte nichts. Er war einfach verschwunden, vom Erdboden verschluckt.

Claas ging nicht weiter, sondern blieb am Eingang stehen, als habe er plötzlich Angst bekommen.

»Julian?«, rief Tammy schließlich.

»He Julian, dich haben sie gleich in der Hölle behalten, was?«, rief Claas. Er rührte sich noch immer nicht vom Fleck.

»Okay, Leute«, sagte ich, »was wird schon da drin sein? Kippen und ein paar Bier- und Coladosen von den Jugendlichen oder Schafhirten oder wer weiß von wem, der sich hier in der Gegend so rumtreibt.«

Ich stieg weiter hinauf.

»Mutig, mutig, unsere Mel!«, spaßte Claas wieder. Sonst redete er nicht so mit mir, so albern, in der dritten Person. Wollte er sich damit auf Tammys Seite schlagen?

»Feigling«, erwiderte ich.

»Tammy mag keine Höhlen, hast du doch gehört. Ich kann sie doch nicht allein hier draußen lassen.«

»Du bist einfach bedauernswert«, fauchte ich, als ich an ihm vorbeiging, doch er lachte bloß. Für einen Moment hätte ich ihm am liebsten da auf dem schmalen Steig einen Schubs gegeben. Er hätte keine Chance gehabt, wäre nach hinten gekippt und dann rückwärts fünf Meter hinuntergestürzt, auf steinige Erde geknallt... Nein, ich tat es aber nicht, sondern beschloss, heute nicht mehr mit ihm zu reden. Außerdem beschloss ich, unsere Beziehung zu beenden.

Das Unheimlichste an einer Höhle ist, finde ich, dass sie irgendwo ins Innere des Berges, also in die Erde führt, in eine unbekannte, lichtlose Welt. Und aus der Nähe sah auch dieser Vorhang aus Pflanzen wirklich unheimlich aus. Die Luftwurzeln hatten etwas von knöchernen Hexenfingern, die Blätter an den verschlungenen Ranken waren spitz und klebrig. Kurz überfiel mich die Vorstellung, in diesem Vorhang wie ein Insekt in einem Spinnennetz gefangen zu sein.

Mel, stell dich nicht so an, sprach ich mir Mut zu, und außerdem: Julian ist da drin. Ich holte Luft, zog den Kopf ein und schlüpfte durch den Pflanzenvorhang in die Höhle.

Finsternis war das Allererste, das ich wahrnahm. Und dann?

Wo soll ich weitermachen?

Beim sumpfigen Geruch? Den Zeichnungen? Den Glasgefäßen – oder... oder bei den Knochen?

Selbst heute, nach so langer Zeit, kann ich mich nicht mehr daran erinnern, was ich zuerst gesehen habe. Stattdessen stürzen alle Erinnerungen gleichzeitig auf mich ein. Vielleicht hat mein Gehirn auch etwas gelöscht, aus Selbstschutz? Wenn man davon ausgeht, dass dies aus einer uralten Überlebensstrategie heraus geschieht, dann hat es wahrscheinlich einen Sinn.

In jenem Moment jedenfalls, als Julians Taschenlampe das Innere der Höhle erhellte – und wer weiß –, vielleicht aus einem jahrzehntelangen Schlaf riss, wollte ich nur wegrennen. Und zugleich konnte ich mich nicht von der Stelle rühren.

Obwohl die Höhle eine Öffnung nach draußen hatte, roch es seltsam. Modrig, süßlich – und bald stellte sich auch heraus, warum. Ich machte einen Schritt in die Dunkelheit, während der Lichtkegel über die Wände mit seltsamen Malereien glitt, und trat dabei auf etwas Weiches. Es ist ein seltsames Gefühl, wenn man glaubt, auf einem harten Boden zu stehen, und plötzlich steht man auf etwas Nachgiebigem, das sich irgendwie lebendig anfühlt – obwohl es tot ist.

»Hey!« Julian hielt mich fest.

Ich glaube, weil ich aufgeschrien habe. Da glitt der Schein der Taschenlampe schon über meinen Fuß und das, was darunterlag.

Ein toter Hase. Komplett, mit Kopf und Beinen – er war einfach nur tot – und – am Verwesen. Myriaden von Ameisen machten sich über ihn her, es schien fast so, als würde der Hase sich bewegen, doch das war einfach nur die geschäftige, ewig wimmelnde Ameisenkolonie. Dass sich keine Fliegen an dem Tier zu schaffen machten, lag wahrscheinlich nur an dem schwer durchdringbaren Vorhang – oder daran, dass sie schon längst wieder weg waren.

»Pah, ist das eklig«, brachte ich hervor. Ich versuchte, flach zu atmen, hielt mich an Julian fest, schüttelte meinen Fuß, um die Ameisen loszuwerden, die sich auf meinen Schuh verirrt hatten. So schnell wollte ich Julian nicht wieder loslassen. Sein Arm fühlte sich so beruhigend stark und fest an und am liebsten hätte ich meine Nase in sein Hemd getaucht, weil er so gut roch, ja, er noch immer so gut roch, obwohl er schwitzte und obwohl wir hier in diesem Gestank der Verwesung standen. »Nicht gerade eine Chillout-Lounge!«, versuchte er einen Witz und ich lachte sogar ein bisschen, erstickt zwar, aber immerhin.

Kurz, wie ein Windhauch, wehte Sonnenlicht vom Eingang herein, als wollte mich etwas daran erinnern, dass da draußen die helle Welt wartete, dass ich mich bloß umdrehen und wieder hinausspazieren müsste. Aber ich habe das Zeichen übersehen oder ich wollte es vielleicht auch nicht sehen. Ich wollte einfach bei Julian sein. Ganz nah. Auch wenn ich deshalb in dieser Höhle bleiben musste.

»Wie Cromagnon sieht's nicht aus!«, hörte ich Claas. Er und Tammy waren hereingekommen.

»Was stinkt denn hier so bestialisch?« Tammy.

Im selben Augenblick spürte ich ein Zucken in Julian und ich ließ ihn los, als hätte man uns bei etwas Verbotenem ertappt. Sofort flammte die Hoffnung wieder in mir auf: Bedeuteten die Berührung, das Aneinanderfesthalten, die kurzen Minuten mit mir allein auch etwas für ihn?

»Keine Panik«, sagte Julian, »ist nur ein verendetes Kaninchen.«

»Ach je!« Tammy bückte sich. »Mensch, Julian! Wie Alfred! So ein armes Kaninchen! Da ist noch das Fell...«

Ich wunderte mich, dass Tammy so empfinden konnte, noch dazu für Tiere.

»Wir müssen es begraben, Julian!«

»Ja, machen wir«, versicherte ihr Julian.

»Am besten draußen, wo es schön ist!«

»Gib mal die Taschenlampe her!«, sagte Claas und leuchtete über die Felswände. Das fahle Licht glitt über Zeichnungen.

»Was soll denn das hier sein?«, kam Julians Stimme aus der Dunkelheit. »Ein Puff oder was?«

Ich behaupte nicht, etwas von Kunst zu verstehen. Aber diese Zeichnungen waren allenfalls primitive Schmierereien eines Möchtegernkünstlers.

Die Schlange, die sich um eine (natürlich nackte!) Frau wand, war ein plumpes Phallussymbol – genauso plump wie die Frau. Man hätte einwenden können, es handle sich um eine Fruchtbarkeitsgöttin, ich hab mal Fotos gesehen von diesen Figuren auf Malta – aber nein, die Frau sah aus wie von einem ungeduldigen, wütenden Kind gemalt.

Andere Szenen zeigten Mann und Frau – man kann sich denken, wobei –, dann eine Raubkatze, zumindest deutete ich das gestreifte Etwas auf vier Beinen, das hinter einem Busch auf eine Frau lauerte, als solche, und ja, irgendwo waren auch Wölfe – oder waren es Hunde? –, die ein Schaf rissen – nein, es müssen also eher Wölfe gewesen sein.

»Sodomie, so nennt man das«, bemerkte Claas.

»Wenn unsere Eltern gewusst hätten, was dieser Paige für ein Typ war, hätten sie bestimmt nicht das Haus gekauft«, meinte Tammy angewidert. »Das ist ja total krass.«

»Stimmt, Mama hätte alles desinfizieren lassen!«, bemerkte Julian von irgendwoher. Ich hatte umsonst gehofft, dass er wenigstens in meiner Nähe stehen geblieben wäre, ja, dass meine Hand in der Dunkelheit seine finden würde.

»Oh, hier gibt's noch was Nettes!« Claas war weitergegangen und stand nun vor einem Abschnitt, in dem kleine Nischen in die Felswand geschlagen waren. In den Nischen standen abgebrannte Kerzen in – womöglich – jahrzehntelanger Erstarrung und gläserne Einmachgläser mit Schraubdeckeln.

Langsam ging ich näher.

»Ich will das alles gar nicht sehen«, sagte Tammy leise.

Ich glaube, keiner hätte an diesem Ort einen Vorrat an Marmelade oder Sauerkirschen in Einmachgläsern erwartet – aber das, was sie tatsächlich enthielten – oder konservierten –, das überstieg meine Vorstellungskraft.

Nach einem Blick auf die Gläser spürte ich, wie mir übel wurde, wie dieses unverwechselbare, typische Gefühl vom Magen in die Brust hochstieg und mir die Kehle zudrückte.

Gummiartige Wesen, eingelegt in bräunlich beiger Flüssigkeit wie russische Eier. Ich zwang mich, näher hinzusehen. Konzentration auf etwas kann Übelkeit bekämpfen. Die gummiartigen oder glibberig erscheinenden »Dinger« hatten glasige Augen, spitze Schnauzen und lange Schwänze, große Ohren und... und Krallen.

»Teufel«, flüsterte ich, »das sieht aus wie lauter kleine Teufel.«

»Was?«, schrie Tammy auf. »Was?«

»Katzen«, sagte Claas interessiert, »he Leute, der Typ hat Katzenembryonen konserviert!«

»Und Mäuse und Hunde«, meinte Julian angewidert, der auf einmal wieder aufgetaucht war. Ich sah ihn an, doch sein Blick blieb starr auf die Einmachgläser gerichtet.

»Wie ekelhaft!«, rief Tammy. »Diese armen, wehrlosen Tiere! Nein! Seht doch mal! Was sind das bloß für Menschen, die so etwas tun!« Der Lichtkegel glitt über ihr sonst so perfektes Gesicht und blieb daran haften. Mit den weit aufgerissenen Augen hatte ihr Gesicht plötzlich jede Ebenmäßigkeit verloren.

Und als wären das tote Kaninchen, die Embryonen, die Zeichnungen an den Wänden nicht schon genug, musste ausgerechnet ich noch eine Entdeckung machen.

Warum trat ich diese wenigen Zentimeter nach hinten rechts?

Warum war es nicht Tammy?

Es knackte unter meinem Schuh. Ich wagte schon gar nicht mehr, mir vorzustellen, was es sein könne. Doch die anderen hatten das Geräusch auch gehört und Claas richtete die Taschenlampe auf meinen Fuß. Ich schluckte.

Knochen. Weiße, gebleichte Knochen, die jahrelang in der Sonne gelegen haben mussten und irgendwann wohl hier hereingetragen worden waren. Eine anatomisch gebogene Wirbelsäule, ein kleiner Schädel, vier Beine...

»Kaninchen, oder?«, sagte ich mehr zu mir selbst als zu den anderen.

»Mhm oder Katze«, meinte Claas, der schon am Boden kniete und die Knochen inspizierte.

»Nein! Das ist ja total grausam!«, rief Tammy. »Julian, weißt du noch, wie ich die kranke Katze nach Hause geschleppt und gepflegt habe, da...«

»Welche von den x Katzen, Tammy, meinst du?«, kam es von Julian.

»Die getigerte mit dem gebrochenen Bein und Papa hat gesagt, wir müssten sie einschläfern lassen, und...«

»...und du hast so geheult, dass wir sie behalten haben.«

»Sie hat noch drei Jahre gelebt.«

»Und die zwei Amseln gefressen, die du ebenfalls angeschleppt hast.«

Tammy seufzte.

Ich war ehrlich erstaunt, tatsächlich rührte mich die Geschichte sogar – aber das konnte ich ihr natürlich nicht laut sagen.

Alles in mir wollte fliehen. Raus aus dieser dunklen Höhle, die das Nichtsichtbare, diese schreckliche Dunkelheit, die den Tod konservierte. Für einen Moment kam mir der Gedanke, hier eingesperrt zu sein.

»Was ist diese Höhle hier?«, fragte ich in die Runde und registrierte ein leichtes Zittern in meiner Stimme. »Ein Tempel des Todes oder was?«

»Gut möglich«, meinte Claas. Das flackernde Licht der Taschenlampe ließ sein Gesicht bleich und fratzenhaft erscheinen, wie das von Tammy und Julian – und meines sicher auch.

Es war seltsam, mir kam es vor, als würde eine fremde, unheimliche Macht, die hier seit Jahrzehnten ruhte, aufwachen und allmählich von uns Besitz ergreifen, uns in etwas Unheimliches verwandeln, als würden wir zu Geschöpfen der Dunkelheit, einer anderen düsteren Welt.

Die helle Welt lag jenseits des Höhlenausgangs: der strahlende Sonnenschein, blauer Himmel, glitzerndes Meer bis zum Horizont, Thymian, Rosmarin, alte Olivenbäume. Nur eine Dreiviertelstunde Fußweg entfernt die Villa mit Pool, Fernsehen, iPod und Tiefkühlkost.

Und doch, für uns hier in dieser Höhle eines Todesanbeters mit toten Hasen und Katzen und Hunden und Pornozeichnungen an den Wänden – für uns war sie unendlich weit weg.

14

»Was hat der Typ hier wohl getrieben?«, Claas begutachtete weiterhin die Einmachgläser.
»Experimente?«, meinte ich.
»Wer weiß«, sagte Claas, »vielleicht waren es ja auch Opfer, ihr wisst schon, von irgendwelchen geheimen Ritualen.«
»Blutopfer und so was?«, rief Tammy. »Von wegen, der ist verschwunden. Ich wette, der Typ wurde gekillt! Und hoffentlich echt grausam!«
Ich musste mich unwillkürlich schütteln, eine kalte Welle erfasste meine linke Körperhälfte und lief von der Schulter bis hinunter zum Knöchel.
»He, seht euch das mal an!« Julians Stimme klang hohl. Er musste ein Stück weiter, wahrscheinlich tiefer in die dunklen Windungen der Höhle gegangen sein, denn wir konnten ihn nicht mehr sehen.
Claas ließ den Schein der Taschenlampe über die bemalten Wände weiter ins Innere der Höhle gleiten. Julians Augen funkelten, als das Licht sie traf, er sah seltsam blass aus, als sei er ein Geist, der hier lebte und den

wir gerade in seinem schon Jahrzehnte andauernden Schlaf störten.

»Das ist ja der Hammer!« Julian und hielt irgendetwas in der Hand, das im Licht jäh aufblitzte.

Wir kamen näher. Er schnüffelte an einer Flasche. »Alk.« Hinter ihm, in weiteren in den Fels gehauenen Nischen konnte man noch mehr mit verschiedenfarbigen Flüssigkeiten gefüllte Flaschen erkennen. Claas begutachtete die Etiketten. »Fear 12, God's Power, Obsession 90%, Believe...«

»Dieser Durchgeknallte hat sich hier 'ne Art Hausbar eingerichtet. Auf einfachen Wein stand der nicht.«

»Das ist Gin oder so«, Julian hatte eine Flasche aufgeschraubt und schnüffelte daran. »Und Absinth«, meinte Claas.

Julian schraubte eine weitere Flasche auf. »Mann, das Zeug muss uralt sein.«

»He, schaut mal, das ist ja richtig kuschelig!«

Claas war weiter ins Innere der Höhle vorgedrungen. Der fahle Schein der Taschenlampe beleuchtete nun eine größere Nische, einen Raum geradezu mit Polstern und rötlichen, staubigen Decken und einer Menge weißer Kerzen. Große, kleine, dicke, dünne – und sie standen überall. In kleineren Wandnischen, in der Mitte auf dem Steinboden. Ich stellte mir vor, wie die Flammen über die Wände tanzten und die Tiere und Menschen auf den Felswänden lebendig werden ließen.

»Coole Location!«, sagte einer, ich glaube, es war Claas, während das Licht der Taschenlampe jeden Winkel erkundete.

»He, eine Schatztruhe!« Der Lichtkegel blieb auf eine Kiste gerichtet.

Ich glaube, wir bekamen eine Gänsehaut bei der Vorstellung, was uns wohl erwarten würde, wenn wir sie öffneten. Noch mehr Bücher wie in der auf dem Speicher? Oder noch mehr Grausiges?

»Ich will gar nicht wissen, was da drin ist«, sagte Tammy und wandte sich ab. Ich muss zugeben, dass ich mit ihr ausnahmsweise die Meinung teilte. »Dieser Typ war doch krank!«

»Also, wenn wir nicht alle in der Nacht von dieser Truhe und ihrem Inhalt träumen wollen, sollten wir sie jetzt öffnen«, meinte Claas.

»Und wer sagt uns, dass wir nicht auch von ihrem Inhalt träumen, wenn wir ihn gesehen haben?« Ich war hin- und hergerissen zwischen schauriger Neugierde und meiner Vernunft, die mir schon die ganze Zeit sagte, wir sollten schnellstens hier raus.

»In der Fantasie sind die Dinge oft schlimmer, als wenn wir sie genau betrachten«, meinte Claas, während Julian schon ein Klappmesser gezückt hatte. »Ich nehme noch Wetten an, was drin ist! Na?«

»Es kann nur was Ekliges sein«, sagte Tammy angewidert.

»Glaube ich auch«, sagte ich, »Opfergeräte vielleicht. Blutauffangschalen, Messer, Knochenschaber und...«

»Hör auf, Melody!«, protestierte Tammy.

Julian ließ sein Messer aufschnappen. »Also, ich mach sie jetzt auf.«

Was drin war?

Auf den ersten Blick sah es aus wie wild durcheinandergeratenes Gerümpel für den Flohmarkt. Blechernes Zeug, das im Laufe der Jahre seinen Glanz verloren hatte.

Aber dann holten wir es heraus und betrachteten es genauer.

Ich zählte vier matt schimmernde Kelche, wie man sie aus der Kirche kannte. »Mein Blut«, murmelte Claas, »das für alle vergossen wird...«

»Hör auf, das ist blasphemisch«, sagte ich. Dabei ging ich zwar nicht in die Kirche, aber irgendwie hatten mir meine Eltern und vor allem meine Oma so etwas wie Gottesfurcht eingebläut.

»He, was hast du erwartet von so einem Typen?«, meinte jetzt Julian und hielt auf einmal einen kurzen Dolch mit einem bunt verzierten Griff in der Hand.

»Sieht irgendwie nach Fasching aus«, Tammy zog mit spitzen Fingern einen schwarzen, seidig glänzenden Umhang heraus.

»Eher nach Ritualutensilien.« Claas nahm den Dolch und hielt ihn sich mit der Spitze nach oben gerichtet vors Gesicht.

»Du meinst, er hat damit die Tiere getötet und die Embryonen heraus...« Nein – das war wirklich zu widerlich.

»Kann gut sein«, sagte Claas und grinste. Julian fuchtelte mit dem Dolch herum und stieß Claas die Spitze vor den Bauch, ohne ihn zu berühren, woraufhin sich Claas rückwärts auf die Polster fallen ließ.

»Mann, hört auf damit!«, sagte Tammy. Julian lachte und warf den Dolch lässig zurück in die Kiste.

»Tammy hat recht, Alter, hier gibt's nur Tieropfer«, sagte Claas mit einem Grinsen und klopfte auf das Polster neben sich. Im fahlen Schein der Taschenlampe stieg eine Staubwolke auf. »Und hier der Lounge-Bereich unserer Underground-Bar.«

Die Taschenlampe stand so auf dem Boden, dass sie nach oben strahlte und den Raum in ein diffuses, indirektes Licht tauchte. Wir sehen wie Zombies aus, dachte ich.

Julian ließ sich mit einer Flasche neben Claas sinken. »Wodka dürfte doch nicht schlecht werden.« Er nahm einen kräftigen Schluck.

»Julian!« Tammy sprang vor. »Wer weiß, was da drin ist!«

In diesem Moment verzog sich Julians Gesicht, er spuckte in hohem Bogen das Zeug aus, ließ die Flasche fallen und schlug die Hand auf den Mund.

»Julian!« Tammy stürzte auf ihn zu. »Ich hab dir gesagt...« Julian verdrehte die Augen und seine Glieder zitterten.

»Wasser!«, schrie ich und riss eine Wasserflasche aus dem Rucksack.

Claas versuchte, Julian festzuhalten, dessen Hände jetzt verkrampften. »Was machen wir denn nur?« Ich geriet in Panik. Nicht nur ich. Tammy riss mir die Flasche aus der Hand. »Julian! Mach den Mund auf!«

Wir schrien alle durcheinander. Gift, natürlich! Wieso konnten wir davon ausgehen, dass es normaler Wodka war? Der Typ war durchgeknallt! Er füllt sonst was ab und schreibt Wodka aufs Etikett!

»Julian, bitte!« Tammy flüsterte diese Worte immer wieder vor sich hin, während sie versuchte, ihrem Bruder Wasser einzuflößen. »Mann, das darf nicht sein!« Sie strich über sein Gesicht, seine Stirn. »Gleich, gleich wird es besser, trink das!« Wie zärtlich und mitfühlend sie war.

Julian stöhnte auf. »Danke«, sagte er leise. Tammy lächelte und er hauchte ihr einen Kuss auf die Wange. »Du hast mich gerettet.«

Tammy schüttelte den Kopf und versetzte ihm einen leichten Stoß. »Verscheißer mich nicht.«

»Nein, wirklich«, sagte er. »Ich meine es ernst. Dieses Zeug ist ...«

»... ziemlich guter Wodka«, sagte Claas schluckend, den Flaschenhals am Mund.

»Gib her!« Tammy riss ihm die Flasche weg, probierte, während Claas ihr grinsend zusah.

Sie schmetterte die Flasche auf den Boden, wo sie ausgerechnet an einer Stelle mit Sand landete und liegen blieb. Ohne dramatisches Zersplittern.

Selbst in dem diffusen Licht konnte man die Wut in ihren Augen blitzen sehen.

»Tammy.« Julian streckte den Arm nach ihr aus. »Bitte, ich, ich hab nur ein bisschen Spaß gemacht!«

Wortlos stapfte Tammy davon.

»Tammy!«, rief Julian ihr nach.

»Mann, Kumpel, sie hat sich echt Sorgen gemacht!« Claas riss die Taschenlampe vom Boden und folgte ihr.

»Warum musstest du das auch mit dem Wodka verraten, Idiot!«, rief Julian ihm nach, doch es kam keine Antwort und der Lichtstrahl wanderte davon, wurde kleiner und verschwand. Es war finster. Stockfinster.

Ich tastete mich zu Julian und ließ mich neben ihn aufs Polster fallen. »Sie beruhigt sich schon wieder.« Endlich allein mit Julian. Wenn auch in dieser schaurigen Höhle. Aber allein. Und in der Dunkelheit. Ohne Licht, das unsere Gesichter erhellte und uns unsicher machen könnte.

Die Polster waren so weich, dass man in die Vertiefung fiel, die der andere mit seinem Gewicht erzeugte. Unsere Schultern berührten sich. Plötzlich herrschte absolute Stille, eine unheimliche Stille, die nur in tiefster Dunkelheit herrschen kann. An meinem ganzen Körper spürte ich Hitze, die von seinem Körper ausging, ich spürte ein Kribbeln, als würden kleine Stromwellen über meine Haut jagen.

Totock – totock – totock ging sein Herz. Meins schlug immer dazwischen.

Ich wollte Julian küssen. Und von ihm geküsst werden. Allein. Jetzt. Ich verdrängte den Gedanken an die Höhle und an den durchgeknallten Schriftsteller, dessen Körper entweder längst im Garten der Villa oder auf Goa verrottet war.

Meine Hand spürte den Stoff seiner Shorts.

Obwohl ich in der Dunkelheit nichts sah, wusste ich doch genau, wie sie aussah, das Muster, die Farbe, wie sie seine kräftigen Oberschenkel und seinen Hintern umspannte.

Selbst wenn mir in diesem Moment – sozusagen als Herrscherin über meinen Körper und dessen Handlungen – die Ideen ausgegangen wären, meine Hand wusste, was sie tun musste. Und ich vertraute ihr.

Meine Hand tastete sich nach oben, strich wie beiläufig über den Stoff, der sich zart und dennoch fest und robust anfühlte, meine Hand glitt mal hierhin, mal dorthin, tat so, als forsche sie hier und forsche sie dort – kehrte jedoch immer wieder auf die Hauptroute zurück, vergaß nicht das eigentliche Ziel, auf das mein Körper wie automatisch hinsteuerte. Ein Zittern und Vibrieren durchlief mich, mein Mund suchte seine Lippen in dieser verfluchten Dunkelheit, die doch endlich die Möglichkeit bot für all das, was geschah – und mehr noch für das, was geschehen konnte. Ich hörte auf zu denken. Überließ mich meinen Sinnen, die die Finsternis geschärft hatte. Da waren wir wieder, in diesem Vakuum, in dieser Blase, nur Julian und ich, die sich anfühlte, als wäre sie gefüllt mit... Honig, süßem bernsteinfarbenem, warmem Honig...

»Stopp!« Julian.

Sein Griff umschloss mein Handgelenk wie eine Schraubzwinge. Es tat weh. Seine Berührung brannte. Der eben noch flüssige Honig erstarrte, wurde eine zähe Masse, die mich lähmte. Ich sagte nichts, wehrte mich nicht. Wartete. Manche sagen Nein und meinen Ja – oder?

Natürlich will er es, hämmerte es in meinem Gehirn. Und in meinem Körper pochte und kochte es. Er ist nur noch nicht so weit. Er kann es noch nicht zulassen. Gib ihm ein paar Sekunden. Sekunden. Mehr nicht. Ja – ich fühlte mich stark. Mächtig. Überlegen. Vielleicht lag es an der Dunkelheit – vielleicht aber auch daran, dass ich wusste, dass er sich wegen Tammy schlecht fühlte und dass ich – nur ich – ihn jetzt von diesem Gefühl erlösen könnte. Dass er sich wieder GUT fühlen könnte. Er müsste sich nur seinen WAHREN Gefühlen – nämlich der Zuneigung zu MIR – hingeben.

Ja, ich war mir sicher. Sicherer als in allen anderen Dingen. Nur ein paar Sekunden, sagte ich mir, ein, zwei, drei Sekunden... und dann würde sein Widerstand zusammenbrechen...

»Wir müssen zu den anderen«, sagte er leise, ließ mein Handgelenk los und stand auf. Ich begriff nicht.

»Julian!«, rief ich ihm nach, ihm, der schon aufgestanden war. Eine plötzliche Kälte erfasste mich. »Julian! Zwischen mir und Claas ist es aus! Ich mache mit Claas Schluss! Julian, du kannst jetzt nicht einfach gehen! Julian! Bitte!«

Wie sehr kann man sich selbst erniedrigen?

Der grelle Sonnenschein und die Hitze draußen klatschten mir ins Gesicht, als ich aus der Höhle kam. Wie eine Ohrfeige.

Wenigstens wandten mir die anderen – bereits ungeduldig – die Rücken zu, um den Heimweg anzutreten. Alle, bis auf Julian – Julian setzte in diesem Moment seine Sonnenbrille auf und wandte sich erst dann um.

Waren ihm seine Gefühle mir gegenüber unangenehm? *Schämte* er sich vielleicht? Wollte er Claas nicht verärgern?

Das Schlimmste allerdings wäre, wusste ich, wenn er

mich peinlich fände, weil er nichts, rein *gar nichts* für mich empfand.

Als ich auf wackeligen Beinen, fast mechanisch, einen Fuß vor den anderen setzte, sah ich plötzlich klar. Es war, als wische man über eine beschlagene Scheibe, im Winter im Auto oder im Zug. Mit einem Mal muss man sich nicht mehr anstrengen, etwas zu erkennen, muss nicht mehr raten, ob das ein Baum oder ein anderes Auto ist. Denn plötzlich ist alles sichtbar und eindeutig.

Genauso fühlte sich es an. Ich wusste: Ich bin peinlich, ein widerliches Anhängsel, eine Klette, die man vergeblich versucht abzustreifen.

Auf dem Rückweg sprachen nur Julian und Claas, sie alberten herum, warfen Steine, hauten sich gegenseitig in die Seite oder auf die Schulter. Das war ihre Art, die Sache in der Höhle zu bereinigen. Tammy ging voraus, schmollte und trug trotzig den Rucksack und ich bildete den Schluss, immerhin froh, mit niemandem reden zu müssen.

Die Luft flirrte und schwirrte vor Hitze, die inzwischen kaum noch zu ertragen war, als hätte sich die Sonne vorgenommen, alles Leben zu verbrennen. Der leiseste Luftzug fühlte sich auf der Haut wie fiebriger Atem an. Ich sehnte mich nach allem, was kühl war: kaltem Wasser, Kühlschrank, Eis, Eiszapfen, nach einer eiskalten Cola.

Wie in Trance taumelte ich den schmalen Bergpfad hinunter, auf das irisierende Blau des Meeres zu. Weg, weg von der unheimlichen Höhle.

Und je weiter wir uns von der Höhle entfernten, je

näher wir der vertrauten Villa kamen, umso mehr schüttelte ich den Kopf über mich selbst. Warum hatte ich mich Julian so an den Hals geworfen?

Ich hatte keine Ahnung, wie ich ihm nun gegenübertreten sollte.

15

Kaum zurückgekommen – der Glaser hatte seine Arbeit getan, die Dusche funktionierte wieder – sprangen Claas und Julian in den Pool, Tammy war noch immer gekränkt und legte sich mit einer Zeitschrift und Julians iPod auf die Liege. Ich wollte mit niemandem reden müssen und verkroch mich ins Bett, obwohl es im Zimmer stickig war. Kein Windhauch wehte, es war noch heißer als gestern und ich dachte, ob es jetzt so weiterginge, es einfach jeden Tag heißer würde, bis wir alle langsam dahinsiechen würden.

Erst würde die Hitze die Gedanken lähmen, träge und schläfrig machen, bis man die Augen schloss und irgendwann jeden Widerstand aufgab – und niemals mehr aufwachte.

Aber so weit war ich noch nicht. Ich starrte an die Decke, die zu einer Leinwand geworden war, wo der Film in der Höhle immer und immer wieder ablief. Die weißen Knochen im Sand, die Einmachgläser, das herumirrende Licht der Taschenlampe, Julians Augen, Tammy und Julian, ich und Julian, der Kuss – der nie geschah.

Stöhnend erhob ich mich und wollte den Ventilator in der Ecke anschalten. Der Schweiß rann mir über den Körper. Dann fiel mir ein, dass wir ja immer noch keinen Strom hatten. Einen Moment stand ich einfach so da, stellte mir vor, wie mich die kühle Luft trocknen würde, und wünschte, ich hätte mich nie auf diese Ferien mit Claas eingelassen.

Wie ein Foto sehe ich diesen Moment auch jetzt wieder vor mir. Ich, nackt, vor dem Ventilator, durch die Fensterläden fällt das grelle Sonnenlicht in geschnittenen Streifen herein und legt sich auf meine Haut, zerschneidet mich in Licht und Schatten, in Hell und Dunkel.

Zu jenem Zeitpunkt, glaube ich, wollte keiner von uns noch mal in die Höhle. Und womöglich wären wir auch nicht mehr dorthin gegangen. Wenn wir dieses verdammte Buch in die Mülltonne geworfen hätten und einfach an den Strand gegangen wären.

Wir hätten ganz normale Sommerferien verbracht, mit Sonne und Strand und Musik und Feiern.

Längst war es später Nachmittag, ich hatte Stunden, wie ich mit einem Blick auf die Uhr feststellte, in einem Dämmerschlaf verbracht, als ich Tammy laut »Nein!« schreien hörte. Es war kein normales Schreien, es hörte sich nach Leben und Tod an, nur deshalb sprang ich reflexartig aus dem Bett, wickelte mir ein Handtuch um und rannte aus der Tür. Tammy stand oben im Flur, blass unter ihrer Sonnenbräune – und zitterte.

Julian und Claas kamen in dem Moment die Treppe

hinaufgestürzt und es sah so aus, als wollte Julian seine Schwester sofort in die Arme nehmen, doch Tammy war zu einem steinernen Monument erstarrt, was Julian erschrocken innehalten ließ.

»Was ist denn los?«, fragte ich als Erste.

»Jemand...« Ihre Stimme überschlug sich. »Jemand hat...«

»Tammy!« Julian machte einen Schritt auf sie zu. »Was ist denn?«

Sie deutete hinter sich.

»In meinem Zimmer...«

Ein neuer Einbruch? Eine eingeworfene Scheibe?

Ich folgte Julian und Claas in Tammys Zimmer.

»Scheiße«, Claas runzelte die Stirn, während Julian aufs Bett mit der zur Seite geschlagenen Decke starrte. Etwas Dunkelgraues lag dort. Dunkelgrau und fellig mit einem langen, nackten Schwanz.

Ich drehte mich um. Nein, das war für heute definitiv zu viel.

»*Du* warst das!«, kreischte Tammy und packte mich an den Schultern. »*Du* hast mir die Ratte ins Bett gelegt!« Ihre Finger krallten sich in meine Oberarme.

»Du tickst wohl nicht richtig! Lass mich los! Du tust mir weh!« Ich wehrte mich, doch ihr Griff wurde nur noch fester, jetzt wurde ich so wütend, dass ich spürte, wie sich all meine Kraft zusammenballte und ich sie ihr entgegenschleudern würde, egal, was dann passierte. »Lass mich!«, schrie ich noch einmal, da legten sich zwei starke Arme um meinen Bauch und hielten mich fest.

»Hehe, mal langsam, ist schon gut.« Es war Julian, der mich von seiner Schwester wegzog. Und ich – ich wehrte mich nicht.

»Wieso sollte ich ihr eine Ratte ins Bett legen? Deine Schwester ist doch total paranoid!«

»Sie war als Einzige die ganze Zeit hier drin«, schrie Tammy hysterisch, »und außerdem hasst sie mich!«

»Hassen?« Ich lachte böse. »Du bist mir total egal!«

»Das glaubst du doch wohl selbst nicht!«, gab sie zurück.

Wenn mich Julian nicht festgehalten und Claas nicht zu Tammy gegangen wäre, wären wir aufeinander losgegangen.

»Haltet jetzt endlich mal die Klappe!«, herrschte Julian uns an. »Schluss jetzt!«

Und wir verstummten tatsächlich.

»Okay«, sagte Tammy schließlich, zuckte die Schultern und setzte ein dämliches Lächeln auf. »Quizfrage: Wer hat die Ratte in mein Bett gelegt?«

»Ich jedenfalls nicht«, sagte ich sofort, worauf Julian meinen Arm besänftigend drückte, bevor er ihn langsam losließ. »Vielleicht hast du sie ja selbst reingelegt!« Ich triumphierte, als Tammy wie erhofft wütend schnaubte und Claas wiederum sie zurückhalten musste, sich nicht auf mich zu stürzen.

»Du gemeines Biest!«, zischte sie.

»Genug jetzt!«, ging Julian entschieden dazwischen. »Hört jetzt endlich mit diesem bescheuerten Zickenkram auf! Keiner von uns würde so was machen!«

»Du willst doch nicht behaupten, dass die Ratte von

selbst in mein Bett gekrochen und dort gestorben ist?«, fuhr ihn Tammy an.

»Natürlich nicht!«

»Aha! Dann bin ich aber mal auf deine Erklärung gespannt!«

Wir sahen alle Julian an, der nur die Schultern hob und wieder fallen ließ. »Keine Ahnung. Ich meine... es müsste jemand hier reingekommen sein und...«

»Genau!«, fiel ihm Tammy ins Wort. »Es muss derselbe sein, der die Tür eingeworfen und meinen iPod geklaut hat.«

»Und meinen Bikini«, fügte ich hinzu.

Ihre Schlussfolgerung klang logisch. Einerseits. Andererseits stellte sich doch die Frage, wer solche Spielchen trieb und vor allem – warum? In diesem Augenblick drehte ich mich um, sah hinaus in den Garten. Ich machte mich von Julian los und sah hinaus aus dem Fenster. Die Nachmittagssonne stand so, dass sie genau ins Haus hineinstrahlte. Und da entdeckte ich es. Die Reflexion zwischen den Pinien des Nachbargrundstücks. Tammy hatte recht.

»Jemand beobachtet uns«, sagte ich und spürte, dass Julian hinter mir stand. Am liebsten hätte ich mich nach hinten fallen, von ihm auffangen lassen. Hätte er mich aufgefangen? Ich hoffte nur auf ein Zeichen von ihm, dass ich ihn noch nicht aufgeben müsste.

»Da drüben wohnt seit Jahren niemand«, sagte er.

»Woher willst du das wissen? Nur weil du da noch niemanden gesehen hast?« Ich drehte mich zu ihm um.

»Okay, kommst du mit nachsehen?« War dies das Zeichen? Mein Herz hüpfte, und wenn er gesagt hätte »Mel, komm, wir hauen zusammen ab« – ich hätte nicht eine Sekunde gezögert.

Tammy nahm eine Dusche, während Claas die Ratte entsorgte und ich hinter Julian über die Mauer zum Nachbargrundstück kletterte. Ich strauchelte, als ich mich auf der anderen Seite herunterließ. Das Grundstück lag um einiges tiefer als das unsrige. Julian fing mich auf. »Alles okay?«, fragte er, worauf ich nickte und seine Hand festhielt. Er mag mich doch, dachte ich. Er traut sich nur nicht. Ich fasste neuen Mut, ich würde ihn zu nichts drängen. Geduckt liefen wir unter den Pinien und den dichten, wild wachsenden Büschen hindurch und suchten nach Spuren, Fußabdrücken, abgeknickten Zweigen – nach einem Menschen, der sich hier irgendwo verbarg und uns beobachtete.

»Hier!«, flüsterte er und blieb so abrupt stehen, dass ich an seine Schulter stieß. Wie warm sie sich anfühlte. Sofort schlug mein Herz schneller, ich schloss kurz die Augen, um diesen Moment ganz tief in mir festzuhalten. Auch er rührte sich nicht – glaubte ich zumindest. Oder war mir nur das Zeitgefühl völlig abhandengekommen? Dehnten sich diese intensiven Sekunden nur in meiner Wahrnehmung zu sehnsuchtsvollen Minuten?

»Guck mal«, sagte er und bückte sich – während ich stehen blieb. Er hob etwas vom Boden auf und für einen kurzen Moment glaubte ich, es sei noch eine Ratte.

»Espadrilles!«, verkündete er und lachte leise. »Der Typ trägt jetzt nur noch einen.«

»Der ist verschimmelt«, bemerkte ich trocken. Julian warf einen Blick auf den Schuh, nickte und warf ihn wieder ins Gebüsch. Er erhob sich.

»Und jetzt?«

»Hm.« Er ließ seinen Blick umherschweifen und zuckte die Schultern. »Bestimmt ist er längst abgehauen.«

Wer wäre auch dort hocken geblieben und hätte darauf gewartet, von uns entdeckt zu werden? Doch eigentlich spielte das für mich gar keine Rolle. Ich wollte am liebsten ewig mit ihm in diesem fremden Garten herumirren.

Aber wir stapften nur noch schweigend unter den Bäumen herum und blieben schließlich unter einer mächtigen Pinie stehen. Es roch nach Harz und süßen Blüten. Und ich musste mein Verlangen, ihn zu umarmen und zu küssen, mit aller Kraft unterdrücken.

»Ich bin ganz sicher, dass ich etwas aufblitzen gesehen habe. Ein Fernglas oder so«, sagte ich so ruhig wie möglich und lehnte mich mit dem Rücken an den Stamm.

»Vielleicht auch nur eine Fensterscheibe«, meinte er und sah in Richtung Haus.

»Da sind Läden davor«, wandte ich ein. Er wirkte unschlüssig. Mein Gott, es wäre so einfach für ihn, mich hier und jetzt zu küssen. Realisierte er denn nicht, dass ich nur darauf wartete?

Ich streckte meine Hand nach ihm aus, aber er steckte sie in die Hosentasche und trat einen Schritt zurück.

Ich weiß nicht mehr, was ich in dem Moment fühlte. Kränkung? Wut? Wie würdest du dich fühlen? Jedenfalls wusste ich, ich würde mich nicht noch weiter erniedrigen.

»Julian?« Er sah unsicher zur Mauer unseres Grundstücks hinüber, darauf bedacht, meinem Blick nicht zu begegnen. »Warum ist Tammy so gemein zu mir?«

Er wirkte erleichtert und sah mich kurz von der Seite an. »Sie... sie ist manchmal so, mach dir einfach nichts draus. Sie meint es nicht so.«

Sie meint es absolut *genau* so, hätte ich erwidern können, aber ich fragte: »Warum nimmst du sie eigentlich immer in Schutz?«

Sein Lächeln wirkte gezwungen. Und die Nähe, die ich zwischen uns gespürt hatte, war wieder einmal dahin. »Sie ist meine Schwester«, sagte er, als erklärc das alles.

»Ich finde, sie lässt dich ganz schön nach ihrer Pfeife tanzen«, traute ich mich zu sagen.

Schweigen.

»Ach, Mel!«, lachte er und wandte sich mir zu. »So ist das nun mal zwischen Geschwistern.«

Ich hatte genug. Ich konnte es nicht mehr hören. Entschlossen stieß ich mich von dem Baumstamm ab. »Dann sollten wir schleunigst wieder raufgehen. Nicht dass deiner kleinen Schwester inzwischen was zugestoßen ist!«

»Warte!« Er hielt mich am Handgelenk fest und sah auf mich herab. In seinem Tonfall lag etwas Hartes, Drohendes. Er kam mir plötzlich ganz fremd vor.

»Sag nie wieder so was über Tammy, okay?« Dabei sah er mir fest in die Augen.

Ich schluckte. Ich hatte eine Grenze überschritten, das gab er mir ganz deutlich zu verstehen.

»Okay«, sagte ich schulterzuckend, »kein Problem.« Ich brachte sogar ein Lächeln zustande. Auf keinen Fall wollte ich, dass er glaubte, ich sei eifersüchtig...

Sorry... aber ich frage mich gerade, ob ich hier wirklich weitermachen soll. Wirklich erzählen soll... vielleicht guckt sich das sowieso niemand an. Und wenn: Vielleicht langweile ich dich bloß mit meiner Gefühlsduselei. Ich meine... gibt es etwas Peinlicheres als Verliebte? Als eine unglücklich Verliebte, die um die Liebe eines anderen buhlt, der sie nicht erwidern wird? Na ja, also... ich war so besessen. Ich konnte an nichts anderes mehr denken, ich fühlte mich krank und aufgerieben und ich sehnte mich nach nichts mehr als nach seinem Lächeln und seiner Berührung. Mann, das klingt echt so jämmerlich!

16

Nein. Keine Geheimnisse mehr.

Ich werde die Geschichte zu Ende erzählen. Das habe ich mir noch vorgenommen. Also werde ich auch diesen Teil erzählen:

Die Idee mit dem Zimmer kam mir spontan, als ich sie alle draußen auf der Terrasse liegen sah. Ich ging den Flur hinunter und drehte den Knauf von Julians Tür. Leise knarrend wich sie zurück und ich stand in seinem Zimmer, umgeben von seinem Geruch, einer Mischung aus Duschgel und ihm. Ich schloss erst die Tür, dann die Augen und atmete ihn ein. Da waren seine Sachen, seine Kleider, nachlässig über einen altmodisch geblümten Ohrensessel geworfen. Meine Finger glitten über den Stoff seines Hemdes und ich stellte mir vor, dass er jetzt hier wäre. Meine Hände tasteten weiter, berührten seine Shorts, seine T-Shirts, während in meinem Kopf die Fantasien tobten. Ich merkte, wie mir von den Gefühlen schwindlig wurde, ich ließ mich auf sein Bett sinken. Legte meinen Kopf auf sein Kopfkissen, legte mich auf das zerknitterte Laken.

Mein Blick schweifte durchs Zimmer. Das also sah er, bevor er einschlief, dachte ich und strich über das Laken, das seinen Körper bedeckte, seine nackte Haut ... ich atmete den Geruch des Kissens ein und mein Herz zog sich zusammen. Als ich endlich wieder aufstand, fühlte ich mich traurig und – einmal mehr – unendlich allein.

An diesem Abend kam endlich Vincent und reparierte die Stromleitung. Allerdings befand sich die Stelle nicht auf dem Dach, wie Julian am Telefon verstanden hatte, sondern neben der Garage.

Als Julian ihn fragte, wie es zu dem Ausfall habe kommen können, runzelte Vincent die Stirn. »Da hat jemand herumgemacht.«

»Jemand hat uns den Strom abgedreht?«, fragte ich, ziemlich sicher, mich verhört zu haben. Wir standen alle um Vincent herum, für ihn waren wir bloß ein paar verwöhnte Kinder reicher Eltern, die ihre Zeit mit Nichtstun verschwendeten. Und so, wie er uns gerade ansah, mit diesen zwei Augen, die in verschiedene Richtungen blickten, hielt er es sogar für möglich, dass sich einer von uns den Spaß mit dem Strom erlaubt haben könnte.

»Hab ich doch gleich gesagt!«, fuhr Tammy auf. »Diese rumänischen Banden schrecken vor nichts zurück!« Obwohl sie sich ein Badetuch umgeschlungen hatte, konnte Vincent nicht ganz verbergen, dass er immer wieder mit seinen Blicken zu ihr zurückkehrte.

Tammy schien das nicht zu stören, vielleicht bemerkte sie es aber auch gar nicht, weil sie längst daran gewöhnt war.

»Ich weiß nicht«, meinte Claas, nachdem Vincent gegangen war, »das macht doch keinen Sinn. So viel Aufwand – wofür? Letztes Mal haben sie bloß einen iPod gestohlen« – und mit einem Blick zu mir fügte er hinzu – »und ein Bikinihöschen.«

Danke, diese Bemerkung hättest du dir auch sparen können, Claas.

»Fakt ist, wir haben wieder Strom!«, verkündete Julian gut gelaunt und schaltete die Poolbeleuchtung und alle Lichter im Wohnzimmer an, dass die Villa von weiter weg aussehen musste wie ein geschmückter Christbaum.

»Und was machen wir zur Feier des Tages?«, fragte er unternehmungslustig.

»Wie wär's mit ein paar Seiten von unserem durchgeknallten Henry Paige?«, schlug ich vor.

Das Mädchen in dem Video hat jetzt ein schwarz eingebundendes Buch in der Hand.

»Ich hab es mitgenommen. Und ich lese ein paar Zeilen daraus vor, damit *du* vielleicht besser verstehst, was mit uns passiert ist.« Sie räuspert sich einige Male, bevor sie anfängt zu lesen. Sie holt Luft.

Wer von uns hat schon den Mut, seinen eigenen Weg zu gehen?

Von klein auf wird unser Wille von Autoritäten, seien es Eltern oder Lehrer, gebrochen. Wir werden gleichgemacht, das Individuelle in uns wird ausgetrieben. Wir haben zu funktionieren und Lehrern zu gehorchen, denen es oft selbst an Wissen und Weisheit mangelt.

Und so vergessen wir, wer wir eigentlich sind, welche Ta-

lente und Kräfte in uns schlummern. Denn wüssten wir dies, würden wir uns gegen die Herrschenden wenden, würden sie von ihrem Thron stoßen, auf den sie glauben, ein Anrecht zu besitzen.

Was gibt es Schlimmeres, als am Ende des Lebens auf all die ungelebten Visionen zurückzublicken, die wir in unserer Jugend einmal hatten?

So dürfen wir nicht leben!

Erheben wir uns! Erobern wir uns unsere Stärke wieder zurück, mit der wir einst geboren wurden! Leben wir nach unseren eigenen Gesetzen. Nur so werden wir glücklich!

Lassen wir uns nicht vorschreiben, wen wir lieben dürfen!

Wer außer uns selbst weiß und fühlt, wen er wirklich liebt?

Niemand – außer dem Ziel der Liebe selbst – hat das Recht, einem diese Liebe zu verbieten. Weder die Familie, der Staat noch die Religion.

Meine Bewunderung gehört »Dem Tier«, dem großen Aleister Crowley. Denn er lebte nach seinen eigenen Gesetzen und wollte die Welt hinter den Dingen sehen. Er schreckte nicht davor zurück, mit Drogen zu experimentieren, und war bereit, auch die Konsequenzen zu tragen.

Ja, er starb, heroinsüchtig und krank und verarmt. Aber hatte er nicht ein großartiges, erfülltes, selbstbestimmtes Leben?

In Crowleys Sinne habe ich diese Höhle eingerichtet. Hatte er seine Gemeinde in Sizilien, habe ich sie hier. Für nächsten Monat haben sich drei Freunde angesagt. Ich werde ihnen hier eine neue Welt eröffnen. Ich werden ihre Leben auf den Kopf stellen! Ich werde sie zu wahrem Sein erwecken!

Ziemlich schräg, oder?

Und ausgerechnet ich schlug vor, noch ein bisschen in den Memoiren dieses Irren zu blättern! Das hier und noch viel mehr haben wir gelesen... und schließlich sogar versucht, danach zu leben.

»Ich glaube echt, der wurde umgebracht«, meinte Claas schließlich, »er hat den Aufstand gepredigt, Leute! Er hat recht. Aus Angst befolgen wir die Gesetze, die die Stärkeren erst zu Stärkeren machen. Hört euch das doch mal an«, er las vor: »*Geht euren eigenen Weg! Liebt, wen ihr lieben wollt! Habt den Mut, euch zu nehmen, was ihr wollt! Das Recht liegt bei demjenigen mit dem stärksten Willen! Wer sich unterordnet, ist selbst schuld!*

Sobald ihr erst einmal die engen Grenzen, in denen man euch erzogen hat, hinter euch gelassen habt, steht euch die ganze Welt mit all ihren Möglichkeiten offen!«

Claas sah auf mit einem Leuchten in den Augen. »He, Leute, wir sind alle versklavt, kapiert ihr das?«

»Das mit den Grenzen stimmt«, pflichtete Tammy ihm bei, auf einmal begeistert, »man darf nicht auf die anderen hören, die einem immer alles ausreden wollen, was ihren Horizont übersteigt! Man darf sich nicht einreden lassen, wozu man nicht in der Lage sein soll. Die anderen haben doch keine Ahnung!«

»Genau!« Claas nickte. »Die denken doch alle, ich hab sie nicht mehr alle, weil ich nach Oxford will! Ich sage mit unserem Freund Henry Paige hier: *Grenzen sind da, um überwunden zu werden!*«

Ich musste an meine Mutter denken, die auch gegen den Willen meiner Großmutter, also ihrer Mutter, meinen Vater geheiratet hatte. Er war Melody O'Shea nicht spirituell genug. Zu praktisch. Aber meine Mutter hatte sich durchgesetzt.

»Da ist was dran«, sagte ich also.

»Was dran?«, fuhr Claas auf. »Mel, das ist die Wahrheit! Die absolut reine Wahrheit!«

Er konnte sich schon immer für Ideen wahnsinnig begeistern und am besten, man pflichtete ihm bei, denn er hörte einem in so einem Zustand sowieso nicht zu.

»Aber der Typ war trotzdem ganz schön abgedreht«, meinte Tammy, »auch wenn er recht hat, das klingt ja wie ... wie in der Bibel!«

»Eine Anti-Bibel!«, rief Claas und wir lachten.

»Ich würde mich von der Zacharias nicht mehr so behandeln lassen«, meinte Julian schließlich nachdenklich. »Die hat mich auf dem Kieker, weil ich in der Siebten nicht mit ihrem Sohn befreundet sein wollte.«

»Eben!«, sagte Claas. »Und man müsste den Politikern ganz anders gegenübertreten und auch der Polizei ... ich meine, wir sind doch bloß von *Angst* beherrscht!« Er holte Luft. »In der Schule drohen sie einem mit schlechten Noten. Weil schlechte Noten ein verpfuschtes Leben bedeuten, oder, ist doch so?«

»Stimmt!«, meinte auch Tammy. »Du bist dann auf jeden Fall ein Versager und bleibst es auch! Und die anderen machen sich sogar noch über dich lustig! Man muss ja nur mal diese blöden Sendungen im Fernsehen angucken!«

Claas nickte und schob zum wiederholten Mal die Brille höher auf die Nase. »Und Versager sind arbeitslos und asozial – so denken doch alle! Versteht ihr? Das ist die Horrorkulisse, die sie vor uns aufbauen, mit der sie uns in Schach halten, damit wir nur nicht aufmucken und schön brav tun, was sie sagen!«

»Ja! Denn wenn du nur an deine Noten und deinen Job denkst, hast du gar keine Zeit, mal näher hinzusehen, was die Politiker und diejenigen machen, die über unser Leben bestimmen, oder?«, meinte ich jetzt.

»Absolut richtig!«, pflichtete mir Claas begeistert bei und auch von Tammy und Julian kam ein Nicken.

»Uns predigen sie, wir sollen die Wahrheit sagen, und die Politiker lügen wie gedruckt!«, sagte Julian heftig.

»Genau, sie sind die Stärkeren und die Mächtigen nehmen sich sowieso immer, was sie wollen!«, stimmte Tammy zu. Julian streckte die Hand aus – und strich ihr eine Strähne aus der Stirn. Sie merkte es kaum. Aber mir gab es einen Stich ins Herz.

»Also«, sagte Claas, »wir wollen ab sofort keine Angst mehr haben. Wir wollen unsere Grenzen selbst bestimmen! Wir lassen uns nicht mehr beherrschen!«

Wir rauchten Shisha und jeder von uns stellte sich vor, wie sein Leben ohne Verbote wäre, wenn wir nur das tun würden, was allein *wir* für richtig hielten.

Was ich mir vorstellte? Ich würde mir einfach... Julian nehmen, ich würde vor allen verkünden, dass ich ihn wollte...

Ich wachte irgendwann mitten in der Nacht auf, weil mich etwas gestochen hatte. Ich bemerkte, dass ich allein auf der Couch im Freien lag. Ich holte mir eine Decke von drinnen und schlief draußen weiter.

Am nächsten Morgen war ich früh auf. Bevor die anderen herunterkamen, nahm ich mir Frau Wagners Alurad und machte mich auf den Weg nach Les Colonnes und an den Strand.

Ich ließ mich die gewundene Bergstraße runterrollen, genoss den Wind, wie er mir mein Haar zerzauste, wie er über meine Haut strich, konnte vom Anblick des azurblauen Meeres nicht genug bekommen. Ich sang laut eine erfundene Melodie vor mich hin oder eine, die ich vielleicht mal irgendwo gehört hatte, aber nicht mehr wusste, wo. Ich wollte Julian vergessen und Claas und Tammy, ich wollte einfach wieder ich sein. Am Ortseingang bremste ich etwas ab, warf einen kurzen Blick nach rechts zur Autowerkstatt, wo ein Mechaniker im ölverschmierten Overall gerade einen Reifen wechselte und aufsah, als ich vorüberrollte. Ich kam an einem Café vorbei, in dem zwei alte Männer mit Zigaretten und Kaffee auf Plastikstühlen unter wildem Wein saßen, und stieg vom Rad. Ich genoss es, durch die Gassen zu schlendern und all das zu entdecken. Eine kleine Katze huschte an meinen Füßen vorbei und versteckte sich hinter einem Blumentopf, aus einer geöffneten Haustür stieg der Duft von frisch gebackenem Kuchen, vor einem engen Fischladen drängten sich schwatzende Hausfrauen, an der Ecke gegenüber machte mich der düstere Eingang einer Bar neugierig. Dann aber bemerkte ich den Zeitungsladen, wunderbar, dachte ich, ich werde mich mit ein paar französischen Politik-Magazinen eindecken. Ich schob also mein Rad dorthin und blieb stehen.

In dem Moment wusste ich nicht, ob ich mir selbst

etwas zurechtreimte, ob ich Dingen eine Bedeutung gab, die sie gar nicht verdienten. Dort, in dem mit durchsichtiger orangefarbener Folie beklebten Schaufenster, lag neben einem Wasserfarbkasten, einem Stapel Spiralblöcken, einem teuren Kugelschreiber im Etui und einer ganzen Batterie Pfeifen und verschiedenen Tabaksdosen, neben Klangschalen und Himalaja-Salzlampen – ein Aleister-Crowley-Tarot-Kartenblatt. Erinnerst du dich noch, was ich über Tarot gesagt habe? Du kannst mit ihnen dein Schicksal befragen – und deshalb war ich ganz sicher, dass es kein Zufall war, dass die Crowley-Karten hier, in diesem verstaubten Schaufenster auf mich gewartet hatten. Es gibt keine Zufälle, okay?

Aber, sagst du jetzt bestimmt, gibt man nicht in manchen Situationen Dingen oder Ereignissen eine Bedeutung, die sie gar nicht verdienen?

Dieses Kartenspiel lag da, in diesem altmodischen Schaufenster, vielleicht schon seit Jahren herum. Es wurde nicht extra für dich hindrapiert, Mel!, willst du sagen, stimmt's?

Aus den Augenwinkeln nahm ich plötzlich ein Auto wahr, das langsam heranglitt. Ich drehte mich um. Polizei. Meinen die, ich wollte in den Laden einbrechen, dachte ich noch, als die Scheibe an der Fahrertür herunterfuhr und ich Yannis ins Gesicht blickte. Sein schwarzes Haar und die spitzen Koteletten waren unverwechselbar.

»*Bonjour!* Mal die Höhen der Villa verlassen?«, fragte er mit einem diabolischen Grinsen.

»Eigentlich hab ich mir gerade überlegt, ob ich hier

einbrechen soll«, spaßte ich und zeigte auf das Schaufenster.

»Würde ich Ihnen nicht raten, der Laden gehört meiner Schwester. Und ich könnte Sie gleich hier verhaften.«

»Richtig mit Handschellen und so?«

»Ja, natürlich.«

»Klingt gut.« Ich grinste ihn unverhohlen an. Es machte mir Spaß, ihn in Verlegenheit zu bringen – was mir, wie ich mit Genugtuung feststellte, mit Leichtigkeit gelang.

Seine Miene verdüsterte sich. »Es gab schon wieder Probleme in der Villa, hat Vincent gesagt. Jemand hat das Stromkabel gekappt?«

»Ja, war ziemlich nervig.«

»Und Sie haben keine Ahnung, wer dahinterstecken könnte, wer Sie ärgern oder in Angst versetzen will?«, fragte er und fixierte mich mit seinen schwarzen Augen, als würde ich etwas vor ihm verbergen.

»*Mais non!* Was denken Sie? Ich bin gerade mal ein paar Tage hier!«

»*Oui, oui, bien sûr*«, sagte er rasch. »Trotzdem sollte ich vorbeikommen und die Sache aufnehmen. Ist doch schon sehr merkwürdig.«

»Haben denn die Wagners – oder Tammy und Julian schon mal Ärger gehabt mit Nachbarn oder Leuten aus dem Ort?« Ich versuchte, meine Neugier zu verbergen.

»Nein, da ist noch nie etwas vorgefallen«, er strich sich nachdenklich über sein Ziegenbärtchen, »das ist wirklich mysteriös.«

Ich hätte ihm jetzt auch die Sache mit dem Bikini erzählen können, aber etwas hielt mich davon ab.

»Sie halten weiterhin die Augen offen, ja?«, sagte er.

»*Bien sûr!*«, sagte ich. Er wollte schon losfahren, doch er zögerte und fragte dann: »Gefällt es Ihnen noch da oben – mit den dreien?«

Ahnte er, dass es Stress gab? Oder warum fragte er so etwas? Ich hatte jedenfalls nicht die Absicht, ihn in irgendetwas einzuweihen.

»Ja, klar, ist alles super. Man hat einen tollen Ausblick aufs Meer und die Villa ist schön«, sagte ich ausweichend.

Falls er sich über meine Antwort ärgerte, dann zeigte er es nicht, sondern fuhr im Plauderton fort: »Ja, sie war sehr lange unbewohnt. Wahrscheinlich hoffte Madame Paige auch nach Jahren noch, dass ihr Mann wieder auftauchen würde. Na ja, irgendwann gab sie dann doch die Hoffnung auf – und außerdem brauchte sie wohl Geld.«

»Und bis heute ist er verschollen?«

»Ja.«

»Wie ist er eigentlich verschwunden?«

»Er ist angeblich mit seinem Auto losgefahren und nicht mehr gekommen. Mein Kollege – er ist längst pensioniert – hat erzählt, wie man hier die Schluchten nach seinem Auto und ihm abgesucht hat.« Er schüttelte den Kopf. »Das Auto hat man gefunden, völlig zertrümmert. Aber ihn... nie. Mein Kollege meint, das sei alles ein großer Betrug. In Wirklichkeit würde er sich irgendwo mit seiner Frau und seinen Geliebten von der Versicherungssumme, die seiner Frau nach drei Jahren ausbezahlt wurde, ein schönes Leben machen.«

»Er hatte Frau und Geliebte?« Ich heuchelte ein wenig Empörung, um ihn zum Weitererzählen zu animieren.

»Nicht nur das, er war ein Junkie – Kokain, Heroin, LSD, Alkohol –, mein Kollege ist öfter von einer Nachbarin, die eine Villa da oben hat, gerufen worden. Die haben richtige Orgien gefeiert. Mit Drogen, Sex und okkulten Ritualen. Er wurde mehrmals für eine Nacht eingesperrt, aber man musste ihn immer wieder laufen lassen. Paige hatte so eine Art Sekte gegründet und einige Anhänger.«

Yannis sah mich misstrauisch an – oder schien mir das nur so, weil ich ihm nicht alles erzählte? Oder wusste er wirklich mehr, als er zugab?

»Aber das ist vorbei, er lebt ja wahrscheinlich längst nicht mehr. Wir sind ihn los und Sie können Ihre Ferien in dieser schönen Villa verbringen.«

Wie elegant er den Bogen wieder zu mir geschlagen hat, dachte ich. Er ließ nicht locker und ich fragte mich, ob es eine Polizistenangewohnheit war, grundsätzlich davon auszugehen, dass das Gegenüber log oder nicht alles erzählte. Doch bevor ich etwas erwidern konnte, fragte er: »Und, was machen Sie da oben den ganzen Tag?«

Aber ich war noch nicht fertig.

»Meinen Sie, er hat ein Verbrechen begangen?«

»Wie kommen Sie darauf?«

»Sie sagten doch selbst, er habe eine Sekte angeführt.«

»Na ja«, er zögerte, »es gab da so eine Geschichte...«

Jetzt wurde es endlich interessant.

Er schüttelte abschätzend den Kopf. »Das ist ja schon fünfzehn Jahre her. Im Grunde weiß niemand, was wirklich passiert ist. Einer seiner Gäste – Freunde – verschwand, ungefähr einen Monat, bevor er selbst nicht mehr heimkam. Es gab die Vermutung, dass dieser Gast...« Er brach ab, überlegte wohl, ob das noch unter das Dienstgeheimnis fiel – und ich ergänzte: »...umgebracht worden ist.«

Er nickte. »Man hat die Leiche nie gefunden. Daher weiß man auch immer noch nicht, ob wirklich ein Verbrechen vorliegt.«

»Vielleicht ist dieser Henry Paige ja auch seinem Gast nachgereist. Vielleicht war er schwul?«

»Ganz sicher nicht! Es heißt, er habe dauernd neue Frauen gehabt.« Er zog seine Augen zusammen. »Nein, es gab wohl vorher schon ein paar Vorfälle...«

Ich wartete.

»Verletzungen, Überdosen... wie gesagt, es war so etwas wie eine Sekte.«

»Also, um uns müssen Sie sich keine Sorgen machen«, sagte ich mit einem besonders charmanten Lächeln, »wir schwimmen lediglich, lesen – und chillen.«

»Das ist natürlich gesünder – und weitaus ungefährlicher.« Er fügte bedauernd hinzu: »Ich hab meine Ferien für dieses Jahr ja schon hinter mir. Aber... wie war Ihre Wanderung gestern?«

»Wieso...?«

Er lachte und erklärte: »Vincent hat es mir erzählt.«

»Ach so, ja, es war ein bisschen zu heiß.«

»Ja, das stimmt! Der Herbst ist besser zum Wandern geeignet. Aber man kann es sich nicht immer aussuchen, oder? Ich will Sie nicht länger aufhalten – übrigens...«, sein Blick ging über meine Schulter hinweg, »sagen Sie meiner Schwester einen schönen Gruß von mir.«
»Mach ich gerne.«
»Noch einen schönen Ferientag!«
Ich nickte und winkte, weil er auch winkte, als er davonfuhr.
Beobachtet er mich? Aber wieso sollte er?, fragte ich mich, bis der Polizeiwagen rechts in die Straße einbog, die zur Kirche und zum Dorfplatz führte.
Und dann ging ich in den Laden und kaufte die Crowley-Karten.

17

Ich war bis zum Nachmittag am Strand gewesen. Das Alleinsein hatte mir gutgetan, und als ich den Berg hinaufstrampelte, fühlte ich mich so frisch, dass ich trotz der Anstrengung vor mich hin summte – wenn ich nicht gerade zu sehr schnaufen musste. Ich nahm mir vor, auch morgen wieder einen kleinen privaten Ausflug zu machen. Vielleicht würde ich Julian vergessen.

Was für ein kolossaler Irrtum, denn kaum betrat ich die Villa, suchte ihn bereits mein Blick.

Sie lagen alle am Pool.

»Du hast Tarot-Karten gekauft?« Claas sah erstaunt auf. »Wo gibt's die denn hier?«

»In einem kleinen Laden neben dem Supermarkt, sie lagen im Schaufenster«, sagte ich und erzählte ihnen von meiner Begegnung mit Yannis und den Gerüchten über Henry Paige. Allerdings erwähnte ich nicht, dass er von unserer Wanderung wusste. Warum auch? Ich hielt es zu diesem Zeitpunkt einfach nicht für wichtig.

Sogar Tammy wollte beim Tarot-Kartenlegen dabei sein.

Bald saßen wir auf der Terrasse, sahen den Sternen beim Aufgehen zu und rauchten uns in Stimmung.

»Also«, fing ich an. »Soll ich es euch mal erklären?«

Melkri01 dreht der Kamera den Rücken zu. Als sie sich ihr wieder zuwendet, hält sie eine Spielkarte vor die Linse. »Mit meiner Großmutter hab ich in den Ferien in Irland oft stundenlang Tarot-Karten gelegt. Ich fand sie irgendwie unheimlich. Also, die Karten, nicht meine Großmutter.« Sie lächelt kurz. »Wir begannen damit, dass jeder eine Karte zog. In einem Heftchen waren die Deutungen der Karten nachzulesen.«

Doch zurück zur Villa.

»Ich mach es kurz«, sage ich, während ich die Karten auspackte und zu mischen begann. »Laut einer Legende überlegten die Weisen im alten Ägypten, wie sie ihr Wissen der Nachwelt hinterlassen könnten. Inschriften und Bücher verwarfen sie, die würden politische Umwälzungen nicht überstehen. Wohl aber Spielkarten, denn die Menschen würden sich das Laster des Spiels niemals abgewöhnen.«

»Wie wahr«, warf Claas ein.

»Hast du mal im Spielcasino gearbeitet?«, fragte mich Julian plötzlich und machte eine Kopfbewegung zu meinen Händen hin, die gerade zum vierten Mal das Blatt durchmischten. Zuerst mischte ich in größeren Packen, dann ging ich zum eleganteren Mischen über, fächerte die Karten auf, raffte sie wieder zusammen, wiederholte das Prozedere vorwärts und rückwärts.

»Vielleicht ist sie auch Falschspielerin?«, meinte Tammy. Mal wieder sprach sie in der dritten Person von mir. Worauf ich ihr mit einem natürlich falschen Lächeln antwortete.

Julian beobachtete weiter meine unzählige Male geübten Handgriffe.

»Du hast damit dein Geld verdient, stimmt's?«

»Stimmt.« Dass mir meine Großmutter das Kartenspielen – und richtiges Mischen – beigebracht hatte, erwähnte ich nicht, auch nicht, dass sie leidenschaftlich Patience und Tarot-Karten legte. Sollten sie ruhig ein bisschen rätseln.

»Wer will anfangen?«

»Wie wär's mit dir, Tammy?«, fragte Claas herausfordernd.

»Ich mach das sowieso nur mit, weil mir langweilig ist«, erklärte Tammy.

»Klar.« Claas lachte auf seine spöttische Art. »Deshalb machen wir es doch alle, oder?«

»Komisch, glaubt ihr nicht auch, dass dieser Schriftsteller noch am Leben ist?«, meinte Julian unvermittelt. »Vielleicht musste er wirklich untertauchen, weil er einen Mord begangen hat, was Mel erzählt hat.«

»Das ist nur eine Spekulation, Julian«, sagte ich so sachlich wie möglich – und ohne ihn anzusehen.

»Wir haben doch seine Höhle gesehen, die Gläser mit den Embryos und so.«

»Igitt, jetzt hör auf, Julian, das ist wirklich so eklig!« Tammy schüttelte sich.

Mit Schwung legte ich den Stapel auf den Tisch und sah auf. »So. Wer hebt ab?«

Claas zögerte nicht. Ich belohnte ihn mit einem Lächeln für seinen Mut, packte die Stapel wieder aufeinander und mischte erneut.

Und plötzlich spürte ich etwas in mir. Wie fühlt sich Macht an? Im Bauch fängt etwas an zu wachsen, etwas Warmes, Rundes, und es breitet sich in der Brust aus, dein Herz schlägt schneller, es wird wärmer und du hast das Gefühl, dich auszudehnen, und dann spürst du ein Kribbeln in den Fingern und Füßen. Ich wusste: Mit diesen Karten hatte ich ihre Gefühle in der Hand.

Genau das wusste ich in dem Moment, als sie mir alle gebannt beim Mischen zusahen. Wieder legte ich den Stapel auf den Tisch, wieder hob Claas ab, als ich ihn stumm aufforderte, und wieder legte ich die Stapel aufeinander. »So, wer fängt an?« Normalerweise hätte ich, weil ich gemischt habe, die erste Karte ziehen müssen, aber das brauchte ich ihnen ja nicht auf die Nase zu binden.

Ich sah die drei der Reihe nach an. »Ich hab schon abgehoben«, Claas lehnte sich zurück und verschränkte die Arme hinter dem Kopf. »Du bist nur feige!« Julian lachte. Tammy rollte die Augen, als ob sie das alles nur tödlich anödete, aber ich war mir sicher, dass sie das nur vorgab, um mir eins auszuwischen.

»Claas«, bestimmte ich. Inzwischen war das Gefühl der Macht bis in meine Hände vorgedrungen, sie fingen an zu kribbeln und ich genoss es. Lieber, armer Claas, mal sehen, was die Karten sagen – und was *ich* dir sagen will.

»Fächere die Karten so auf dem Tisch auf«, erklärte

ich, »und zieh dann die Karte, die deine Hand anzieht. Du musst die linke Hand nehmen.«

»Mann, Claas«, Julian lachte. »Bald hast du keine Geheimnisse mehr!«

»Abrakadabra, Taubenscheiße, Hexenschweiß...«, murmelte Claas, während er seine Hand über den Karten schweben ließ. Er nahm es nicht ernst oder vielleicht doch und wollte es nicht zeigen.

Er zog und drehte die Karte um.

Der Turm.

»Oh«, sagte ich und machte ein erschrockenes Gesicht. Das war dafür, dass er sich mehr für Tammy interessierte als für mich.

»Warte, warte, lass mich mal raten.« Er betrachtete die Karte, hielt sie hoch, drehte sie, runzelte übertrieben die Stirn, legte sie wieder hin und sagte mit besonderem Ernst: »Ich sehe hier ein Auge und so was wie ein Schloss mit einer Falltür...« Er schloss die Augen und flüsterte: »Das Unheil steht bevor, man muss sich jetzt ins Schloss retten und sich dem beschützenden Blick Gottes anvertrauen.« Er riss die Augen auf und grinste. »Und? Hab ich recht?«

Ohne ins Buch zu sehen, sagte ich kühl: »Der Turm bedeutet Veränderungen.«

»Oxford, klar!«, trumpfte er auf.

»Es sind eher Zusammenbrüche gemeint. Dein Ego bricht zusammen und wird zerstört.« Das stimmte sogar. »Es kann auch Unfall bedeuten.« Ich genoss es, die Katastrophe anzukündigen. Es geschah ihm ganz recht.

»Das ist gruselig, Mel«, raunte Claas und nahm einen

langen Zug aus der Wasserpfeife. »Wirklich gruselig«, sagte er langsam und blies Ringe in die Luft. »Machst du das absichtlich?«

»Denk doch, was du willst!«, erwiderte ich. »Kannst es gern nachlesen – hier!« Ich schleuderte ihm das Heftchen vor die Nase.

»Mann, Alter«, sagte Julian lachend, »dein bisschen Ego! Kriegst schon wieder ein neues!«

Claas schien das nicht zu beeindrucken. »Ich finde, Julian ist jetzt dran.«

Ich versuchte, mir natürlich nichts anmerken zu lassen, als ich für ihn die Karten mischte, aber insgeheim wünschte ich mir eine Karte, die ihn irgendwie nachdenklich – und auf mich aufmerksam machen würde. Oder eine – die ihn schockieren würde.

»Und jetzt auffächern«, sagte ich, als ich gemischt und er dreimal abgehoben hatte.

Claas rieb sich die Hände. »Jetzt sind wir aber gespannt!«

Tammy versuchte Desinteresse vorzutäuschen, aber ich sah ihr an, dass sie genauso neugierig war wie Claas und ich – und Julian vielleicht auch.

Julian zögerte kurz und zog dann entschlossen eine Karte, die er mit lässigem Schwung auf den Tisch warf.

Ich starrte darauf und hoffte, mich zu irren.

»Und?«, fragte er und sah mich dabei an. »Pokale! Ich gewinne, oder?« Er blickte grinsend von einem zum anderen.

»Zwei Kelche.« Meine Stimme klang ziemlich laut. Merkten das die anderen denn nicht?

»Und?«, fragte mich Julian. »Was bedeutet das?«

Tja, Mel, und jetzt?, dachte ich. War es nicht genau die Karte, die du dir für ihn gewünscht hast?

»Zwei Kelche«, murmelte ich und blätterte im Buch, um Zeit zu gewinnen – und um es nicht mit meinen Worten sagen zu müssen. »Ach, hier«, sagte ich so nüchtern wie möglich: »Liebe.«

»Na bitte!«, rief Claas und schlug sich auf die Schenkel. »Ich Unfall, du Liebe! Das Leben ist so ungerecht!«

»Die Kelche sind gefüllt und fließen über«, las ich unbeirrt weiter, *»Ausdruck des überströmenden emotionalen Reichtums. Gib dich hin, dir selbst und den anderen. Du bist bereit, die Liebesbeziehung in dein Leben eintreten zu lassen.«*

Meine Stimme hörte sich an wie aus einem Automaten.

»Und, Julian?«, rief Claas. »Wer ist die Glückliche? Kennen wir sie?«

Julians Grinsen bekam etwas Gezwungenes. »So ein Quatsch«, rief er, »ich hätte genauso eine andere Karte ziehen können.« Er griff in den Stapel und warf uns eine Karte hin. »Zum Beispiel die hier.«

Claas beugte sich vor.

»Noch mehr Pokale?«

Die Vier der Kelche. »Kelche«, sagte ich und blätterte die entsprechende Seite im Buch auf. »Die Karte steht für Gefühle und Trieb...«

Claas prustete los. »Jaja, Julian, unser Alpha-Tier!«

Julian lehnte sich zurück, als interessiere ihn das alles nicht mehr. »So ein Schwachsinn!«

»He, Mann!« Claas schlug sich wieder auf die Schenkel. »Du kannst ziehen, was du willst: Du bist verliebt. Fragt sich bloß, in wen?«

Hitze stieg mir in den Kopf. Er war es also doch, oder nicht? Verliebt – in... in mich, oder?

»Ach hör doch auf«, winkte Julian ab.

»Aber nein, jetzt wird's erst spannend«, sagte Claas und nahm einen tiefen Zug von der Shisha. »Mel du, jetzt wollen wir doch mal von dir die Wahrheit wissen.« Grinsend raffte er die Karten zusammen und legte mir den Stapel hin. Tammy lehnte sich zurück und setzte ihr typisches, abfälliges Lächeln auf. Nur Julian hatte den Kopf in den Nacken gelegt und sah in den Sternenhimmel – er denkt darüber nach, sagte mir meine innere Stimme.

Widerwillig mischte ich, fächerte die Karten auf, ließ meine Hand über den Karten schweben.

Ich musste sie ziehen, die Zwei der Kelche, Julians Karte, dann könnte er seine Gefühle nicht mehr ignorieren, denn ich war sicher, dass er sie mir gegenüber nur nicht zulassen wollte. Er liebt dich, sagte ich mir, er traut es sich nur nicht, es zuzugeben.

»Komm schon, Mel!«, drängte Claas und blätterte schon in dem Heft. »Diesmal lese ich dir deine Zukunft vor!«

Ich hielt den Atem an, konzentrierte mich auf die Zwei der Kelche – und zog.

»Schwerter!«, sagte Claas und blätterte. »Aha!«

»Oh, unsere Jeanne d'Arc!«, spottete Tammy. »Jetzt müssen wir uns wohl alle vor ihr in Acht nehmen!«

Ich hatte nicht mehr als ein Schulterzucken übrig, denn ich wusste, was gleich käme.

»Mel - sorry!«, rief Claas theatralisch. »Die Drei der Schwerter bedeutet: zerbrochenes Herz!« Er sprang auf und sagte pathetisch: »Wer hat dir das Herz gebrochen, Mel, sag es und ich stoße ihm meinen Dolch in den Leib!«

Am liebsten hätte ich ihm eine geknallt, ja, ich weiß, echt primitiv. Aber ich tat es ja nicht und dachte an die weitere Bedeutung der Karte. *Spannungsgeladene Dreierbeziehung. Eine dritte Person dringt in die harmonische oder langweilige Zweisamkeit ein. Eine klare Entscheidung ist gefragt.*

Mein Blick wanderte zu Julian, der mich in diesem Moment ansah. Ich konnte seinen Gesichtsausdruck nicht deuten.

»Und die hier?« Ohne dass es jemand gemerkt hatte, hatte Tammy eine Karte gezogen.

»Schon wieder so was Komisches«, meinte Claas und fing an, in dem Heftchen zu blättern.

Ich stand auf, murmelte ein »Bin gleich wieder da«. An der Gartenmauer blieb ich stehen und holte Luft. Ich spürte, wie mir der Schweiß den Rücken hinunterrann.

Tammy hatte die Vier der Stäbe gezogen. Hochzeit.

Jetzt tauchten sie wieder vor mir auf, die Bilder der letzten Tage, scharf und deutlich, in Farbe. Julian und Tammy zusammen auf der Couch, sein Arm um ihre Schultern gelegt, Julian und Tammy in der Nacht des Einbruchs. Wie ein Paar, hatte ich gedacht.

Julian, der den Arm nach Tammy ausstreckt, sie am Handgelenk hält, Julians Blick auf Tammy, als sie im

Liegestuhl liegt, Julians »wir«, ihre Geschichten, ihre gemeinsame Vergangenheit...

Habe ich es nicht die ganze Zeit schon geahnt, wollte es aber nicht wahrhaben? Hatte ich es nicht verdrängt, nicht richtig hingesehen, es mir so zurechtgebogen, dass es mir in den Kram passte?

»Na, enttäuscht?« Ich hatte Tammy nicht kommen hören. Ich wandte mich von den Lichtern im Tal ab und sah sie an.

»Wovon redest du?«, fragte ich so unbeteiligt wie möglich.

»Glaubst du, ich hab nicht gemerkt, dass du in ihn verliebt bist?« Ihre Stimme klang scharf wie eine Messerklinge. Ich bekam eine Gänsehaut.

»Du solltest dich mal dabei sehen, wie du ihn anhimmelst«, begann sie. »Wie du in deinem billigen Bikini vor ihm auf- und abstolzierst...«

»Hör auf!« Meine Stimme zitterte, aber das war mir egal, noch ein Wort und ich würde mich auf sie stürzen, ihren Kopf packen und auf die Mauer...

Tammy kam einen Schritt näher und lachte leise. »Du bist ja so *jämmerlich,* Melody!«

»Und du?« Ich sprach laut, aber nur so laut, dass es Claas und Julian nicht hören könnten. »Dein Bruder ist in dich verliebt und du, du egozentrische Ziege, merkst es nicht mal!«

Sie hörte für einen Moment auf zu atmen, dann schrie sie: »Du bist ja total durchgeknallt! Mann, hast du eine kranke Fantasie!« Sie fixierte mich mit zusammengekniffenen Augen. »Du bist ja bloß eifersüchtig, krankhaft eifersüchtig, weil er sich nicht für dich interessiert! Außerdem: Jeder hätte diese Karten ziehen können! Jeder!«

»Die Karten lügen nicht!«, hörte ich mich sagen und es war mir egal, dass es abgedroschen klang. Es war die Wahrheit.

»Jetzt pass mal gut auf, Melody.« Ihr Gesicht war meinem ganz nah, ihr Blick bohrte sich in meine Augen und dann sagte sie ganz leise und bedrohlich: »Wenn du noch mehr Stress machst, fliegst du raus. Ich muss bloß meinen Vater anrufen, der schickt jemanden vorbei – falls du nicht freiwillig verschwindest. Kapiert?«

Ihr blondes Haar schwang herum. Mit schnellen Schritten ging sie wieder auf die Terrasse.

Ich hörte noch leises Gemurmel, dann, wie alle drei aufstanden und hineingingen. Keiner kam zu mir. Sie hatten sich verbündet. Gegen mich.

Wie lange ich noch da draußen stand, weiß ich nicht mehr. Ich verlor das Gefühl für Zeit. Meine Gedanken flogen in die Nacht, drehten Schleifen, verloren sich in der Nacht. Als sie irgendwann zurückkamen, zur Villa, zur Gartenmauer, zu mir, kam es mir vor, als wären sie auf der langen Reise abgekühlt. Und auf einmal fragte ich mich, ob ich mir das alles mit Julian und Tammy nur zurechtgelegt hatte, weil ich es nicht aushalten konnte, dass Julian offensichtlich von mir nichts wissen wollte. Aber Claas war mit seiner Schwester doch nicht so gewesen, oder? Diese Blicke von Julian zu Tammy, so hatte Claas Carolin doch nie angesehen oder hab ich das nur nie bemerkt? War das nur normale geschwisterliche Zuneigung zwischen Julian und Tammy? Bildete ich mir das alles nur ein? Hat Claas seiner Schwester jemals das Haar aus der Stirn gestrichen? Nein... aber, mein Gott, Mel, dachte ich, du bist einfach stockeifersüchtig, *das* ist es. Du siehst einfach nicht mehr klar, bist vollkommen benebelt.

Warum sollte Julians Karte auf Tammy hinweisen? Er könnte doch auch in irgendeine andere verliebt sein, oder? Und die Hochzeitskarte von Tammy könnte doch ebenso jemand anderen meinen – nicht Julian. Sie schwärmte doch von so einem Typen in Kalifornien. Und abgesehen davon: Hatten denn die Karten überhaupt wirklich eine Bedeutung?

Du hast dich in was reingesteigert, Mel, redete ich mir ein. Atme mal durch und geh ins Bett.

Aber ich ging nicht ins Bett. Ich blieb an die Gartenmauer gelehnt sitzen, bis mir die Augen zufielen.

18

»Ist das nicht ein bisschen unbequem?« Julians Stimme weckte mich aus meinem Halbschlaf. In der Dunkelheit sah ich nur seinen Schatten und den matten Silberglanz auf seinem Haar.

»Stimmt«, sagte ich und ließ mir von ihm aufhelfen. Ich vermied es, ihn anzusehen. Wir standen nebeneinander und sahen hinunter in die dunklen Schatten des Nachbargrundstücks und auf die schwarze, glitzernde Fläche am Horizont, das Meer, das irgendwo in den Himmel überging oder umgekehrt.

»Du glaubst doch nicht an so was, oder?«, fragte er schließlich.

»Woran?«

»Ach, diese ganze Sache mit Verliebtheit und Hochzeit! Tammy schwärmt zwar von diesem Ben in L. A., aber der Typ ist doch nichts für sie! Und Tammy ist nicht eine, die gleich heiraten würde, also, bestimmt nicht!«

Tammy hatte ihm offensichtlich nichts von unserem Gespräch erzählt.

»Ich meine, das sind doch bloß Karten, oder?« Er wartete auf meine Zustimmung.

Was hoffte ich, in seinen Augen zu finden? Doch ein bisschen Verliebtheit – in mich? Ich blickte in den dunklen Himmel.

»Klar, sind bloß Karten.«

Er nickte erleichtert, lachte, stieß sich von der Mauer ab und sagte im Weggehen: »Morgen sollten wir alle zusammen an den Strand.«

»Ja«, sagte ich tonlos. Ich drehte mich um und hörte nur noch das Geräusch seiner Flipflops, als er zurück ins Haus ging.

Was ich empfand?

Stillstand. So etwas wie Tod. Ja, anders kann ich es nicht beschreiben.

Natürlich war ich schon öfter mal verliebt gewesen. An ihre Namen kann ich mich schon gar nicht mehr erinnern. An einen vielleicht noch, er hieß Chris und spielte – und deshalb kann ich mich an ihn erinnern – Saxofon. Wahrscheinlich hätte ich ihn auch vergessen wie die anderen, wenn er unmusikalisch gewesen wäre oder sich für Tischtennis oder Handball interessiert hätte.

Aber bei Julian war es etwas anderes. Ich wollte IHN ganz, ich wollte ihn besitzen, für mich haben, ich wollte seinen Körper spüren, nah, ganz nah bei mir, ich wollte seinen Atem riechen und seine Haut, durch sein Haar streichen, ich wollte in seine Augen sehen und seine Lippen küssen, ich wollte ihn schmecken, ich wollte ihn lieben... und von ihm geliebt werden.

Ich wandte mich wieder der Dunkelheit zu, die vor mir lag. Ein Nebelschleier zog sich über den Himmel und

Sterne und Mond sahen seltsam verwaschen aus. Als habe sich eine Folie dazwischengelegt, die verhinderte, dass sich etwas miteinander verband. Himmel und Erde, Verstand und Gefühl...

Ich setzte mich auf die Mauer. Irgendwann, so hoffte ich, würde es aufhören. Mein Gefühl für ihn. Irgendwann, ich musste bloß warten.

Ich war mit klebrigen Fäden an einen Baum gefesselt, meine Füße versanken in einem schwarzen Morast und über mir tropfte etwas auf meinen Kopf. Ich zitterte vor Kälte. Die Nacht war finster und kalt geworden, die Sterne am Himmel so winzig wie Nadeln. Grausiges Heulen drang heran, von Tieren oder geschundenen Menschen, ich schauderte und wusste zugleich, dass auch ich gleich so schreien würde, gleich, gleich würde sich das Rad des Schicksals, das da oben auf dem Berg wartete, herunterrollen, schwer und unaufhaltsam. Es würde direkt auf mich zukommen und mich zermalmen. Wenn nicht vorher die Schwerter, die ich jetzt über mir im Baum hängen sah, auf mich niedergehen und mich durchbohren würden. So oder so, ich war dem Tod geweiht, es gab kein Entrinnen –

Ein Lichtblitz aus dem Himmel traf mich direkt in die Augen, ich schrie auf, doch mein Schrei verstummte, denn aus einem riesigen, golden blitzenden Kelch floss Blut in meinen Mund, ich musste schlucken, sonst würde ich ersticken, Blut und immer mehr Blut und darunter die schleimigen Katzenembryonen... ich riss mich los, das Rad des Schicksals donnerte schon auf mich zu, die

Schwerter sausten nieder, ich rannte und rannte und versank immer tiefer im klebrigen Morast...

Ich stürzte, fiel... – und wachte auf. Ein heftiger Schmerz durchfuhr meine Hüfte. Ich war aus dem Bett gefallen.

Die Leuchtziffern des Weckers glotzten mich wie Augen an. Halb fünf.

Tammy hat recht, Mel, du bist total durchgeknallt. Ich erinnerte mich nicht, doch war ich anscheinend irgendwann von der Gartenmauer aufgestanden und in mein Zimmer gegangen.

Mühsam rappelte ich mich auf, mein gesamter Körper war klatschnass, ja, der Schweiß rann mir sogar in die Augen.

Ich wickelte mich in ein Handtuch und ging hinunter. Still lag der Garten vor mir, bis auf die zirpenden Zikaden, die wohl nie schliefen. Auf dem Wasser spiegelte sich der Mond. Ich ging mit nackten Füßen über die immer noch sonnenwarmen Fliesen zum Pool, ließ das Handtuch fallen und stieg die Stufen hinunter ins Wasser. Es war wunderbar warm und es umspülte meinen Körper. Ich tauchte unter, und als ich die besondere Ruhe unter Wasser und meine Schwerelosigkeit spürte, weinte ich still. Es kam einfach über mich, ich war vollkommen durcheinander.

Nach einer Weile ließ ich mich nach oben treiben und legte mich auf den Rücken. Die Sterne erschienen mir jetzt nicht mehr wie Nadeln, sondern wie Abertausende funkelnder Diamanten. Nur der Mond – der Mond blieb die Scheibe, die Münze... Nein, Mel, hör auf damit. Es war ein Spiel, Schluss, vorbei.

Ich schwamm ein paar Züge und spürte, dass ich wieder klarer denken konnte. Etwas hatte sich meiner bemächtigt, so kam es mir vor, und jetzt löste es sich von mir. Die Sache mit dem Tarot war eine schlechte Idee gewesen.

Und ich hatte mich in etwas hineingesteigert. Julian und Tammy, mein Gott, sie waren *Geschwister!* Sie lebten seit ihrer Geburt zusammen, wieso sollten sie dann nicht wie ein Ehepaar auf andere wirken, wenn sie nebeneinandersaßen? Warum sollte dann Julian nicht seiner Schwester zur Hilfe kommen, sie in den Arm nehmen, wenn sie sich fürchtete?

Du verstehst ihre Beziehung nicht, Mel, weil du ein Einzelkind bist.

Ja, so war es wohl.

Entschlossen, Julian und meine Fantasien weit von mir zu schieben, stieg ich aus dem Wasser, schlang mir das Handtuch um und ging zurück zum Haus. Ich stockte. Blieb stehen. Hörte auf zu atmen.

Vor mir – im Wohnzimmer war etwas. Ein Schatten. Ich dachte an den Einbrecher, ich wollte schreien, aber wie in meinem Traum konnte ich nicht.

»Setz dich«, kam Julians Stimme aus der Dunkelheit und wie auf Stichwort ging der Hirschgeweihleuchter über dem Esstisch an. Das grelle Licht blendete mich, aber so viel konnte ich erkennen: Da saß wirklich er, Julian, die Haare zerrauft, sein weißes T-Shirt zerknittert vom Schlaf. Er hat wohl auch schlechte Träume gehabt, dachte ich, kurz bevor ich den Stapel Karten vor ihm bemerkte. Ohne zu lächeln, schob er ihn mir über den Tisch entgegen. »Misch!«, befahl er und ich, überrumpelt und überrascht, gehorchte.

Tammy musste es ihm doch erzählt haben.

Ein unangenehmes Gefühl beschlich mich. Es kam mir vor, als hielte ich einen Urteilsspruch in den Händen. Wie eine vermeintliche Hexe, die auf den Scheiterhaufen wartet.

Wusste er, wie weh er mir tat? Genoss er es vielleicht sogar, weil er sich an mir rächte, für die Verwirrung, die ich in ihm ausgelöst hatte?

Ich ließ ihn abheben, mischte wieder und legte den Stapel vor ihn.

Er sah mir in die Augen, als er eine Karte zog, sie auf den Tisch legte. Fünf Scheiben.

Ich freute mich, insgeheim. Es geschah ihm recht.

Wortlos schob er mir das Buch hin. Ich wusste auch ohne Buch, was die Karte bedeutete. Außerdem stand es groß und breit drauf.

Doch als ich die Seite aufgeblättert hatte, nahm er mir grob das Buch aus der Hand, las, was dort stand, und warf es wieder auf den Tisch. »Siehst du«, sagte er und lächelte, »austauschbare Allgemeinplätze. Alles trifft auf jeden zu. Du siehst nur das in den Karten, was du sehen willst.« Grinsend stand er auf und sagte lässig: »Was ist, kommst du auch mit schwimmen?«

Verwirrt saß ich da und schüttelte den Kopf. Er drehte sich um und ging hinaus. Das erste Tageslicht, das langsam den Horizont erhellte, hob die Umrisse seines durchtrainierten Körpers, die breiten Schultern, die schmalen Hüften, die muskulösen Beine hervor.

Ich fühlte mich besiegt, geschlagen in einer Schlacht, die ich selbst heraufbeschworen hatte. Schließlich war ich es, die das Tarot gekauft hatte.

Ich sah ihn ins Wasser tauchen. Ringe breiteten sich an der Oberfläche aus.

Vor mir lag seine Karte. Fünf dunkelblaue Scheiben wie ein Räderwerk, miteinander verbunden und zugleich blockiert. Quälerei.

Die Situation ist spannungsgeladen. Eine aufklärende Kommunikation erscheint unmöglich. Jetzt hast du die Möglichkeit, den Konflikt herbeizuführen, damit du dich befreien kannst. Sprich die Dinge klar aus!

Einem Impuls folgend zog ich für mich eine Karte aus dem Stapel.

In diesem Moment hörte ich Schritte.

»He, schon wieder beim Hexen!« Claas kam nur mit einem Handtuch um die Hüften geschlungen die Treppe herunter. Er war bei Tammy gewesen, oder?

Der Stachel der Eifersucht zuckte in meinem Herzen, ja, das klingt schrecklich pathetisch, ich weiß, aber es war genau das, was ich fühlte. Schmerzvolle Eifersucht.

Er nahm sich Wasser aus dem Kühlschrank und warf einen Blick auf die Karte. »Und was sagen die Karten für heute voraus, Mel?« Sein Gesichtsausdruck war spöttisch, genau wie sein Ton. »Müssen wir uns vor dem Schicksal in Acht nehmen? Oder gar vor dem Teufel?«

Mit einer raschen Handbewegung nahm er eine Karte aus dem Stapel und drehte sie um.

Sein Lächeln verschwand für einen Augenblick. Dann sagte er, während er die Wasserflasche aufschraubte: »Aber wir haben ja die Notrufnummer, was? Ich geh wieder ins Bett.«

Er hatte wieder den Turm gezogen. Der Turm: Unfall. Zerstörung des Ego.

Dann betrachtete ich meine Karte. Der Mond.

Der Mond. Er ist im Begriff, noch weiter und tiefer in die dunklen Bereiche der Seele einzutauchen. Es ist eine Zeit der letzten und oftmals härtesten Prüfungen. Du befindest dich an der Schwelle zu neuen Erfahrungen. Wer sich entscheidet, die Schwelle zum Unbekannten zu überschreiten, braucht unbesiegbaren Mut.

Ich sah Julian mit kraftvollen, ausgreifenden Bewegungen seine Bahnen ziehen. Der Himmel hatte sich violett gefärbt, bald würden die ersten Sonnenstrahlen übers Wasser streichen. Warum sitzt du immer noch da?, fragte etwas in mir. Und wovor fürchtest du dich, Mel? Tu es! Konfrontiere ihn! Finde heraus, was er wirklich fühlt. Und was du noch für ihn empfindest!

Ich stand auf, ging zum Pool, ließ mein Handtuch fallen, sah hinauf in den morgendlichen Himmel, stieg die Stufen hinunter und tauchte zu Julian ins Wasser, das wie flüssige Bronze schimmerte.

Er sagte nichts.

Ich hatte keine Angst, als ich seine Haut auf meiner spürte, getrennt allein durch ein paar Wassermoleküle. Meine Lippen berührten seine und jetzt merkte ich, wie sehnsüchtig ich darauf gewartet hatte. Er hielt mich fest. Ich wusste, dass ich genau jetzt über eine Schwelle ging, sich jetzt meine Wünsche erfüllten... und hoffte, dass die flüssige Bronze jetzt in diesem Moment erkaltete und uns für immer miteinander verband.

»Ach, *ihr* seid das! Sagt mal, spinnt ihr? Ich habe gerade Todesängste ausgestanden, weil ich denke, das ist dieser Einbrecher!«, schimpfte Tammy von ihrem Fenster aus. »Und du bist nicht in deinem Zimmer, Julian!«

Abrupt ließ mich Julian los, genauso wie nach dem Abend im La Porte.

»He, alles okay«, rief er und schwamm zur Treppe. »Ich konnte einfach nicht schlafen! Es war so wahnsinnig heiß!«

Ich glitt tiefer ins Wasser, das ganz plötzlich eiskalt geworden war.

Er stieg aus dem Pool, als habe es diesen Moment zwischen uns gar nicht gegeben.

»Du bist so feige!«, rief ich ihm nach. Ich war wütend, unglaublich wütend.

Und was tat er? Er drehte sich zu mir um und lachte. »He, Mel, chill mal, okay?«

Er warf mir noch sein typisches Siegergrinsen zu, bevor er sich ein Handtuch umschlang, die nassen Haare schüttelte und mit langen Schritten ins Haus ging.

19

Die Stunden bis zum Abend glitten an mir vorüber, sind einfach gelöscht. Ich war in einer Art Schockzustand, anders kann ich es nicht beschreiben. Ich kann mich nur noch an diese unerträgliche Hitze erinnern – daran, dass die Oleander in den Töpfen auf der Terrasse braun waren und Tammy irgendwann sagte: »Wir haben vergessen, die Pflanzen zu gießen.« Als wir uns umsahen, entdeckten wir überall verdorrte Büsche. Julian hatte Vincent zugesichert, sich ums Gießen zu kümmern – und es dann vergessen.

»Mama wird ziemlich sauer sein«, sagte Tammy vorwurfsvoll.

»Du hättest auch mal dran denken können«, erwiderte Julian, worauf Tammy entgegnete:

»Gärtnern ist nicht mein Ding, das weißt du doch.«

Doch, ich kann mich doch noch an etwas erinnern, was an diesem Tag geschah.

Um die Mittagszeit gibt es eine spezielle Art von Hitze. Sie ist wie Feuer, verbrennt alles, was sich ihr schutzlos darbietet, sie flimmert still und tödlich. Die drei hatten

Wodka mit Cranberrysaft getrunken und schliefen. Ich wollte mich im Pool abkühlen und treiben lassen. Ja – und ich wollte die Erinnerung an Julian löschen, indem ich wieder in dieses Wasser stieg.

Ich stand also im Bikini am Pool und setzte gerade meinen Fuß auf die oberste Treppenstufe ins Wasser, als ich zurückzuckte.

Das Wasser war nicht mehr blau, sondern grün. An meinem Zeh hing eine grünlich schimmernde Algenschliere.

Und nicht nur dort.

Das Wasser war umgekippt. Offensichtlich hatte Julian nicht nur vergessen, die Blumen zu gießen, sondern auch, Chlor ins Wasser zu geben. Und der Stromausfall hatte die Schwimmbadpumpe außer Betrieb gesetzt. Ich dachte an den frühen Morgen. Waren Julian und ich etwa im algigen Wasser gewesen und hatten es nicht bemerkt, oder... oder ist es erst danach umgekippt?

Natürlich stieg ich nichts ins Wasser. Grübelnd ging ich in mein Zimmer.

Als die Hitze des Tages ein wenig verklungen war, warf Julian zehn Chlortabletten in den Pool, während Tammy stundenlang den Gartenschlauch in die trockenen Blumentöpfe legte.

Heute, im Nachhinein, wundere ich mich darüber, dass wir überhaupt noch miteinander sprachen, ja, dass ich nicht meine Sachen gepackt habe und abgereist bin. Im Nachhinein fühlt es sich an wie ein Bann, der sich auf mich gelegt hatte und mich unfähig machte zu handeln und zu denken.

Spät an diesem Abend kochte Julian für uns Spaghetti, die wir auf der Terrasse aßen. Wir hatten schon einiges getrunken, als Tammy plötzlich den Arm ausstreckte und über die Mauer in die Dunkelheit zeigte.

»Da ist er wieder. Dieser Lichtreflex!«

Julian und Claas ließen ihre Gabeln fallen und sprangen gleichzeitig auf. »Wo?«

»Da hinter den Pinien!«

Ich versuchte etwas zu erkennen, aber ich sah nur Schatten von Bäumen und Büschen.

Julian kam mit der Taschenlampe aus dem Haus. »Egal, wer da ist, der kriegt es jetzt mit uns zu tun«, verkündete er und zusammen mit Claas kletterte er über die Mauer. Tammy und ich verfolgten den hellen Lichtschein, der erst ein Stück in die Tiefe sackte und sich dann horizontal zwischen den dunklen Büschen bewegte. Zweige knackten, ein Vogel stieß einen Schrei aus und flatterte auf. Julian, oder war es Claas?, fluchte leise und ich lauschte, ob ich jemanden weglaufen oder sogar einen Motor anspringen hörte, aber da war nichts.

»Und?«, rief Tammy hinüber.

Es knackte weiter und jetzt streifte das Licht Julian. Keine Antwort. Ich hielt ihren Arm fest, als Tammy noch einmal nach den beiden rufen wollte. »Psst! Warte doch erst mal!«

Sie schüttelte brüsk meine Hand ab. Immerhin schwieg sie.

Plötzlich tat sich da unten etwas. Äste knackten und Vögel schreckten auf, während der Schein der Taschenlampe weiter und tiefer in den fremden Garten hineinglitt.

»Da ist doch jemand!«, rief Tammy.

Ich begann, über die Mauer zu klettern. »Warte!«, rief sie. »Du kannst doch nicht einfach da runter!«

»Doch!«

»Nein!«, sagte sie heftig. »Du siehst ja gar nichts!«

»Seit wann machst du dir über mich solche Gedanken?«

»Hör doch mal auf damit! Bleib hier oben, du brichst dir noch was.«

In dem Moment wusste ich genau, dass das nicht ihre Sorge war. »Du willst nicht allein sein, was?«

»Quatsch!«

»Ja, dann kann ich ja da runter.« Ich machte Anstalten, mich wirklich auf der anderen Seite der Mauer hinunterzulassen, da sagte sie: »Halt, warte! Ja, ich will nicht hier allein zurückbleiben. Du hast gesehen, was mit unserer Terrassentür passiert ist. Die schlagen einem sicher den Schädel ein – knallhart.«

Sicher, ganz sicher, hätte ich jedem anderen recht gegeben und wäre bei ihr geblieben – aber die Aussicht, sie ihren Ängsten zu überlassen, war zu verlockend für mich.

»Geh am besten rein und versteck dich«, sagte ich und schwang mich über die Mauer.

Ich irrte, als ich glaubte, meine Augen würden sich nach und nach schon an die Dunkelheit gewöhnen. Ich sah gar nichts. Meine Füße tasteten nach Vorsprüngen in der Mauer, während ich versuchte, mich mit den Händen an den Ranken, die sich an die Mauer klammerten, festzuhalten. Meter um Meter ließ ich mich so hinab, bis ich endlich – tatsächlich ohne zu fallen – mit beiden Beinen auf dem weichen, mit Piniennadeln bedeckten Boden stand.

Ich tat einige vorsichtige Schritte in die Wildnis, drehte mich um und sah auf zu unserer Terrasse. Hier ungefähr musste derjenige gestanden haben, sonst hätte Tammy ihn nicht sehen können. Von hier aus nämlich konnte ich genau auf unseren Sitzplatz blicken. Das spärliche Licht der schmalen Mondsichel ließ Tisch und Stühle und Tammys Kopf schemenhaft erkennen.

»Claas!«, rief ich leise. »Julian!«

Nirgendwo konnte ich den Lichtkegel sehen. Aber die beiden waren doch gerade noch hier gewesen. Vorsichtig ging ich weiter. Die Zweige der Pinien rissen die Haut meiner Arme auf und schon verfluchte ich mich, hier heruntergestiegen zu sein. Du bist wirklich so behämmert, Mel! Tammy wird sich freuen, wenn du zerkratzt wieder raufkommst! Aber jetzt war es zu spät. Bildete ich es mir ein oder war da tatsächlich ein Hauch an meiner Wange? Ich fuhr herum – und starrte in die undurchdringliche Finsternis. »Claas?« Erlaubten sich die beiden mit mir einen Spaß? Haben sich die drei gegen mich verbündet und mich hier heruntergelockt?

Hör auf, Mel!, rief ich mich zur Vernunft.

Augenblicklich erstarrte ich. Ich war ganz sicher. Da war jemand, kaum zwei, drei Meter von mir entfernt, er kauerte dort in diesem Schatten der Büsche.

Ich duckte mich und tastete mich weiter. Es knackte vor mir. Ich bewegte mich nicht, obwohl ich etwas unter meinem rechten Fuß spürte. Etwas Festes, aber es fühlte sich nicht wie ein Ast an, eher wie etwas Eckiges. Ich wartete, rührte mich nicht. Da waren Schritte, direkt vor mir. Jetzt erkannte ich einen Schatten. Da war wirklich jemand! Mein Herzschlag beschleunigte sich. Wo, verflucht noch mal, waren Claas und Julian? In diesem Augenblick blieb der Schatten stehen, schon fürchtete ich, er hätte mich entdeckt. Er müsste ja nur den Arm ausstrecken und könnte mich berühren. Doch dann, ich weiß nicht, warum, drehte er sich um und ging davon, die Schritte wurden leiser und nach ein paar Sekunden hörte ich nichts mehr.

Ich wollte gerade unter meinen rechten Schuh greifen als ein Licht zwischen den Stämmen herumirrte. Zu spät, um wegzulaufen.

Das Licht blendete mir direkt ins Gesicht. Ich hob den Arm vor die Augen.

»Was machst du denn hier?«, fragte Claas überrascht.

»Mann!«, schimpfte ich und erhob mich, »die Lampe!«

Endlich begriff er und senkte die Taschenlampe. »Wir haben niemanden gesehen«, sagte Julian, der aus dem Dunkel hinter ihn trat.

Ich bückte mich und hob endlich das Ding auf, auf das ich getreten war.

»Was hast du da?«, fragte Claas.

Im weißen Licht der Taschenlampe reflektierte das glänzende Plastikgehäuse eines Handys.

Wieder hinter der Mauer setzten wir uns auf die Steine und Claas rief die gespeicherten Nummern durch. Aber entweder schalteten sich irgendwelche Mobilboxen an oder es klingelte bloß. Kein Wunder, um diese Zeit.

»Die pennen jetzt alle«, meinte Claas, »wir probieren's morgen. Aber, guckt mal hier!« Er pfiff durch die Zähne und grinste. »*So* einer ist das!«

Die Fotos zeigten jeweils Mädchen und Frauen, die oben ohne am Strand lagen oder spazieren gingen. Arglos. Sie wussten nicht, dass sie fotografiert wurden. Die nächsten zeigten Aufnahmen, die er offensichtlich heimlich durch einen Spalt oder ein Loch in den Wänden von Umkleidekabinen gemacht hatte: Frauen, die sich auszogen, nackt, halb nackt.

Und dann kam noch etwas:

»Das bin ja ich!«, rief Tammy empört.

Das Foto zeigte Tammy, die sich oben ohne auf einer der Liegen sonnte.

Claas klickte weiter.

Auf dem nächsten Foto wechselte Tammy gerade ihre Bikinihose. »Dieses Schwein!«, sagte Julian aufgebracht.

Es folgten noch zwei weitere von Tammy in ähnlichen Situationen und ich muss zugeben, trotz allem fühlte ich mit ihr.

Aber das war noch nicht alles. Der Typ hatte es tatsächlich irgendwie geschafft, mich durchs Fenster zu fotografieren. Er musste dabei in einem Baum auf dem Nachbargrundstück gesessen haben. »Mach schon weiter«, sagte ich; dass wir uns zusammen diese Fotos anschauten, war mir ziemlich unangenehm.

Auf den beiden letzten Fotos standen Tammy und ich am Pool, von uns sah man jeweils nicht viel mehr als unsere Busen.

»Diese Drecksau!«, fauchte Tammy. »Wir müssen unbedingt rauskriegen, wer das ist. Ich will ihm so in die Eier treten, dass er es niemals vergisst!«

Claas klickte weiter – und wir alle starrten auf das Display: Julian, Claas, Tammy und ich vor dem Eingang der Höhle. Auf dem nächsten sah man Tammy hinter dem Vorhang aus Ranken und Wurzeln verschwinden.

Eine Zeit lang waren wir sprachlos, bis Claas sagte: »Wieso beobachtet er uns?«

»Hat wohl Langeweile.«

»Ich kann's nicht ausstehen, wenn mich jemand beobachtet«, Tammy blickte sich um. »Ich wette, der hat mir die Ratte ins Bett gelegt, meinen iPod geklaut – und die Scheibe eingeschmissen.«

»Leute«, Julian schlug tatkräftig die Handflächen auf die Oberschenkel, »wir schnappen uns den Typen!«

»Moment mal«, bremste ich, »wir könnten doch auch zur Polizei…«

»Zu diesem notgeilen Flic?«, fiel mir Tammy genervt ins Wort und Julian nickte. »Damit er auch mich auf den Fotos anglotzen kann? Nein, danke.«

Ich wollte auch nicht, dass er mich so sah.

Wir beschlossen, am nächsten Morgen die Anrufe zu starten, um hoffentlich herauskriegen, wem das Handy gehörte. Und dann – würden wir ihn fertigmachen.

20

Im Nachhinein betrachtet, war es höchst seltsam, dass wir plötzlich wieder so taten, als sei zwischen uns alles in Ordnung. Aber nun hatten wir einen gemeinsamen Feind. Wir konnten uns gegen das Böse verbünden, das da draußen lauerte.

Unser Plan ging nicht auf.

Wieder brach ein perfekter Sommertag an, nur noch wenige sollten uns bleiben – mit Vogelzwitschern, strahlend blauem Himmel, Sonne pur und sogar einem Duft von Croissants. Die brachte der Bäcker, der zweimal die Woche morgens auslieferte.

Ich überwachte die Espressokanne auf dem Herd, die gerade anfing zu brodeln. Julian kam herunter und ich vermied es, ihn anzusehen, indem ich die Milch aus dem Kühlschrank holte. Trotzdem wartete ich auf etwas. Auf ein Signal, auf etwas, auf irgendetwas, das mir sagte, dass zwischen uns etwas war, etwas, das mir zeigte, dass er sich an die Momente im Pool erinnerte – gerne erinnerte, und dass sie nicht das Ende, sondern der Anfang von etwas waren...

Er lehnte an der Theke und steckte sich ein halbes Croissant in den Mund. Unsere Blicke begegneten sich. Aber da war nichts.

»Sind die besten«, sagte Julian und leckte sich die Finger ab, »schon probiert?«

»Ich hab keinen Hunger«, sagte ich, was stimmte. Seine Gefühlskälte hatte mir den Appetit verdorben.

»Verpasst was, echt!«, sagte er nur.

Ich hatte eine solche Wut... aber ich schluckte sie runter.

Tammy stürmte mit nassen Haaren und nur mit Handtuch bekleidet herein und zog entschieden die Vorhänge wieder zu – die ich gerade aufgemacht hatte. »Dieses Schwein!«

»He, sollen wir uns jetzt auch noch in der Dunkelheit verkriechen?«, herrschte ich sie an.

Sie zog auch die zweite Gardine zu. »Dem soll der Spaß vergehen! Diesem Spanner!«

Ich goss mir Milch zu meinem Espresso und nahm mir nun doch ein Croissant aus der Tüte.

Dann kam auch endlich Claas in die Küche. Er trug ein Schlabber-T-Shirt und Boxershorts, rieb sich den Schlaf aus den Augen und sah definitiv übel gelaunt aus.

»Na, auch schon wach?«, begrüßte ihn Julian lachend. »Alter Penner!«

Claas hob müde die Hand, schlurfte zur Küchentheke, ließ sich auf einen Barhocker fallen, goss sich schweigend Kaffee ein und biss in ein Croissant.

»Scheiße.«

Wir warteten auf eine nähere Erklärung.

Er nahm noch einen Schluck Kaffee und sagte dann: »Der Akku war irgendwie locker. Jedenfalls hatte das Ding wohl kurzzeitig keinen Strom. Als ich es wieder eingeschaltet habe...« Er fuhr sich durchs wirre Haar. »Der Arsch hat einen Pin-Code eingegeben. Ich hab drei Versuche gehabt. Jetzt ist die Karte gesperrt.«

Damit war also unser Plan dahin, die Telefonliste durchzurufen.

»Wir könnten doch zur Polizei gehen«, meinte Claas, aber es klang nicht sehr überzeugt.

»Vergiss es!« Tammy knallte ihre Kaffeetasse auf die Theke.

»Cool bleiben, Leute! Wenn wir Glück haben, kommt der Typ heute wieder und sucht sein Handy dort, wo wir es gefunden haben«, sagte Julian und lächelte uns aufmunternd an.

Die Vorstellung, wieder den ganzen Tag hier oben herumzusitzen, vielleicht sogar von diesem Spanner beobachtet, behagte mir ganz und gar nicht. »Ich würde heute gern ans Meer«, sagte ich. Die anderen wollten dableiben und die Augen offen halten. Und so schwang ich mich um kurz nach zehn auf den weichen Sattel von Frau Wagners Rad und ließen mich den Berg hinunterrollen.

Am Strand, nahm ich mir vor, würde ich einen Spaziergang machen, den Sand unter meinen Füßen, das Wasser an meinen Knöcheln und die Sonne auf meiner Haut spüren.

Motorengeräusch riss mich aus meinen Gedanken, und als ich mich umdrehte, sah ich einen Polizeiwagen.

Yannis schon wieder. Da hupte er auch schon, fuhr neben mich und bedeutete mir, ich solle anhalten.

»*Bonjour, Mademoiselle*«, sagte er und beugte sich zum heruntergelassenen Beifahrerfenster. »Fahren Sie einkaufen?«

»Nein, zum Strand«, sagte ich und ärgerte mich gleich über meine vorschnelle Antwort. Was ging ihn das denn an?

»Ja, heute ist mal wieder ein wundervoller Tag! Ich beneide Sie!«

Ich rang mir ein mitfühlendes Lächeln ab.

»Ich wollte mich nur erkundigen«, redete er weiter, »ob alles oben in der Villa in Ordnung ist.«

Einen Moment lang überlegte ich, ob ich ihm die Sache mit dem Spanner erzählen sollte, aber dann dachte ich, dass wir ja einen anderen Plan hatten. Und so log ich: »Ja, bestens.«

»Nichts Auffälliges?« Seine dunklen Augen fixierten mich wie letztes Mal auch.

Wusste er etwas? Ahnte er etwas?

»Nein, nichts. Wahrscheinlich ist es selbst Einbrechern zu heiß.«

»Ja, vielleicht.« Er strich mit der Hand über seine Gel-Frisur. »Wenn Ihnen etwas auffällt oder wenn Sie etwas Seltsames bemerken, rufen Sie mich an.« Er griff neben sich und schrieb etwas auf einen Zettel. »Egal wann.« Er sah mir, den Zettel aus dem Fenster reichend, tief in die Augen. »Das ist meine Privatnummer.«

Ich wollte den Zettel entgegennehmen, aber er hielt ihn länger als nötig fest und überließ ihn mir erst, als ich sein Lächeln erwiderte. Blödmann, dachte ich, aber es war wohl besser, es sich nicht mit einem Polizisten zu verscherzen. Wer weiß schon, wozu man ihn noch brauchen konnte – und wozu so jemand wie Yannis fähig war, wenn er sich an einem rächen wollte. Solche Typen ziehen dann plötzlich Tütchen mit Kokain unter deinem Sofakissen hervor und drehen dir die Worte im Mund herum. Sieht man ja oft genug im Fernsehen.

»Danke«, sagte ich deshalb höflich, steckte den Zettel ein und hoffte, dass er endlich weiterfuhr. Schon legte er die Hand auf den Schalthebel, als ihm noch etwas einfiel: »Ach und – Sie wollen doch nicht auf den Spuren dieses verrückten Engländers wandeln, oder?«

Wie kam er dazu? Auf meinen fragenden Blick hin erklärte er: »Meine Schwester hat mir erzählt, dass Sie diese Tarot-Karten gekauft haben.«

Tja, so ist das wohl in einem Dorf. Jeder weiß alles über jeden.

»Ich hab sie zufällig gesehen. Ich hab früher mit meiner Großmutter Karten gelegt.« Wieso erzählte ich ihm das?

»Vielleicht könnten Sie ja mal mir die Karten legen?«

Ein plumper Annäherungsversuch?

Da fiel mir etwas ein. »Ach, sagen Sie, wissen Sie, ob jemand in dem Haus unterhalb der Villa wohnt?«

Er schien zu überlegen. »Nein, da wohnt niemand. Die Besitzer leben in Paris und sind nicht mehr die Jüngsten und etwas kränklich. Soweit ich mich erinnere, waren sie seit drei oder vier Jahren nicht mehr da.«

»Dann kümmert sich niemand darum?«

»Nein. Der Gärtner sieht zwar hin und wieder nach dem Rechten. Aber er kriegt kaum Geld dafür, also macht er auch nichts. Warum? Machen Sie sich etwa Sorgen um die Lautstärke Ihrer Musik?« Er lachte.

»Ja, genau.« Ich lachte auch.

Schlagartig wurde er ernst, dieser plötzliche Wechsel seiner Miene ließ mir jedes Mal einen Schauer über den Rücken laufen.

Er beugte sich noch etwas weiter zum Fenster und sagte etwas gedämpft: »Wenn es Ihnen mal langweilig wird mit Ihren Freunden ... ich kenne noch andere Clubs als das La Porte.« Ich fragte mich, wie oft er schon mit dieser Tour und dem dazugehörigen Augenzwinkern gelandet war.

»Mach ich«, sagte ich kumpelhaft, »ich sag Bescheid! Aber wir sind ja auch nicht mehr lange hier, die Woche ist fast vorbei.« Ich machte Anstalten, mich aufs Fahrrad zu schwingen, und dachte, das müsste ihm deutlich genug signalisieren, endlich abzudampfen. Er warf mir noch einen Blick zu, nickte dann, winkte und gab Gas.

Nachdenklich, mit einem seltsamen Gefühl im Bauch, ließ ich mich weiter bergab rollen.

Ich überlegte, wie es wäre, einfach nicht wieder zur Villa zurückzufahren. Ich könnte anrufen und sagen, ich hätte mich entschieden, für die letzten Tage noch woandershin zu fahren, nach Cannes oder Nizza oder vielleicht auch nach Italien. Auf die wenigen Sachen, die ich noch oben in der Villa hatte, könnte ich locker verzichten. Am wichtigsten waren mein Geld, mein Handy und meine Fahrkarte zurück nach Deutschland. Und das alles hatte ich dabei – weil ich zu faul gewesen war, die Sachen aus dem Rucksack zu packen.

Warum also tat ich es nicht? Das frage ich mich noch heute.

Stattdessen schlenderte ich am Strand entlang, den Rucksack auf den Schultern, und bemühte mich, alle Gedanken an die Villa und vor allem an Julian zu vertreiben und Sonne und Meer zu genießen.

Jeder kennt das, oder? Man tut alles dafür, dass eine bestimmte Sache nicht schiefgeht, und dann passiert genau das: Sie geht schief. Und man hat es die ganze Zeit vorher geahnt.

So ging es mir.

Ich schaute den Touristen beim Sonnenbaden zu, wie sie am Strand auf und ab stolzierten, beobachtete ein paar Jungs beim Beachball, versuchte, mich über die Bläue des Meeres zu wundern, das Salz auf meinen Lippen zu schmecken, die Abermillionen von Sandkörnern auf meinen Fußsohlen zu spüren – vergeblich.

Nach einer Stunde Strand dachte ich nur noch an die Villa, an die Höhle, an den Typen, der uns beobachtete, und an Henry Paige. Und natürlich an Julian.

Schließlich gab ich es auf, mich gegen meine Gedanken zu wehren, kaufte mir ein Zitroneneis und machte mich auf den Heimweg.

All die verpassten Rettungswege, denke ich jetzt. Als hätte mir das Leben in diesen wenigen Tagen so oft etwas sagen wollen und ich hätte es geflissentlich überhört.

Bis jetzt war niemand im fremden Garten gewesen, erzählte mir Claas, als ich schließlich völlig erledigt zurückkam. Der Berg war mir noch steiler vorgekommen als beim letzten Mal. Und es war noch ein paar Grade heißer geworden. Einundvierzig Grad im Schatten zeigte das Thermometer an der Haustür.

»Du hast nichts verpasst«, meinte er und ließ sich wieder auf die Liege unter dem Sonnensegel zurücksinken. »Ist sowieso eine schwachsinnige Idee, nicht zu den Bullen zu gehen«, sagte er mit geschlossenen Augen. »Die könnten doch sofort rausfinden, wem das Handy gehört. Und dann haben sie ihren Verdächtigen für den Einbruch. Wer weiß, vielleicht ist ja inzwischen noch irgendwo was gestohlen worden.« Er seufzte. »Aber Tammy wird echt hysterisch, sobald ich das anspreche.«

»Wo ist sie eigentlich?«, fragte ich, meinte aber Julian.

»Seit wann interessiert dich, wo Tammy ist?« Er blinzelte gegen die Sonne. Nein, natürlich, er war nicht blöd.

»Ich hab Yannis getroffen«, sagte ich statt einer Antwort. »Er ist verdammt neugierig und erschreckend gut informiert, finde ich.«

»Deswegen ist er wahrscheinlich Bulle geworden.« In seinem Ton schwang etwas Abfälliges mit. Vermutlich hielt er sich Yannis gegenüber intellektuell haushoch überlegen.

»Er fragte, ob wir Henry Paige nacheifern.«

Claas richtete den Oberkörper auf.

»Hä?«

»Und er wusste auch von unserer Wanderung zur Höhle.«

»Moment! Spioniert der uns etwa nach!? Ist er der Typ, der...?«

»Das hab ich auch schon überlegt. Aber ich vermute mal, er hat doch was Besseres zu tun, als nachts in diesem Garten herumzustehen!«, sagte ich und ließ mich auf den anderen Liegestuhl fallen.

»Du würdest dich wundern, wie viele Menschen so was machen, obwohl sie Besseres zu tun haben! Vielleicht ist er ein Kontroll-Freak – oder so ein verklemmter Spanner. Als Polizist hat er ja auch diese ganzen Kameras und Mikros zum Überwachen...« Er legte sich wieder zurück und überlegte laut: »Wenn man bedenkt, wie er dir auf den Arsch geglotzt hat...«

»Yannis?« Ich versuchte, verwundert zu klingen. »Yannis, der Polizist, hat *mir* auf den Hintern geglotzt?«

»Auf den Arsch«, bestätigte Claas, ohne die Miene zu verziehen, »und auf deine Titten.«

»Du spinnst!« Ich mochte es nicht, wie Claas über mich sprach.

»Der Bulle steht auf dich, ist doch wohl nicht zu übersehen. Du hast einfach den Tittenbonus.« Er grinste mit geschlossenen Augen. »Ist doch ganz nützlich, gute Connections zur Polizei zu haben.«

»So ein Quatsch!«

»Frag Julian«, meinte Claas ungerührt. »Wegen der Glotzerei meine ich.«

Das wäre somit das Letzte, was ich tun würde. Ich beschloss, das Thema auf sich beruhen zu lassen.

An jenem Nachmittag wurde es so heiß, dass zum ersten Mal selbst die Zikaden verstummten. Kein Wind wehte und die Sonne schien von einem gnadenlos blauen Himmel herab. Die Platten auf der Terrasse waren so aufgeheizt, dass man sich die Fußsohlen verbrannte. Jeder lag irgendwo im Haus und rührte sich nicht. Ich döste im verdunkelten Zimmer vor mich hin und wurde von seltsamen Träumen heimgesucht.

Kennst du den Zustand, wenn du zu müde bist, dich gegen Träume zu wehren? Du liegst dann da wie gelähmt.

Ich befand mich in einer Höhle und um mich herum waren sämtliche Tarot-Karten zum Leben erwacht. Blaue und schwarze Scheiben rotierten knirschend, Stäbe klapperten und die Königin der Schwerter hieb unablässig mit ihren blitzenden Waffen durch die Luft und kam mir dabei immer näher. Doch ich konnte nicht ausweichen, hinter mir malmten weitere Scheiben, die offenbar zu einer gigantischen Maschine gehörten, ich schrie. Davon erwachten schaurige Fratzen, schossen plötzlich aus den Höhlenwänden hervor: Der Magier, der Teufel – der Gehängte fiel von der Decke direkt vor meine Füße –, während die Königin der Schwerter meine kurze Unaufmerksamkeit nutzte und mir ein Schwert mitten ins Herz stieß. Erst dann fuhr ich auf, schweißnass – selbst das Bettlaken war klamm.

Am frühen Abend setzte ich mich auf die Mauer und las weiter *Billard um halb zehn*. Obwohl ich hier alle Zeit der Welt zu haben schien, kam ich nicht richtig zum Lesen. Ich konnte mich nicht konzentrieren.

»Hi Mel!«

Julian kam auf mich zu. Er war in den letzten Tagen noch brauner geworden. Sein blondes Haar leuchtete weizenhell und seine Augen hatten die Farbe des Meeres. Er trug nur seine Badeshorts.

Mein Herz fing schon wieder an, heftiger zu schlagen, ich ärgerte mich darüber, aber konnte nichts dagegen tun. Ich sah schweigend von meinem Buch auf.

»Und, wie war's am Strand?« Er reichte mir eines der beiden großen Gläser Cranberry-Schorle.

»Danke.«

Ich nahm einen kräftigen Schluck, ja, ich hatte Durst, aber vor allem wusste ich nicht, was er von mir wollte – und wie ich mich verhalten sollte.

Er stand jetzt neben mir, ich müsste nur den Arm ausstrecken und würde seinen kräftigen Bizeps berühren oder seinen festen Bauch oder... schnell trank ich einen weiteren großen Schluck.

»Hör mal, ich wollte dir sagen...« Er kam ins Stocken.

»Was denn?«

»Ich... ich finde dich wirklich nett.«

»Danke.« Ich hoffte, er würde nicht weiterreden. Ich hoffte, er würde es unausgesprochen lassen, ich hoffte, er würde die Sache mit dem Pool nicht ansprechen und nicht irgendeine blöde Erklärung erfinden. Aber er redete weiter:

»Ich... du weißt, dass ich mich gerade von meiner Freundin... und... Na, ich wollte dir sagen, dass ich mich nicht überstürzt in eine andere Beziehung...«

»Von welcher Beziehung redest du?« So einfach wollte ich es ihm nicht machen. Wollte er mir weismachen, er sei in mich verliebt?

»Mel... du hast doch gemerkt, dass ich auf dich stehe...«

Nein, nicht wirklich, hätte ich am liebsten gesagt, doch ich sagte es nicht.

»Aber, ich will mich nicht zwischen dich und Claas...«

»Zwischen uns ist nichts. Jedenfalls nichts Ernstes, wenn du das meinst.« Sollte ich doch noch Hoffnung haben? Ich konnte es nicht so recht glauben und dennoch...

»Ach so...« Er wirkte erstaunt oder vielleicht wollte er einfach nur Zeit gewinnen, weil er nicht wusste, wie er dieses blöde Gespräch beenden sollte.

»Aber Claas...«, fing er wieder an.

»Weißt du, was, Julian, lassen wir das, okay? Ist besser so.«

Er nickte. Geh!, dachte ich, bitte hau jetzt ab – und doch wünschte ich mir etwas anderes, nämlich dass er sich zu mir beugen, seine sonnengebräunte Hand in meinen Nacken legen, mich mit seinen blauen Augen ansehen und küssen würde.

»Da wäre noch was«, riss mich seine Stimme aus meinen Fantasien. Er blickte geradeaus aufs Meer. »Als wir diese Tarot-Karten... ich meine... diese Karte, die ich gezogen habe...«

»Die... Zwei Kelche...«

»Ja, die...« Ich spürte, dass er unsicher wurde. »Das nimmst du doch nicht ernst, oder?«

»Was, bitte, soll ich nicht ernst nehmen?«

Seine Augen versuchten zu ergründen, worauf ich hinauswollte.

»Du... und ich... du verstehst«, sagte er nach einem Zögern, »das war bloß eine Karte! Oder?«

»Ich hab nie was anderes behauptet, Julian.« Mein Lächeln fühlte sich an wie in meine Wangen geschnitzt.

»Gut«, er wirkte erleichtert, »dann ist ja alles geklärt. Oder?« Er sah mich forschend an.

»Klar«, ich zuckte die Schultern. »Du und Tammy habt die Verliebtheitskarten gezogen, na und. Ihr seid doch Geschwister.« Ich ließ den Satz in der Luft stehen.

Wieder war er sich offenbar nicht ganz sicher, was ich wirklich meinte, dann aber nickte er. »Genau.«

»Eben«, sagte ich und sah ihm in die Augen. Ich merkte, wie er sich von mir lösen wollte, aber ihn etwas zurückhielt. »Ich...«, fing er dann an, »will nicht, dass du dir irgendeinen Bullshit zusammenreimst.«

Ich hob fragend die Brauen. »Bullshit?« Ich kam mir allmählich vor wie ein Papagei, aber so zwang ich ihn, die Dinge auszusprechen.

»Du hast keine Geschwister, stimmt's?«

»Nein...«

»Tja, dann... weißt du nicht, wie das ist, wenn man sich schon so viele Jahre kennt und...« Er brach wieder ab, aber ich kam ihm nicht zu Hilfe. Sollte er sich nur in seinen eigenen Erklärungsversuchen verstricken. »Du weißt nicht, wie das ist mit einer jüngeren Schwester. Ich habe immer auf sie aufgepasst...

»Doch, verstehe ich, absolut.«

»Es gibt eine Menge Typen, die was von ihr wollen, denn sie sieht nun mal...«

»...ziemlich gut aus«, ergänzte ich.

»Genau, sie sieht... verdammt gut aus.« Für einen Moment wanderte sein Blick in die Ferne, bis er mich plötzlich wieder ansah und auflachte. »He, was erzähl ich dir hier eigentlich?«

»Dass du und Tammy Geschwister seid«, entgegnete ich.

Einen Moment lang sah er mich irritiert an, kurz, sehr kurz, dann lachte er erneut. Ich lachte mit und hob das Glas Cranberry-Schorle.

Etwas war gerade eben geschehen und ich erschrak darüber. Es kam mir vor, als würde ich jetzt erst sein wahres Ich sehen, ja, als hätte ich ihm seine glatte Heldenmaske abgerissen und darunter war ein ganz anderes Gesicht. Ein verletzlicher Typ, unsicher, verwirrt, weil er wusste, dass er auf eine Weise für seine Schwester empfand, die nicht sein durfte. Und er traute sich nicht, es auszusprechen.

Und, wäre es mir lieber gewesen, er hätte mir die Wahrheit auf den Kopf zu gesagt? *Mel, es ist nun mal so, ich liebe Tammy. Sie ist perfekt.*

Vielleicht schon. Dann hätte ich ihm Respekt entgegenbringen können, aber so verachtete ich ihn für seine Feigheit.

Wie fühlte ich mich, als er sein Glas gegen meines stieß und mich dann an der Mauer zurückließ? Wie soll ich den Mix aus Wut und Enttäuschung beschreiben? Er schmeckte wie ein wild zusammengerührter

Cocktail, von dem einem schwindlig und schlecht wurde.

In der Küche riss ich den Kühlschrank auf und nahm eine Tafel Schokolade heraus. Ich bekam das Papier kaum herunter, es war während der Fahrt durch die Hitze mit der Schokolade verschmolzen. Egal, hastig rupfte ich es weg und verschlang die ganze Tafel.

21

In dieser Nacht waren wir alle ungewöhnlich nüchtern geblieben. Julian war mir die letzten zwei Stunden aus dem Weg gegangen, er wollte sicher nicht an unser Gespräch erinnert werden.

Und ich?

In gewisser Hinsicht war ich froh, dass wir einen gemeinsamen äußeren Gegner hatten, diesen Spanner, der uns beobachtete. Wir richteten unsere Aggressionen, die zwischen uns standen, auf diesen armen Kerl. Wir waren entschlossen, ihn zu schnappen. Und dieses gemeinsame Ziel ließ uns die Kluft, die sich seit dem Tarot-Abend noch größer zwischen uns aufgetan hatte, überwinden. Jedenfalls für eine gewisse Zeit.

Aus meiner heutigen Sicht frage ich mich, woher wir die Gewissheit nahmen, dass er im Garten nach seinem Handy suchen würde. Und ich frage mich auch, was wir zu diesem Zeitpunkt wirklich mit ihm tun wollten. Ihn verprügeln, ihm mit der Polizei drohen? Ich weiß es nicht. Wir hatten keinen Plan.

Eine fiebrige Unruhe hatte uns erfasst. Und als es dunkel wurde, kletterten wir über die Mauer in den Garten. Diesmal war auch Tammy mit dabei. Jeder suchte in einem anderen Teil ein Versteck, um dem Eindringling, der ja hier – nach unserer naiven Vorstellung – nach seinem Handy suchen würde, aufzulauern. Wir waren siebzehn – und benahmen uns wie Kinder. Gefährliche Kinder.

Ich stapfte geduckt mit einem dicken Ast in der Hand unter den Pinien hindurch. Die anderen hatte ich längst aus den Augen verloren, denn nur Claas hatte eine Taschenlampe.

Mir stach ein Insekt ins Gesicht. Ich wollte fluchen, konnte es gerade noch unterdrücken, spürte aber schon, wie die Stelle an meiner Wange anschwoll. Ich hatte vorhin vergessen, mich mit Autan einzureiben. Und jetzt in der Dunkelheit waren die verfluchten Mücken besonders hungrig.

Dennoch, auch zu diesem Zeitpunkt war ich überzeugt, dass wir das Richtige taten. Mich auf dem fremden Handy nackt zu sehen, in einer Situation, in der ich mich völlig allein geglaubt hatte, hatte mich schockiert, unsicher, aber vor allem wütend gemacht.

Also ging ich unter einem tief hängenden Ast in die Hocke und wartete. Den Ast wie einen Baseballschläger im Anschlag.

Zuerst sah ihn Tammy. »He! Hier!«, schrie sie plötzlich. »Schnell, er ist hier! Kommt hierher!«

Ich sprang auf und hörte auch die anderen aus ihren Verstecken hervorbrechen. Die Taschenlampe blitzte auf. »Tammy, sei vorsichtig!«, hörte ich Julian rufen. »Tammy! Hörst du?«

»Er ist in Richtung Haus gerannt!«, schrie Tammy. Zweige knackten überall, der verlassene Garten schien wie zum Leben erweckt. Die Hetzjagd beginnt, dachte ich, es fehlen nur die Hunde. Etwas rannte an mir vorbei, oder streifte mich bloß ein Vogel mit seinem Gefieder?

»Halt! Bleib stehen!«, brüllte Claas, darauf gab es einen dumpfen Schlag, aufgeregtes Rascheln, dann hastige Schritte, sie kamen näher, kamen in meine Richtung. Ich wusste nicht, wohin ich laufen sollte. Der Schein der Taschenlampe irrte weiter hinten umher. War das unsere Taschenlampe? »He!«, rief ich, flüchtete aber sicherheitshalber hinter einen Baumstamm. Wusste ich denn, wer der Typ war? Vielleicht hatte er ein Messer oder eine Waffe? Ich aber hatte bloß diesen Prügel.

Und plötzlich war es still.

»Hallo?«, rief ich. Da raschelte es hinter mir. Ruckartig fuhr ich herum, den Ast schlagbereit wie ein Baseballschläger erhoben.

»Halt!« Claas hob schützend die Arme vors Gesicht. »Ich bin's!«

»Mann, hast du mich erschreckt«, brachte ich hervor und ließ den Ast sinken. »Und? Habt ihr ihn?«

»Er war da«, sagte er atemlos, »aber er ist entkommen.«

Seltsamerweise war ich darüber erleichtert.

Später, im Haus: Kein Wind regte sich, die Luft stand und ich konnte nicht schlafen. Und ich fühlte mich, als würde ich gleich in diesem Zimmer, in dieser Villa mit all den Emotionen und unausgesprochenen Begierden ersticken.

Kennst du es, wenn du nachts nicht schlafen kannst, wenn die Minuten kriechen, wenn es einfach nicht Morgen werden will? Ich wälzte mich im Bett herum und stand schließlich auf. Ich ging zum Fenster und sah hinaus auf die sich am Horizont ausdehnende schwarze Fläche. Der fast volle Mond warf einen silbrigen Schein in die Nacht.

Mir kam dieser Satz von Henry Paige in den Sinn. *Wer bei diesem Vollmond nicht nach seinem Willen liebt, soll sterben.* Im kalten Mondschein kam mir der Satz auf einmal bedrohlich vor.

Ich ging hinunter, um mir etwas zu trinken zu holen, und war überrascht, unten auf der Terrasse Claas anzutreffen. Er lag auf einem Liegestuhl, und als er mich kommen hörte, sagte er: »An meinem Geburtstag ist Vollmond. Ich hab's ausgerechnet.«

Ich setzte mich auf den Liegestuhl neben ihn, ohne etwas zu sagen.

»Du weißt, was dann passiert?«, fragte er.

»Vergiss diesen Spinner«, sagte ich, »man wird ja vollkommen paranoid.«

Sein Lachen hörte sich gespenstisch an in der Stille. Ich fragte mich, ob er schon immer so gelacht hat und es mir bloß nie so aufgefallen ist.

Schließlich brach er das Schweigen.

»Hättest du wirklich zugeschlagen? Du hast ziemlich Angst einflößend gewirkt, mit dem Ast da unter dem Baum.«

»Keine Ahnung. Vielleicht hätte mich auch so was wie eine Tötungshemmung befallen«, sagte ich trocken.

Er lachte leise.

»Mann, der Typ hat bloß ein paar Fotos gemacht«, sagte er, »das passiert doch dauernd, meistens merken wir es gar nicht. Wir hätten kein Recht gehabt, ihn einfach zu erledigen. Weißt du, Mel, ich bin eigentlich froh, dass wir ihn nicht erwischt haben.«

Er verschränkte die Arme hinter dem Kopf und sah in den Nachthimmel hinauf. Für einen Moment fühlte ich mich wieder mit ihm verbunden. Was ist nur mit deinen Gefühlen los, Mel?, fragte ich mich. Mit Claas konnte ich immer so vernünftig reden und wir teilten oft die Meinung des anderen – aber offenbar genügte mir das nicht.

Nein, schlimmer noch, es zählte nichts gegen einen undurchschaubaren Typen wie Julian.

»Sag mal«, begann er, »ist dir was an Tammy aufgefallen?«

»Wieso«, fragte ich, »ist was passiert?«

»Na ja«, sagte er zögernd, »seit der Sache mit den Karten ist sie irgendwie anders.«

»Ach ja? War sie nicht schon die ganze Zeit so egozentrisch, zickig und gemein?«

»Ich weiß, dass du sie nicht magst, Mel. Nein, im Ernst, etwas hat sie verwirrt. Diese Hochzeitskarte.« Jetzt kam auch noch Claas damit an.

»Ich frage mich ernsthaft, ob Tammy wirklich in diesen, diesen Ami verknallt ist. Diesen Ken…«

»Ben«, sagte ich. Ich habe dich durchschaut, Claas, du

kleiner Feigling, willst wissen, ob du bei ihr Chancen hast, oder?

»Frag sie doch einfach.«

»Bist du bescheuert! So was kann man doch nicht fragen!« Er schüttelte heftig den Kopf. »Ich wollte deine Meinung.«

Im selben Moment hörten wir ein Geräusch.

»Wenn man vom Teufel spricht...«

Tammy kam auf die Terrasse und blieb kurz stehen, als sie uns sah. »Puh, was für eine Nacht!«, stöhnte sie. »Ich kann seit Stunden nicht schlafen!«

»Wir sollten noch einen Joint rauchen«, meinte Claas, doch Tammy hörte ihn gar nicht, sondern ging zur Schwimmbadtreppe, legte ihr Handtuch ab und tauchte nackt ins Wasser.

Claas räusperte sich.

»Pass auf, sonst fällst du noch vom Liegestuhl, wenn du sie so anglotzt«, sagte ich nüchtern.

Er lachte künstlich.

Julian kam in Badehose aus dem Haus, ein Badetuch über der Schulter. »Oh, geheimes Meeting hier draußen!«

»Sieht so aus«, erwiderte Claas, »ich hab gerade vorgeschlagen, noch was zu rauchen.«

»Das Wasser ist fantastisch!«, rief Tammy vom Pool. »Komm endlich rein!«

Claas und ich sahen zu, wie Julian sein Handtuch abwarf und einen Kopfsprung ins Wasser machte.

Es spritzte kaum, als sein vom Mond beschienener Körper ins Wasser schnellte. Und beim Auftauchen schimmerte sein Haar platinhell. Tammy und Julian lachten.

»Manchmal hab ich das Gefühl, Tammy sieht uns gar nicht«, drang Claas' Stimme an mein Ohr. Nachdenklich kräuselte er die Lippen.

Später in der Nacht weckten mich Stimmen von draußen. Ich hatte sowieso nicht tief geschlafen, stand auf und sah vom Fenster hinunter auf die Terrasse und den Pool. Ich erkannte zwei Gestalten. Sie flüsterten, leider konnte ich nicht verstehen, was. Dann erkannte ich Claas an seinen eckigen, hängenden Schultern. Der andere war Julian. Was hatten die beiden vor?

Plötzlich stolperte Julian, zumindest sah es so aus. Was machen die da unten?, fragte ich mich gerade, als Julian aufsprang und sich auf Claas stürzte. Es begann eine stille Rangelei und ich war mir nicht ganz sicher, ob es im Spaß oder Ernst passierte. Lachte nicht einer sogar?, doch dann, ich sah es genau, schubste Claas Julian, der mit einem lauten Platschen im Pool landete. Doch Julian riss Claas blitzschnell mit sich ins Wasser. Beide rangelten jetzt im Wasser weiter. Es spritzte, klatschte, aber keiner sagte etwas. Mal tauchte der eine, mal der andere Kopf auf, vielleicht war es auch immer derselbe, das konnte ich vom ersten Stock aus nicht genau erkennen.

Ein beklemmendes Gefühl machte sich in mir breit, vielleicht war es wegen der Stille, mit der der Kampf unten ausgefochten wurde.

Ich war im Konflikt. Sollte ich sie ignorieren? Oder dazwischengehen?

Ich überlegte noch, als Tammy, ein Handtuch umgeschlungen, an den Pool rannte.

»Sagt mal, habt ihr einen Knall?«, rief sie gedämpft. Offensichtlich wollte sie vermeiden, dass ich etwas mitbekam. »Hört sofort auf! Claas! Julian!«

Ich beobachtete, wie die beiden tatsächlich voneinander ließen und aus dem Wasser stiegen. Julian zog sich am Rand hoch und ging schweigend und tropfnass ins Haus.

Claas wollte etwas zu Tammy sagen, aber sie wendete sich ab und folgte Julian ins Haus.

Jetzt war es wieder still. Nur das Wasser im Pool schwappte noch schmatzend gegen den Rand.

Aufgewühlt legte ich mich wieder ins Bett. Als die ersten Vögel zu zwitschern anfingen, schlief ich ein.

Am nächsten Morgen sprach keiner von ihnen davon und auch ich erwähnte den Vorfall nicht.

Ja, merkwürdigerweise beschlossen Claas und Julian, gemeinsam mit den Rädern runter nach Les Colonnes zu fahren und ein paar Sachen einzukaufen, die uns ausgegangen waren. Wahrscheinlich sind Jungs so, sie prügeln sich oder sie radeln um die Wette und danach ist ihr Konflikt beigelegt.

Julian und Claas jedenfalls stürmten in halsbrecherischem Tempo auf den Rädern los, ich war froh, dieses Wetteifern nicht mit ansehen zu müssen.

Ich versuchte, auf der Terrasse zu lesen, doch selbst im Schatten war es so heiß, dass ich immer wieder in einen seltsamen Halbschlaf fiel. Überhaupt: Die Hitze kam mir wie eine klebrige Masse vor, in der unsere Gefühle trieben, bis sie darin erstarrten. So wie Insekten in Bernstein.

Um halb zwei mittags zeigte das Thermometer tatsächlich dreiundvierzig Grad im Schatten an.

Obwohl das Stromkabel repariert war, flog die Sicherung jedes Mal raus, wenn man den Ventilator oder den Fön – oder überhaupt irgendein zusätzliches elektrisches Gerät anschalten wollte. Selbst als sich die Schwimmbadpumpe um ein Uhr einschaltete, fiel der Strom im ganzen Haus aus. Tammy zog gerade den Kühlschrank auf und blickte ins Dunkle.

Vincent versprach, sich am nächsten Tag um die Sache zu kümmern, währenddessen konnten wir bloß hoffen, dass das Wasser nicht vollends umkippte – und dass doch eine kühle Brise vom Meer heranwehen würde.

Doch nichts dergleichen geschah; wir schmorten weiter in unserer zähen Bernsteinflüssigkeit.

Tammy – um es der Vollständigkeit halber zu erwähnen – blätterte wie meist in ihren amerikanischen Hochglanz-Modezeitschriften. Ich glaube, wir sprachen kein einziges Wort miteinander.

Julian und Claas hatten von ihrer Einkaufstour ein paar aufputschende Pillen mitgebracht. Angeblich hatten sie einen Typen getroffen, der sie ihnen angedreht hatte.

Ich glaube, Claas war der Einzige, der sie nahm. Und wahrscheinlich lag es an ihnen – und nicht am Fast-Vollmond –, dass Claas am Abend völlig überdrehte, auf die Gartenmauer sprang und mit ausgebreiteten Armen rief: »He, Tammy, komm hoch, so fühlt es sich an, ein Vogel zu sein!«

»Claas als Vogel! Das will ich sehen!«, meinte Julian

und schubste ihn. »He du Arsch!« Claas konnte gerade noch das Gleichgewicht halten.

»Tammy, komm schon!«, rief er übermütig. »Oder hast du Schiss vor mir?«

Er bückte sich und wollte sie hinaufziehen, aber sie wich zurück und er griff ins Leere. Wie im Zeitlupentempo ruderte er mit den Armen zurück und verlor die Balance. Ich versuchte noch, seine Hand zu fassen zu kriegen, doch wir griffen aneinander vorbei und er stürzte rückwärts in die Tiefe.

»Claas!«, schrie ich und lehnte mich über die Steinmauer.

»Dieser Idiot!«, rief Tammy und Julian sagte: »Mann, Alter, du bist so was von bescheuert!«

»Claas!«, rief ich hinunter, aber er antwortete nicht.

Tammy holte die Taschenlampe und, plötzlich den Ernst der Lage begreifend, sahen wir angstvoll dem Lichtkegel zu, der langsam über die Erde am Fuße der Mauer kroch. Wie tief war er gestürzt? Drei Meter? Und wenn er sich das Genick gebrochen hat?, dachte ich.

»Wo ist der Penner?«, fragte Julian ungeduldig und beugte sich noch weiter über die Mauer.

»Wie kann man nur so blöd sein!«, schimpfte Tammy und verfolgte angestrengt den Schein der Taschenlampe.

Ich glaube, in dem Moment hatten wir alle drei Angst, dass Claas etwas Ernstes passiert sein könnte. Nur wagte keiner, es auszusprechen.

»Claas!«, rief ich wieder nach unten.

Endlich hatte der Lichtkegel etwas Helles im dichten Gestrüpp erfasst.

»Da ist er!« Julian schwang sich über die Mauer. Ich versuchte zu erkennen, ob Claas sich bewegte, aber sein Kopf war zur Seite gefallen und Arme und Beine lagen ziemlich verdreht im Gebüsch.

Hast du dir schon mal vorgestellt, wie es sich anfühlt, am Tod oder am schlimmen Unfall eines andern Schuld zu haben?

22

Er ist tot, das war mein erster Gedanke. Claas hat sich das Genick gebrochen.

Ich zitterte, als ich die Steinmauer hinunterkletterte, und griff ein paar Mal daneben, konnte mich aber jedes Mal gerade noch festhalten. Dornige Ranken, die die Mauer hinaufwuchsen, schnitten mir in die nackten Beine und Arme, Zweige schlugen mir ins Gesicht. Endlich stand ich neben Tammy und Julian, zwischen Oleanderbüschen, die seit Jahren nicht mehr ordentlich geschnitten worden waren, denn ihre Äste flochten sich ineinander, als gehörten sie zu ein und derselben Pflanze. Ich sank ein in das dichte Geflecht von Bodenranken, dornigen Rosen, wildem Wein, von verrottenden Ästen und Haufen von trockenen Piniennadeln.

»Claas? Komm schon!« Julian kniete am Boden und tätschelte Claas' Gesicht.

Der lag zwischen zwei Pinienstämmen, reglos, auf dem Bauch, ein Bein angewinkelt – wie im Fernsehen, wenn der Kommissar einen Erschossenen am Tatort sieht. Selbst in der Dunkelheit konnte man rote Striemen auf Claas' heller Haut erkennen.

Ich kniete mich neben Julian. Claas' Kopf war verdreht und ich fürchtete das Schlimmste. Querschnittslähmung, Schädelbasisbruch fielen mir als Erstes ein. Da öffnete er die Augen.

»He, bin wohl eher ein Dodo, was?«, sagte er.

»Du meinst wohl Idiot«, sagte Tammy, die schließlich auch heruntergekommen war. »Scheiße, er kann nicht mehr richtig sprechen!«

Ich sah sie an und konnte mir ein Grinsen nicht verkneifen. »Der Dodo war ein Vogel auf Mauritius. Ein Vogel – aber flugunfähig.«

»Mach dir nichts draus, Tammy, so ist sie eben!«, sagte Claas und ächzte, als er sich bewegen wollte. Geschieht dir recht, dachte ich in dem Augenblick.

Julian legte ihm die Hand auf die Schulter.

»Bleib ganz ruhig liegen, wir holen dich rauf.«

»Ist schon okay!« Claas versuchte, sich aufzurichten, sank aber zurück. »Mist!«

»Langsam«, sagte Julian.

Er setzte sich auf. Keine Lähmung, dachte ich erleichtert, kein Schädelbasisbruch. Noch nicht mal seine Brille war zerbrochen, wie ich jetzt bemerkte.

Er sah an sich herunter. Seine Unterarme und Beine bluteten. »Fuck, Schürfwunden tun scheißweh.«

Zu dritt hievten wir Claas über die Mauer. Abgesehen von den Schürfwunden hatte er sich wohl nur den Knöchel und ein Handgelenk geprellt. Wir legten ihn auf eine weiße Liege am Pool. Tammy holte Desinfektionsmittel und Verbandszeug und zusammen versorgten wir seine Verletzungen – nach seinen Anweisungen.

»Dank euch«, sagte er, als er die Verbände an Hand- und Fußgelenk begutachtete. »Sagt mal, könntet ihr mir jetzt noch was zu trinken holen, mir wird gerade ziemlich schlecht.«

Tatsächlich war er kreidebleich geworden. »Ich glaube«, sagte er schwach, »ich hab einen Schock.«

Tammy kam mit einer Flasche Wodka und einem Glas zurück. »Wasser wäre in dem Fall wohl eher angebracht«, sagte ich und unterdrückte den Impuls, die Augen zu verdrehen.

Doch Claas gab Tammy mit einer Handbewegung zu verstehen, dass sie eingießen sollte.

Ich bin mir nicht sicher, ob sich Tammy schuldig fühlte, ja, ob sie überhaupt begriff, dass Claas etwas von ihr wollte. Typen wie er interessierten sie schlichtweg nicht.

Wir sahen ihm zu, wie er das Glas in zwei Zügen leerte.

Ein wenig Farbe war schon wieder auf sein Gesicht zurückgekehrt. Er wirkte ungewöhnlich ernst, sein spöttisches, zynisches Grinsen war verschwunden.

»Ich hab gestern Morgen eine Karte gezogen.« Er warf mir einen Blick zu. »Du weißt es, Mel. Sag ihnen, was es für eine war.«

Eigentlich wollte ich auf diese Frage nicht antworten, aber als Julian fragend die Brauen hob und Tammys Mundwinkel zuckten, als wollte sie mir gleich eine Gemeinheit entgegenschleudern, sagte ich, wenn auch widerwillig: »Der Turm.«

»Genau«, er nickte, »zum zweiten Mal. Und jetzt erklär uns doch noch einmal, was der Turm bedeutet.«

»Claas«, versuchte ich es, »ich finde, wir sollten nicht mehr mit diesen Karten...«

»Sag ihnen, was es bedeutet!«, unterbrach er mich. Zögerlich sagte ich: »Drastische Veränderungen, meist einhergehend mit Unfällen...«

»Da habt ihr's!«, fiel er mir ins Wort. Claas glaubte an die Karten, was war mit ihm passiert? Zuerst sagte keiner was, dann verdrehte Tammy stöhnend die Augen. »Jetzt fängt Claas auch noch damit an!«

Claas fuhr auf. »He, du brauchst nicht in der dritten Person über mich zu sprechen, ich bin noch bei vollem Bewusstsein!«

»Bei vollem Bewusstsein? Ja, du bist total durchgeknallt, das bist du! Wer macht denn so was, stellt sich mit 'ner Pille intus auf die Mauer und glaubt, er kann fliegen!« Tammy schüttelte abschätzig den Kopf.

»Okay, war nicht besonders clever, geb ich zu, aber... wisst ihr, als ich da runtergeflogen bin...«

»Kann nicht länger als eine halbe Sekunde gedauert haben«, wandte Julian ein, worauf Claas eine wegwerfende Handbewegung machte. »Ich meine, als ich da unten lag, hab ich nachgedacht.«

»Über dein Leben«, witzelte Julian.

»Nein, kein Scheiß, ich hab wirklich nachgedacht. Über diese Karten. Und über Quantenphysik...«

»Über den Urknall oder was?«, zog ihn Julian weiter auf.

»Das Elektron«, fuhr Claas fort, »bewegt sich, wie es der Beobachter sieht... okay? Es kommt auf den Beobachter an. Und so ist es mit den Karten: Das, was sie zeigen, erfüllt sich, weil wir es so sehen, weil wir es insgeheim erwarten...«

»Mann«, sagte Julian und schlug ihm auf die Schulter, dass er zusammenzuckte, »du hast nicht nur einen Schock! Du hast auch noch was an der Birne!«

»Melody«, wandte sich jetzt Tammy mit einem so miesen, falschen Lächeln an mich, dass ich eine Gänsehaut bekam, »du musst doch jetzt unheimlich stolz auf dich sein! Jetzt hast du immerhin schon mal Claas so weit, Melody, Königin der Manipulation! Ach, by the way: Gibt es so eine Karte in deinem Spiel?«

Ihr Lächeln war hinterhältig. Niemand sagte etwas. Und es kam mir vor wie der Moment, wenn man ein brennendes Streichholz an einen Gaskocher hält. Dieser kurze Moment, in dem man auf das Hochschießen der Flamme wartet und weiß, dass man sofort zusammenzucken wird.

»By the way«, sagte ich, ihren Tonfall nachäffend, »wenn du mir solche Fähigkeiten zutraust, dann scheinst du ja nicht sehr ›self-confident‹ zu sein.«

Daraufhin errötete sie, nein, das ist der falsche Ausdruck, sie lief rot an und die Adern an ihrem Hals pulsierten. Tammy verschlug es für einen Moment die Sprache.

»Du bist doch... das Allerletzte!«, fauchte sie dann.

Was für ein Triumph, als sie sich daraufhin erhob und im Haus verschwand!

Doch mein Triumph währte nicht allzu lang, denn Claas stieß zwar einen anerkennenden Pfiff aus, Julian jedoch stand kommentarlos auf und folgte seiner Schwester.

Großartig, Mel! Ich trieb ihn ja direkt in ihre Arme. Keine Chance, dass ich jemals meine Hoffnungen, Julian betreffend, aufgeben würde. Welche Demütigungen willst du noch ertragen, Mel, bevor du ihn endlich aufgibst?

Oben im Zimmer setzte ich mich aufs Bett, nahm die Karten in die Hand und schloss die Augen.

Hatten die Karten wirklich etwas mit uns gemacht? Oder war es vielmehr so, dass sie uns mit der Wahrheit und unseren wahren Gefühlen konfrontierten?

Und wie würde es weitergehen, wenn die Gefühle weiterbrodelten und an die Oberfläche drängten?

Übermorgen würde ich mit Claas abreisen.

Könnten wir bis dahin noch durchhalten? Wollten wir es überhaupt? Oder sehnten wir uns nicht nur nach einem echten, sondern auch nach einem emotionalen Gewitter?

Ich atmete tief ein und versuchte, an nichts zu denken. Dann konzentrierte ich mich. Diesmal wollte ich eine ermutigende Karte, eine positive, eine kraftvolle ... Ich wollte weder Opfer noch »Königin der Manipulation« sein, wie Tammy sich ausgedrückt hatte.

Aber: Was kümmert das Schicksal unsere Wünsche?

Ich zog die Neun Schwerter. Die Grausamkeit.

Allein das Bild sprach für sich: Blut tropft von den Klingen der Schwerter, im Hintergrund tropfen Tränen.

Grausamkeit gegenüber sich selbst – heißt es in der Erklärung.

Ich zog eine weitere. Viel schlimmer konnte es ja nicht werden – dachte ich.

Falsch. Ich zog die Zehn Schwerter. Eines durchbohrt ein Herz. Der Untergang.

Angst vor der destruktiven Energie angestauten Ärgers, stand da.

Ich kapitulierte. Die Karten präsentierten mir ein düsteres Schicksal. Und mir blieben nur zwei Möglichkeiten: Entweder an sie – oder nicht an sie zu glauben.

23

Wann hat er es zum ersten Mal gesagt?

Am Nachmittag, nachdem wir von unserer Wanderung zurückgekommen waren? Oder schon, als wir das Buch auf dem Speicher gefunden haben? Ich kann mich nicht mehr daran erinnern, nein, ich glaube, ich will mich nicht genau daran erinnern, weil ich dadurch ein weiteres Stück Mitschuld an dem trage, was passierte.

»Ich wünsche mir eine Geburtstagsparty – bei Vollmond in der Höhle!«, so hatte es Claas verkündet.

»Mich bringen keine zehn Pferde mehr da rein«, sagte Tammy sofort.

Es folgte ein Hin und Her.

»Ach, komm, Tammy, es ist doch mein Geburtstag.«

Ach nein – ach doch – bitte – bitte ja, mir zuliebe...

Ich bin gemein, ja, denn natürlich wollte ich auch nicht mehr in die Höhle, aber allein, um Tammy eins auszuwischen, zeigte ich mich begeistert.

Julian grinste über den Schlagabtausch, meinte dann aber mit Blick auf Tammy: »Ich weiß nicht, ob das wirklich so eine gute Idee ist.«

»Ach, kommt schon, das wird bestimmt total cool«, sagte Claas.

Ich witterte eine Chance, mich wenigstens ein bisschen für Tammys Gemeinheiten zu revanchieren. »Nun, ich kann schon verstehen, dass sich Tammy fürchtet. Meine kleine Cousine traut sich auch nicht ins dunkle Kinderzimmer, sondern erst wenn zuvor Licht angemacht wurde und es brennt, bis sie eingeschlafen ist.«

Tammy ging nicht darauf ein. »Wie blöd muss man denn sein, um noch mal freiwillig in diese Höhle zu gehen?« Sie schüttelte den Kopf, ja sie hatte recht, aber das sagte ich ihr natürlich nicht.

»Schräg, stimmt!«, lachte Claas. Plötzlich wurde er ernst und warf sich vor ihr auf die Knie. »Liebe Tammy, ich möchte dich zu meinem Geburtstag einladen, sei doch bitte so gnädig und komm!«

Tatsächlich hatte er es geschafft, sie zum Lächeln zu bringen.

»Heißt das... ja?«, fragte er mit schräg gelegtem Kopf. »Oder... ja?« Oh, du bist so gemein, Claas, mich hättest du nie so angebettelt, schau dich doch mal an!, dachte ich.

Ich glaube, es war so etwas wie Flucht. Äußerlich mögen der Stromausfall und ein lästiger Stalker im Garten des Nachbarn schuld gewesen sein, aber im Grunde flohen wir vor unseren Emotionen und all den Spannungen, die zwischen uns standen.

Doch das war mir – und den anderen – zu diesem Zeitpunkt noch nicht klar.

Und so kam es, dass wir uns am Abend zur Höhle aufmachten, um Claas' Geburtstag zu feiern. In der Dämmerung war der Mond schon aufgegangen, eine helle und monströse Scheibe, die mich trotz der Hitze frösteln ließ.

Denn obwohl ich mir sagte, dass Henry Paiges Prophezeiung für die Vollmondnacht purer Quatsch war, war sie mir dennoch im Ohr, genauso wie die leise Stimme, die dauernd sagte: Und wenn er recht hat?

Wir hatten alle schon ein bisschen was getrunken, vielleicht wären wir ja sonst zu Hause geblieben, aber wir waren – trotz allem, was bisher so passiert war – überraschend guter Stimmung, als wir die Villa verließen.

Dass wir nicht wieder als dieselben zurückkommen würden, ahnten wir nicht.

Claas und Julian machten ihre üblichen Späße, rempelten sich ab und zu an, doch sie lachten dabei. Tammy hatte ihr Trotzgesicht aufgesetzt, ging aber mit – natürlich, denn sie wollte unter keinen Umständen allein die Villa hüten, in der sie jeden Moment fürchtete, von rumänischen Raubmördern überfallen und von einem Stalker fotografiert zu werden.

Obwohl wir den Weg zum zweiten Mal gingen, kam er mir diesmal ganz anders vor. Schon auf den ersten Metern nachdem wir die Straße überquert hatten, war mir, als habe die Hitze des Tages nicht nur die Farbe aus allem gezogen, sondern auch alles Leben verdorrt. War ich beim ersten Mal von den wunderbar würzigen Düften nach Rosmarin und Thymian überwältigt, empfand ich sie diesmal als beißend und penetrant. Der Himmel war nicht mehr blau, sondern es dämmerte, zwischen Wolkenstreifen glühte noch das Feuer der Sonne und der Mond war höher gestiegen.

Dachte ich in dem Moment an die Mondkarte?

Der ägyptische Totengott Anubis bewacht einen Durchgang, die Schwelle des Todes... dahinter liegt ein neuer Bewusstseinszustand.

Und nun zog uns eine unsichtbare Macht zu dieser Höhle, in der sich irgendetwas – Henry Paiges Wahnvorstellungen? – erfüllen würde. Ich glaube, sie übte auch deswegen eine solch starke Anziehung auf uns aus, weil sie etwas in uns anrührte, vor dem wir uns fürchteten. Es ging uns wie mit Horrorfilmen – man kann nicht wegsehen, obwohl man sich fürchtet. Man will dem Bösen begegnen, denn es übt eine eigentümliche Faszination aus.

Immer wieder glaubte ich, hinter uns Schritte zu hören und knackende Äste. Aber wenn ich mich umdrehte, konnte ich nichts Auffälliges entdecken. Da waren bloß Schatten von Bäumen – in denen man sich jedoch auch sehr gut verbergen konnte.

War da nicht eben wieder ein Geräusch? Ich blieb stehen. »Wartet mal«, die anderen wandten sich zu mir um, »fühlt ihr euch auch beobachtet?«

Julian pfiff durch die Zähne. »Hallo!«, rief er belustigt. »Ist da jemand?«

Und Claas war nicht anders. »He, Stalker, zeig dich!«

Nur Tammy nahm mich ernst. Auf dem weiteren Weg drehte sie sich immer wieder um. Doch wir entdeckten niemanden. Entweder versteckt sich derjenige so perfekt oder aber wir sind Opfer unserer Fantasien, dachte ich.

Diesmal schlüpfte zuerst Claas durch den Wurzel- und Rankenvorhang, nachdem Tammy ihm das Versprechen abverlangt hatte, erst das tote Kaninchen zu entfernen, bevor sie einen Schritt in die Höhle setzen würde.

Ich wunderte mich fast, dass sich nichts seit dem letzten Mal verändert hatte. Fast schon vertraut kam mir die Höhle vor. Und nachdem das Kaninchen nicht mehr herumlag, war es sogar angenehm in der Höhle – nämlich vor allem viel kühler als draußen. Irgendwo musste es noch Luftschächte geben, denn der Gestank nach Verwesung zog schnell ab.

»He!« Ein Schatten sprang aus einer Nische hervor und ich konnte gerade noch einen Aufschrei unterdrücken, als ich Claas in dem schwarzen Umhang erkannte.

»Du hast mich erschreckt!«, brachte ich noch hervor.

»Ich hab heute Geburtstag, ich darf das!«, sagte er und wandte sich Tammy zu, die dabei war, überall Kerzen anzuzünden.

»Mann, Leute, wir hätten schon viel eher hier raufkommen sollen!«, stellte Julian fest, während er den Rucksack auspackte. »Ist ja viel kühler hier. Der gute alte Henry war gar nicht so blöd!«

Heute erinnere ich mich an so viele Einzelheiten, die ich damals gar nicht richtig wahrnahm. Der knirschende Sand unter unseren Füßen, das Rinnsal an einer Stelle der Felswand, das Geräusch von tropfendem Wasser von irgendwoher aus den Tiefen der Höhle.

Über die Wände mit den Zeichnungen, den magischen

Zeichen und den Gläsern mit den Tierföten flackerte das Licht der Kerzen. Wir fühlten uns in eine andere Welt versetzt. In Henry Paiges Welt. Viel zu spät wurde uns klar, dass in dieser Welt seine Gesetze herrschten.

»Und was erzählst du deinem Dad, wenn seine Bar leer geräumt ist?«, fragte Claas und zeigte auf die Flaschen, die Julian aus dem Rucksack auspackte und vor der Sitzecke aufreihte.

Der zuckte grinsend die Schultern. »Einbrecher...«

»Bollinger!« Claas nickte anerkennend mit einem Blick auf das Etikett des Champagners. Den haben wir in unserem Feinkostladen auch im Sortiment.

»Für dich nur das Beste, Alter!«, sagte Julian und warf Chipstüten neben die Flaschen, ließ einen Blick über das Kerzenarrangement gleiten, das Tammy gerade vollendet hatte, und meinte: »Echt cool hier, oder?«

»Mel, was meinst du?« Claas ließ sich in seinem schwarzen Cape auf die Couch fallen.

»Ganz okay.«

»Ganz okay?«, rief Claas und riss eine Chipstüte auf, »nur ›ganz okay‹? Das hier ist total geil! Der richtige Ort, um einen Achtzehnten angemessen zu feiern, finde ich.« Er sah zu mir rüber und warf sich eine Handvoll Chips in den Mund. »Oder?«

»Jeder hat wohl seinen eigenen ›richtigen‹ Ort.«

»He, habt ihr das gehört, Leute? Das ist typisch Mel! Volle Punktzahl in Deutsch, jedes Mal, stimmt's, Mel?«

»Hast du ein Problem damit?«, fragte ich angriffslustig.

»Womit?«

»Dass alles, was du gut kannst, ich noch ein bisschen besser kann.«

Einen Moment sagte er nichts, bis ein Grinsen sein Gesicht verzog. »Unsere Melody, immer auf den Punkt, was?«

In diesem Augenblick, ich weiß es, hätte ich mich umdrehen und gehen sollen. Warum ich es nicht tat? Was weiß ich! Vielleicht schwelte ja schon lange meine Wut – so wie seine – und ich wollte ihm endlich was heimzahlen.

Also sagte ich: »Oh, wie war das mit der Turmkarte? Gerade zerbricht dein Ego... armer Claas!« Ich fügte einen mitleidigen Augenaufschlag hinzu, um ihn noch mehr zu provozieren. Sein Mund und Kinn verspannten sich sichtlich, was mich weiter anfeuerte. Jetzt schlägt die Stunde der Wahrheit, Claas – hier, da hast du sie: »Tut mir echt leid, dass das mit dir und Tammy nicht funktioniert«, ich seufzte theatralisch, »die Hochzeitskarte hättet ihr beide ziehen müssen oder du hättest die zwei Kelche haben müssen, du weißt schon: Die Liebenden. Die Karte, die Julian gezogen hat.« Ich schoss meine Giftpfeile ab und merkte zu spät, dass sie auch mich trafen.

»Was hat denn Julian damit zu tun?«, konterte er, »Meinst du nicht, du bringst da was durcheinander, liebe Melody?«

Wir bohrten gegenseitig in unseren Wunden.

»Jetzt bleibt mal locker!«, ging Julian dazwischen. »Claas hat heute Geburtstag!«

»Ach ja, richtig.« Ich merkte, wie schnippisch ich

klang. Claas und Tammy warfen mir Blicke zu, als wäre ich ihr gemeinsamer Feind. Schon ballten sich meine Hände, schon sammelte sich die Wut in meinem Bauch, ich war nah davor zu explodieren – da kam Julian zu mir, legte mir den Arm um die Schulter und gab mir einen Kuss auf die Wange. »Hey, jetzt lass mal, Mel.«

Ich war baff. Glücklich überrascht? Hätte ich das sein sollen? Bevor ich irgendetwas erwidern konnte, sagte Claas: »Julian, dein Schampus in allen Ehren, aber rück mal was von diesem Absinth raus!«

Julian grinste, stand auf und ging zur Wandnische mit den Flaschen. »Nur weil heute dein Geburtstag ist.«

»Gib schon her!« Claas riss ihm die Flasche aus der Hand.

»Hey Mann«, sagte Julian, »kotz uns bloß nicht auf die Polster!«

»Wer sagt denn, dass ich kotze, hm?«, gab Claas zurück und goss uns allen in die Kelche aus Henry Paiges Kiste ein.

Das Zeug schmeckte grässlich, aber wir tranken es, als wäre es ein Zaubertrunk. An den Wänden tanzten Schatten, dass es unsere waren, sahen wir nicht.

24

An das, was dann passierte, wollte ich mich nie mehr erinnern. Aber so ist es wohl: Je mehr man etwas aus seinen Gedanken verdrängt, umso wilder und stärker wird es, es verfolgt uns in unseren Träumen und springt uns in dem Moment an, in dem wir nicht aufpassen.

»Ich wüsste ja gern, was der Typ hier so getrieben hat, außer Tiere zu töten...«, fing Julian nach dem zweiten Glas an. Er war dabei, hinter uns Henry Paiges Truhe weiter auszuräumen.

»Sieh dir doch die Zeichnungen an, dann weißt du's«, meinte Claas herablassend, doch plötzlich weiteten sich seine Augen. »He, Leute, seht mal!« Er deutete über Tammy an die Felsendecke, die an der Stelle eine Art Kuppel bildete, die uns noch nicht aufgefallen war. Und noch etwas war keinem von uns aufgefallen.

»Wahnsinn! Es ist Punkt zwölf!«

Dort oben leuchtete der Vollmond durch einen Schacht! Wir verstummten und spürten eine fremdartige Magie. Unbewusst hatten wir uns erhoben, standen im Kreis unter der Öffnung in der Höhle und blickten hinauf in das kalte Mondlicht. Mir war, als würde die ganze Kraft des Mondes durch diesen Tunnel im Felsen gebündelt. Als richte sich diese Kraft auf uns. Als würden wir dahinaus ins lautlose Universum gesaugt, so kam es mir vor, der Boden unter meinen Füßen schien sich zu entfernen und überhaupt fühlte ich mich schwerelos.

Es war vollkommen still – bis auf dieses leise Tröpfeln. Und in diese Stille hinein sagte Claas: »*Und wer nicht nach seinem Willen lebt und liebt, soll verdammt sein!*«

Stell dir ein gemeinsames Gebet vor. So fühlte es sich an. Irgendwann merkte ich, dass ich Julians Hand hielt. War es ihm bewusst? Sein abwesender Blick war nach oben zum Mond gerichtet. Ein Schauer rieselte über meinen Körper und ich spürte, wie dieses Feuer wieder in mir zu lodern anfing. Ich rührte mich nicht, wartete, ob Julian seine Hand wegziehen würde – da kehrte sein Blick aus dem Universum zurück. Aber nicht zu mir, sondern zu Tammy.

Abrupt zog ich meine Hand aus seiner und in dem Moment hörte ich Claas mit merkwürdig hohler Stimme sagen: »*Wer bei diesem Vollmond nicht nach seinem Willen liebt, soll sterben.*«

Hat das Mondlicht aufgeblitzt oder spielte mir mein absinthdurchtränktes Bewusstsein einen Streich? Niemand sagte etwas, während die unheimlichen Worte von den flackernden Wänden hallten. Ein Bann hatte sich auf uns gelegt.

Mein Blick glitt über die Gläser mit den toten Föten und über die Tierknochen in den Nischen, als Claas'

Stimme wieder ertönte: »*Der Mensch hat das Recht zu lieben, wie er will. Der Mensch hat das Recht, all diejenigen zu töten, die ihm diese Rechte zu nehmen suchen!*«

Und plötzlich stieg sie hoch in mir, diese schreckliche, unbändige Wut auf Tammy, die inzwischen Julians Hand festhielt.

Es war wie von einer fremden Macht beherrscht zu sein.

Auch die anderen wirkten seltsam entrückt, selbst Claas.

Ich weiß nicht, wie lange wir so dastanden. Jedes Gefühl für Zeit und Raum war aufgehoben, ich schwebte, bis ich irgendwann bemerkte, dass die Kerzen ein ganzes Stück heruntergebrannt waren.

Claas war derjenige, der den Bann brach. »Aufwachen!« Er schnipste mit den Fingern und holte uns so aus unserer Trance. Julian ließ sich auf eines der Polster sinken, Tammy und ich standen einander weiter gegenüber, unschlüssig, wohin mit unseren Blicken.

»He, Leute, das ist ein Supergeburtstag! Komm, Mel, zeig uns noch ein paar Kartentricks!« Er klatschte in die Hände.

Benommen trat ich aus dem Mondkreis und hörte mich sagen: »Das sind keine Tricks.«

»Klar sind es Tricks«, widersprach Claas, »du musst dir nur mal beim Mischen zusehen.« Er goss uns wieder Absinth in die goldglänzenden Kelche ein. »Es ist mein Geburtstag, ich darf mir alles wünschen! Also, kommt schon«, forderte er uns auf und fläzte sich auf die Couch, »los, setzt euch!«

Wir gehorchten ihm, ich weiß noch immer nicht, warum.

»Wieso hast du das gesagt – das mit dem Willen?«, wollte Tammy wissen. Sie kam mir ungewöhnlich ernst vor.

Claas zuckte grinsend die Schultern. »Henry Paiges Geist kam über mich! Er hat mich auserwählt, zu euch zu sprechen!«

»Mann, zum Glück wirst du nur einmal achtzehn. Ist ja nicht auszuhalten mit dir!« Julian reckte sich auf der Couch.

»Entschuldigung!«, antwortete Claas mit übertriebener Betonung. »Ich wusste ja nicht, dass ihr an so was glaubt!«

»Und wer hat das von dem Turm gelabert?« Das kam von Tammy. Claas erwiderte nichts darauf.

Sicher – zu jedem Zeitpunkt hätten wir die Höhle verlassen können. Im Nachhinein erscheint es so einfach. Aber es gab ja keinen Grund dazu – es war ja – noch – nichts passiert.

Ich fing an zu mischen. Der Absinth hatte es in sich, ich fühlte mich in einem entrückten Zustand, als wäre ich in eine Art Cyberanzug gesteckt, der mich von dem Außen abschirmte, und zugleich mussten meine Befehle für meine Bewegungen und mein Denken ein zwischengeschaltetes elektronisches Gehirn durchlaufen und von ihm genehmigt und ausgeführt werden.

Täuschte ich mich, hatten sich nicht ihre Gesichter verändert?

Ihre Stimmen hallten seltsam von den Wänden und

ich nahm kaum wahr, dass Julian bereits eine Karte gezogen hatte.

»Die Acht Kelche!«, rief Claas euphorisch, als müsste das etwas Tolles sein. Ich wusste es besser. Und da las Claas auch schon vor: »*Das Wasser der Emotion steht, ohne sich zu erneuern. Es beginnt zu modern. Du hast bereits zu viel von deiner Energie an Menschen verschwendet, von denen nichts zu dir zurückfloss. Du fühlst dich leer und ausgesogen. Anregung: Ziehe eine weitere Karte für das, was sich verändert, wenn du dich lossagst.*«

»Klingt ja wahnsinnig dramatisch«, sagte Tammy gähnend, ihre Augen umgaben dunkle Schatten.

»Also, Julian«, Claas grinste. »Wer hat dich denn so dermaßen ausgesogen – Gina?«

Julians Blick kehrte aus der Ferne zurück. »Was?«

»Mann, ob du dich ausgesogen fühlst«, wiederholte Claas, »ob du das Gefühl hast, nichts von einem Menschen zurückzubekommen?« Tammy sah mich vollkommen ausdruckslos an. Merkte sie nicht, dass sie damit gemeint war?

»Nein«, sagte Julian überrascht und mit einem Blick auf Tammy, »nein, überhaupt nicht.« Wie er sich doch selbst belog...

»Tja, dann zieh doch einfach eine neue«, sagte ich und hoffte, dass es dann noch deutlicher würde. Und Tammy? Ich meinte, ein Zucken ihrer Mundwinkel zu bemerken, als Julian wieder zu den Karten griff.

Ist Claas der Einzige unter uns, der überhaupt nicht begreift, worum es geht? Oder unterschätze ich ihn? Wieso hatte er sich mit Julian im Pool einen Kampf geliefert?

Julian hob ab und breitete die Karten fächerartig vor sich aus.

Er ließ seine Hand darüber schweben und entschied sich dann für eine am linken Ende. Ich hielt die Luft an.

»Schwerter!«, verkündete Claas und begann, im Buch zu suchen. »Hier: *Drei Schwerter. Mitunter kann diese Karte auch auf eine spannungsgeladene Dreierbeziehung hinweisen. Eine dritte Person dringt in die harmonische oder langweilige Zweisamkeit ein und versucht, diese zu sprengen.*«

»Dreierbeziehung!« Es war Tammy, die lachte. »Aber wir sind doch vier, oder?«

»Hier ist aber von einer Dreierbeziehung die Rede«, erinnerte ich, das Feuer schürend.

»Und wennschon«, sagte jetzt Julian. »Glaubt ihr denn wirklich, dass diese verdammten Karten die Wahrheit sehen?« Er griff zu seinem schon wieder fast leeren Kelch. »Ist doch nur ein Spiel!«

»Das bescheuerte Spiel von Henry Paige!«, Tammy lachte hell auf. Sie war betrunken oder jedenfalls ziemlich nah davor.

»Dreierbeziehung!«, rief Claas amüsiert und goss uns allen nach. »Zweifel, Ängste, Sorgen begrenzen die Weite des Geistes! Tja, Julian, schlechte Karten, was?«

Julian starrte ihn an. Selbst Claas musste erschrocken sein, denn er hielt ausnahmsweise den Mund. Einen Augenblick lang schien alles stillzustehen.

Dann brach die Lawine los.

Mit einer heftigen zornigen Bewegung fegte Julian die Karten weg. »Das ist doch alles ein einziger Scheiß!«

Claas packte ihn am Arm. »Aha«, meinte er, »jetzt kommen wir der Wahrheit also langsam näher!« Sein Gesichtsausdruck war herausfordernd und ich befürchtete, er wollte sich an Julian rächen, weil Tammy sich nicht für ihn interessierte. »Du kannst dich nicht so einfach davor verkriechen, Alter!«

Julian schüttelte grob Claas' Hand ab. »Fass mich nicht an! Ich will nichts von dir, ich bin nicht schwul!«

»Schwul? Denkst du, *ich* bin schwul?«, rief Claas und lachte, wie ich ihn noch nie habe lachen hören. »Du spinnst total, Julian! He, Mel, hast du das gehört? Sag ihm, dass ich nicht schwul bin!«

Schon machte ich den Mund auf, nur weil es mir befohlen wurde, da rief Tammy: »He, ich hab den Mond!«

Irgendwie war alles durcheinandergeraten, unsere Stimmen, unsere Gläser – die Flaschen vor uns, alles erschien doppelt oder verzerrt. Dinge bewegten sich, die sich nicht bewegen konnten, und Tammy hatte einfach eine Karte gezogen! »Das geht nicht! Leg sofort die Karte wieder hin! Du bist doch gar nicht dran!« Die Wut schoss in mir so schnell und heftig hoch wie die Flammen, wenn man Spiritus ins offene Feuer gießt.

»Na und?« Sie funkelte mich an. Ihr Gesicht hatte sich verändert, als hätte man einen Befehl bei Photoshop eingegeben: Gesicht dämonisieren.

»Ach, unsere kleine, liebe Melody, nimmt immer alles so furchtbar ernst!«

Ich weiß nicht mehr, wie es dazu kam. Da ist eine Lücke in meiner Erinnerung. Doch plötzlich hatte ich einen Dolch in der Hand.

Er gehörte zu den Utensilien aus Henry Paiges Kiste, genauso wie die Kelche und die Scheiben und das Cape, das Claas immer noch trug.

Die Spitze des Dolchs in meiner Hand zeigte auf Tammys Hals.

Schrie sie zuerst oder ich?

Es kam mir wie eine Ewigkeit vor, bis sich Julians Hand auf meine legte und mir sanft – war es wirklich sanft oder wünschte ich es mir bloß? – den Dolch abnahm. Tammy schaute mich entsetzt an und murmelte vor sich hin, ich sei eine Irre, ich hätte sie umbringen wollen.

Und ich? Ich war erschrocken über mich – und zugleich bedauerte ich, dass ich ihr nicht einmal wenigstens ein bisschen hatte wehtun können.

»Mel, ich trage den Umhang, also ist das *mein* Dolch!« Claas schüttelte lachend den Kopf und schnappte sich das Buch. »Soso, Tammy hat also den Mond gezogen.« Er schob die Brille zurecht und las: »*Das Erwachen der Gefühle, Grenzen müssen überschritten werden* – aha – welche Gefühle denn?« Er grinste schief.

Tammy warf ihr Haar nach hinten. »Keine Ahnung. Überhaupt, was soll das mit dieser Fragerei?« Sie funkelte mich an, dabei war es Claas, der sie bedrängte.

»Ich hab keine Lust auf dieses blöde Spiel«, protestierte sie, »ihr seht ja, wohin das führt. Mel wird uns noch alle umbringen.«

»He, Tammy, jetzt chill mal – niemand bringt hier irgendwen um«, sagte Claas besänftigend. Mit einer großspurigen Geste legte er den Arm auf die Lehne, wie es sonst nur Julian tat. »Mich würde interessieren, zu wem deine Gefühle erwachen.« Dabei sah er mich mit einem triumphierenden Lächeln an. Am liebsten hätte ich ihm vor allen eine gescheuert, stattdessen sagte ich: »Wir wissen doch längst, Claas, dass du unglücklich verliebt bist!«

Ich bemerkte ein kurzes Flackern in seinen Augen.

»Ach ja?« Nun wurde auch Julian neugierig. »In wen denn?«

»In deine Schwester.« Wie ich diesen Satz auskostete! Ich stellte Claas bloß und ich rächte mich gleichzeitig an Julian.

Eine Woge überrollte mich, ich weiß nicht, ob es Wut oder Freude war, aber es fühlte sich überwältigend an.

Es heißt ja immer: Jeder Mensch hat zwei Seiten. In dieser Höhle jedenfalls kam meine hässliche Seite zum Vorschein. Und nicht nur meine.

»Das ist doch völliger Schwachsinn!«, widersprach Claas viel zu schnell. »Melody, was erzählst du für einen Mist?«

»Komisch, aber früher hieß ich für dich immer Mel. Färbt das ab von Tammy?«

»Melody ist ja total paranoid!«, schaltete sich Tammy ein. »Die denkt, weil sie gut Karten mischen kann, kann sie hier eine Show abziehen! Sie will uns doch bloß gegeneinander aufmischen! Merkt das denn keiner von euch?« Ihre Stimme hallte schrill von den Wänden, echote in meinen Ohren.

»Warum sprichst du eigentlich in der dritten Person mit mir?«, stieß ich mit zusammengebissenen Zähnen hervor. »Falls dir das überhaupt was sagt.«

Tammys Augen verengten sich und ich rechnete bereits mit einer neuen Gemeinheit, die sie mir entgegenschleudern würde. Doch da sagte Julian: »He, Mädels, kommt mal wieder runter! Wir trinken noch was und hauen dann ab.«

»Nein, nein, nein!« Claas war aufgesprungen. »Das ist *mein* Geburtstag!« Er wurde laut und stampfte mit dem Fuß auf. »Wir bleiben noch! Wir haben doch gerade erst angefangen zu feiern!«

Ich bin mir nicht sicher, was ich wollte. In der Höhle zu bleiben erschien mir nicht sonderlich verlockend, aber die Vorstellung, in der Nacht – trotz Vollmond – den Weg hinunter zur Villa zu laufen, gefiel mir auch nicht. Erst recht nicht alleine. Plötzlich packte mich die Angst. Davor, was oder wer da draußen lauern könnte – denn hatten die Dinge um mich herum nicht gerade ihr wahres Gesicht offenbart? Mag sein, dass das nur an diesem Scheiß-Absinth lag. Aber was erwartete uns erst draußen in der Finsternis? Auf keinen Fall wollte ich jetzt zurückgehen.

Ich versuchte mir also nichts anmerken zu lassen, gab mich gelangweilt, gähnte sogar demonstrativ. »Claas hat recht. Es ist schließlich sein Geburtstag.« Und zu Tammy gewandt sagte ich: »Los, dann lass mich eine Karte ziehen.«

»Sicher?«

»Mach schon!«

Tammy mischte.

Es ist ganz schön schwierig, so zu tun, als langweile einen alles. Sich auf keinen Fall anmerken zu lassen, dass mir mein Herz bis zum Hals klopfte. War dies die Stunde der Wahrheit, die, die Henry Paige prophezeit hatte? Zum Glück war ich ziemlich benebelt und ich konnte mich dazu bringen, still zu sitzen. Um keinen Preis dürfte ich Tammy einen Trumpf in die Hand geben, mit dem sie mich in die Ecke drängen könnte. Nein, ich wollte ihr auf keinen Fall das Gefühl geben, Macht über mich zu haben, mich mit ihren Fragen oder Interpretationen in Verlegenheit bringen zu können, wie ich eben Julian.

Ich war fest entschlossen, ihr etwas vorzuspielen, egal, was passieren würde. Da hielt Tammy plötzlich inne.

»Habt ihr das nicht gehört?«

»Was denn?«, fragte jemand.

»Das Kratzen!«

Ich zuckte mit den Schultern. »Wahrscheinlich eine Ratte!«

Tammy schrie auf. »Ihhh!«

»Ich dachte, du bist so tierlieb.«

»Ich hatte Mäuse, aber keine Ratten«, erklärte Tammy.

»Was soll der Scheiß?«, ging Claas auf mich los. »Willst du Tammy stressen? Du weißt genau, dass du ihr damit Angst machen kannst!«

»Wieso sollte *ich* ihr Angst machen wollen? Das war doch deine Idee mit der Höhle!« Ich stellte mich blöd, was mir in dem Zustand nicht schwerfiel.

»Weil du eifersüchtig bist, deshalb!«

»Ich wüsste nicht, wieso ich eifersüchtig sein sollte!« Ich blickte mich um, langsam, wie in Zeitlupe, weil mir schwindlig war und weil ich befürchtete, die Kontrolle über mich zu verlieren. »Auf wen, bitte schön?«

»Bist du wirklich so blöd oder tust du nur so?«, rief Tammy. »Claas interessiert sich nicht mehr für dich – und bei Julian kannst du auch nicht landen.«

Julian zuckte zusammen, kaum merklich, aber mir entging es nicht.

»Du reimst dir was zusammen, Tammy«, erwiderte ich mit erzwungener Ruhe. Meine Hände ballten sich zu Fäusten.

»Oh, nein, ich bin vielleicht nicht so eine Streberin in der Schule wie du, aber ich bin nicht blöd!« Ihre Stimme klang scharf und laut. »Und ich habe Augen im Kopf! Und ich *sehe,* dass du in Julian verliebt bist! Wie du in deinem dämlichen Bikini vor ihm herumgehopst bist!«

»Ach, gestern war er nur billig und ich bin stolziert«, warf ich giftig ein. Aber sie hörte es gar nicht. »Und als ich die Hochzeitskarte gezogen habe, da ist dir doch dein Gesicht runtergefallen!«, ereiferte sie sich weiter. »Und du? Was hast du gezogen? Irgendeine blöde, bedeutungslose Karte!«

»Tammy«, sagte Julian und wollte ihren Arm fassen, aber sie zog ihn weg. Sie beugte sich zu mir runter.

»Du bist eifersüchtig, Melody, warum gibst du es nicht zu?« Sie lehnte sich entspannt zurück. »Ja, Tammy!«, sagte sie mit einer lächerlichen Kinderstimme, »ich bin eifersüchtig auf dich, weil du so einen tollen, gut aussehenden Bruder hast und weil Claas dich anhimmelt, und überhaupt, weil dich alle, alle anhimmeln und weil du so *wahnsinnig* gut aussiehst!« Sie sah mir direkt in die Augen: »Hm, Melody Krimmel, warum gibst du das nicht einfach zu? Dein Superhirn nutzt dir da leider gar nichts mehr, denn du bist einfach nur... mittelmäßig!«

Es rauschte in meinem Kopf, ich wollte mir die Ohren zuhalten, aber ich konnte meine Hände nicht heben, meine Arme gehorchten mir nicht mehr. Sie hingen schlaff und schwer an meiner Seite.

»He«, mischte sich Claas ein, »hört auf, Mädels!«

»Sie manipuliert uns doch!«, rief Tammy unbeeindruckt. »Seht ihr das denn nicht?«

»Tammy...«, sagte Julian lahm. Sein Blick, den er mir zuwarf, war flehend, damit ich bloß nicht wieder mit dieser Geschwistersache anfing.

Aber warum hätte ich Rücksicht auf ihn nehmen sollen?

»Du liebst deine Schwester!« Meine Stimme hallte tausendfach von den Wänden. »Du bist in Tammy verliebt! Glaubst du, Claas und ich sind blind? Und mich hast du nur geküsst, weil du es selbst nicht wahrhaben willst, weil du es dir nicht eingestehen kannst – dass du Tammy liebst, dass du sie begehrst wie keine andere! Heute Morgen im Pool, da hast du mich bloß benutzt, um dir was vorzumachen! Aber es funktioniert nicht! Sobald Tammy aufkreuzt, lässt du mich fallen, würdest du jede fallen lassen!« Ich schrie alles heraus, erst im Nachhinein, als die Worte in meinem Kopf widerhallten, begriff ich, weshalb die anderen plötzlich erstarrten. »Was ist denn?«, sagte ich schließlich.

Julian war aufgesprungen und hielt auf einmal den Dolch in der Hand.

»Psst!« Claas legte den Finger auf seine Lippen. »Da ist jemand!«, flüsterte er.

»Wo?« Ich konnte im schummrigen Kerzenlicht niemanden sehen.

»Halt doch mal die Klappe!«, zischte Tammy.

Mit großen Schritten marschierte Julian zum Höhleneingang, den Dolch erhoben wie ein Krieger in diesen bescheuerten Videospielen. »Ich krieg dich!«, rief er laut. »Ich krieg dich, du perverser Freak!«

»Julian!« Tammy sprang auf, fiel aber gleich wieder aufs Polster zurück. Der Absinth hatte uns irgendwie paralysiert, nur Julian hatte er offenbar aufgeputscht. »Julian, bleib hier!«

Aber Julian verschwand nach draußen.

»Was will er da draußen?«, fragte Tammy. »Warum muss er den Helden spielen?«

»Spielen?«, Claas lachte seltsam. »Julian *ist* doch unser Held! Der Stärkste und Schönste!« Mit einem Blick auf mich fügte er noch hinzu: »Oder etwa nicht?«

Du bist so fies, Claas, dachte ich. Und: Wie habe ich ihn jemals mögen können? Tammys Miene versteinerte sich, sie sah Claas warnend an. Liebt sie ihn eigentlich auch, ihren Bruder? So wie er sie? Kann sie es nur besser verbergen? In diesen verschwommenen Momenten schien mir all das möglich, wer wusste schon, was alles in den vergangenen Tagen zwischen uns und zwischen Tammy und Julian aufgebrochen war?

»Wir müssen ihm helfen!«, hörte ich mich sagen, vielleicht so leise, dass es die anderen gar nicht hörten. Keiner stand auf. Meine Gedanken wirbelten wild im Kopf herum und bald wusste ich gar nicht mehr, worüber ich eben noch nachgedacht hatte.

Während wir auf Julians Rückkehr warteten, dehnten sich die Minuten zu Stunden. Unter den flackernden Flammen wurden die Zeichnungen an den Wänden immer lebendiger und unheimlicher.

Mann und Frau, die sich unter einem Baum küssen. Ich sah näher hin und entdeckte die Schlange im Baum. Ihr gekrümmter Leib würde gleich den Körper der Frau umschlingen. Hatte Henry Paige hier Geschichten aus der Bibel verewigt? Adam und Eva, die im Paradies von der Schlange verführt werden, das Verbotene zu tun, und sich damit Gottes Zorn zuziehen?

Was wollte Henry Paige damit ausdrücken? Hatte auch er sich »verboten« verliebt, hatte er von einer verbotenen Frucht gekostet? Ist er vielleicht deswegen verschwunden? Hat er irgendwo ein neues Leben angefangen? Unerkannt?

Hatte er einfach nach seinem Grundsatz gehandelt, lieben zu dürfen, wen er wollte? Und wurde dafür bestraft, getötet?

Immer schneller zog mich der Gedankenstrudel in die Tiefe.

Da riss mich Tammys Stimme zurück an die Oberfläche. »Und wenn es wirklich so eine Zwischenwelt gibt?«, fragte sie leise. »Wenn dieser Paige... nicht richtig tot ist... und seine Seele... auf Erlösung hofft?«

So gern ich sie lächerlich gemacht und verhöhnt hätte – mir ging gerade dieselbe Frage durch den Kopf. Vielleicht hat er sich bloß gewehrt gegen diejenigen, die ihm etwas streitig machen wollten... seine Liebe zum Beispiel.

Den Gefallen, ihr zuzustimmen, wollte ich ihr jedoch nicht tun.

»Vielleicht«, sagte Claas langsam, »hat Julian ja da draußen Spuren von jemandem gefunden. Spuren von unserem Stalker.« Er zuckte die Achseln. »Könnte ja sein, dass der uns nur Angst machen will.«

Wir blickten gebannt in die Schatten am Eingang, auf die herabhängenden Wurzeln und Ranken, die im schwachen Feuerschein wie tausend Fangarme zuckten.

Und wenn Julian nicht wieder zurückkäme? Wenn da draußen wirklich etwas war – oder war es hier drin?

Der Mond tauchte die Höhle in ein unwirkliches Licht, kalt und abweisend. Plötzlich fror ich. Dabei war es auf dem Weg hierher noch so brütend heiß gewesen. Ich dachte an die stickige Villa und an den nicht funktionierenden Ventilator.

Und auf einmal drängte sich ein beängstigender Gedanke auf: Hatte uns jemand hierher gelockt?

Hatte jemand den Strom manipuliert, die Kiste auf dem Speicher so positioniert... damit wir sie finden mussten?

Lagen die Tarot-Karten in dem Laden tatsächlich schon lange dort – oder wurden sie erst dorthin gelegt?

Und die Sache mit dem Bikini? Die Ratte in Tammys Bett, der Einbruch? Gehörte das alles zu einem perfiden Spiel und waren wir nichts mehr als die Figuren? In Henry Paiges Spiel?

»Und wenn Henry Paige nie gestorben ist?« Was hatte ich da gerade gesagt?

Tammy sah mich entsetzt an. »Du meinst... *er* könnte das... gewesen sein?«

Mir lief es kalt den Rücken hinunter.

»Was weiß ich?« Die Vorstellung, dass dieser Schriftsteller hier seit Jahrzehnten unentdeckt hausen könnte, nahm mir für kurze Zeit den Atem.

»Was ist mit euch los?«, rief Claas. »Dreht ihr jetzt beide total durch? Das alles hier ist doch reine... Halluzination! Wir hatten so was wie eine Gruppenerfahrung, so was ist total normal, wenn...«

»Erspar uns deinen ach so wissenschaftlichen Psychoscheiß!«, unterbrach ich ihn.

Auch Tammy sah ihn vernichtend an, worauf er seinen Kelch nahm und ihn in einem Zug austrank. Wer weiß, wie das Gespräch weitergegangen wäre, womöglich hätte ich mich sogar noch mit Tammy gegen Claas verbündet – wenn nicht Julian wieder hereingekommen wäre. Der Dolch war nicht mit Blut besudelt – ich weiß noch, dass ich das erleichtert feststellte.

»Da war niemand«, sagte er, »aber vielleicht...« Entschlossen ging er an unserer Nische vorbei und weiter in den Gang hinein, der tiefer in den Felsen führte. Ich war nie weiter als bis zur Nische mit den Polstern gegangen und plötzlich glaubte ich zu spüren, wie ein kalter Luftzug hereinwehte. Ich wollte nicht rufen, tat es aber doch: »Julian?«

Sein Name hallte von den Wänden, doch er antwortete nicht.

»Julian!« Tammy war aufgesprungen und lief in den Gang, und als sie vom Dunkel verschluckt wurde, fragte ich mich, warum ich nicht losgelaufen war, wenn ich ihn doch liebte.

Claas und ich sahen uns an.

Warum war er Tammy nicht hinterhergelaufen? Warum saß er immer noch da? Wie ich?

Tammy war zurückgekommen, da sahen wir ihn. Ein Schatten, eine Gestalt, sie kam vom Eingang auf uns zu. Im Dämmerlicht der Kerzen konnte man nur einen dunklen Fleck erkennen, der sich wankend auf uns zubewegte. Die Gestalt schien in einen Umhang gehüllt und hatte über den Kopf eine Kapuze gestülpt. Ganz langsam setzte sie einen Fuß vor den anderen – genau auf uns zu.

Ich sah mich um... mein Gott, oder kam diese Gestalt nur zu mir? Sah nur ich diesen Schatten? Ich stand da, bewegungslos, denn schlagartig wurde mir klar, was es bedeutete.

»Melody hat den Tod gezogen!« Tammy klatschte in die Hände. »Guckt euch das an! Wie furchtbar! Die Arme!« Sie zeigte auf die Gestalt und fing an, glucksend zu lachen.

»Nein!«, schrie ich. »Julian!« Julian – warum rief ich Julian? Weil ich ihm als Einzigem zutraute, uns retten zu können? Oder weil er verschwunden war?

Stille. Absolute Stille.

Die Gestalt in dem Umhang, mit der Kapuze weit ins Gesicht gezogen, schien auf uns zuzuschweben.

Niemand brachte ein Wort heraus. Wir waren aufgestanden und scharten uns zusammen wie eine Herde verängstigter Schafe. Julian war plötzlich wieder da, realisierte ich, aber er war genauso erstarrt wie wir anderen.

Er kommt zu dir, sagte die Stimme in meinem Kopf, der Tod ist für dich gekommen, Mel, weil du ihn verdient hast!

Nicht einmal jetzt konnte ich schreien.

»Henry Paige...«, hörte ich jemanden flüstern, Claas vielleicht oder vielleicht war es auch Tammy. »Das ist Henry Paige!«

Ich trat in einen hellen Fleck am Boden und jetzt merkte ich, dass wir uns, wie einem mysteriösen Zwang gehorchend, unter der Kuppel zusammengedrängt hatten. Als könnte allein der Mond uns jetzt noch beistehen. Oder vielleicht auch, weil er, der Tod – oder Henry Paige, was wussten wir schon? –, mit dem Mond gemeinsame Sache machte.

Die Gestalt war nun so nahe, dass sie mich berühren könnte, wenn sie gleich den Arm ausstrecken würde. Ich wich zurück. Mir schauderte. In mir drehte sich alles, oben und unten verschwammen ineinander, mir war, als lösten sich alle festen Grenzen auf, ich empfand nicht mehr, wo mein Körper aufhörte und das Außen begann. Ich zerfloss und konnte es nicht aufhalten.

War das der Tod? Fühlte sich Sterben so an?

Und doch merkte ich, dass ich mich an Julian gedrängt hatte. Ich spürte seinen kräftigen Herzschlag an meinem Rücken und ich wusste, dass ich mich nicht so leicht ergeben würde.

»He«, rief Claas mit fester Stimme. *»Qui êtes-vous?* Wer sind Sie?«

Die Gestalt blieb stehen. Drei, vier Schritte trennten uns voneinander. Selbst aus dieser Nähe konnte man wegen der Kapuze kein Gesicht sehen, nur einen dunklen Schatten darunter. Da wurde mir klar, dass der Tod natürlich gar kein Gesicht hatte, dass unter dieser Kapuze nichts war, ein gähnendes Vakuum, in das man gezogen würde. So, genau so wäre es zu sterben.

Ich wartete auf die Stimme, die mich auffordern würde, vorzutreten, mich meiner Sünden zu schuldig zu bekennen und ihm zu folgen. Und auf dem Weg nach draußen würde der Tod mir seinen Umhang umlegen und es würde modrig und nach Verwesung riechen. Und dann würde ich aufhören zu sein.

Vielleicht würde ich ersticken, vielleicht aber nur weiter aufgelöst...

Ein Flüstern kam unter der Kapuze hervor.

»Henry Paige... I am Henry Paige.« Ein widerliches Lachen folgte.

»Henry Paige ist tot!«, rief Claas, und was dann geschah, spielt sich in meiner Erinnerung immer wieder ab, wie ein Videoclip, den man im Vollrausch gedreht hat und im nüchternen Zustand rückwärts betrachtet.

Claas hielt etwas Blitzendes in der Hand, ich überlegte noch, was es sein könnte, als er sich schon auf die Gestalt warf. Jemand – Tammy vielleicht? – brüllte.

»Nein!«

Da stürzte Julian an mir vorbei und endlich begriff ich, dass das Blitzende der Dolch war, mit dem Claas in diesem Moment auf die Gestalt einhieb. Der Boden unter meinen Füßen gab nach. Blut spritzte.

Claas hatte die Gestalt an der Schulter getroffen. Henry Paige – oder wer immer es war – sank auf die Erde, Julian stürzte sich auf Claas. Dann waren da nur noch Körper, Fäuste, Beine und Arme, Claas, Julian, ja, sogar Tammy sah ich da am Boden und dazwischen der dunkle Umhang. Mir schoss der absurde Gedanke durch den Kopf, ob man sich auf diese Weise mit Henry Paige – oder dem Tod anlegen durfte und welche Strafe man auf sich ziehen würde.

Dann, plötzlich, war es still oder erinnere ich mich bloß nicht mehr an die schrecklichen Schreie? An das dumpfe Geräusch der Schläge und Tritte, an das Ächzen und Wimmern?

Ich weiß es nicht. Ich stand bewegungslos da.

Oder belüge ich mich?

Will ich einfach nicht wahrhaben, dass auch ich mitgemacht habe?

Habe ich nicht auch dort auf der Erde gelegen und zugetreten? Spüre ich nicht noch immer, wie meine Faust in einen Bauch schlägt? Wie mein Bein ausholt und mein Fuß in etwas Nachgebendes tritt, wie sich meine Finger in ein Gesicht krallen? Wie meine Hände den Umhangstoff zu zerreißen versuchen, mir fremder Atem ins Gesicht keucht?

Wir waren ein Rudel Tiere, das über einen Eindringling herfiel.

Julian hockte rittlings auf ihm, hatte ihn an den Schultern gepackt und schlug ihn immer wieder mit dem Oberkörper auf die Erde.

Tammy trat ihm in den Unterleib, Claas boxte ihm

in die Seite und ins Gesicht – nur was ich tat, weiß ich nicht. Und doch habe ich so viele Nächte wach gelegen mit diesen Bildern im Kopf, aber ich kann mich nicht mehr erinnern. Ich *will* mich nicht erinnern.

Mit einem Mal war es still. In diesem Moment kehrte ich in meinen Körper zurück. Und ich nahm die Szene wahr: Ich kniete im Mondkreis auf der Erde und eine halbe Armlänge von mir entfernt: Julian, Claas und Tammy und zwischen ihnen der dunkle Umhang.

Die Kapuze war zurückgefallen und der Mond beschien eine blutige Masse. Aufgeplatzte Lippen, darüber so etwas wie Nasenlöcher und Augen, die ins Nichts starrten. Ich kroch neben Julian, der auf der Gestalt hockte, als müsste er immer noch gewappnet sein, dass er sich plötzlich aufrichtete.

»Ihr habt den Tod getötet«, sagte ich tonlos.

Tammy, die neben dem Kopf kniete, sagte: »Er hat uns beobachtet.« Es klang wie eine Rechtfertigung.

Der Tod? Mein Kopf dröhnte. Das alles habe ich nur geträumt, oder? Das lag am Absinth, ich müsste nur mal an die frische Luft und dann würde sich der Nebel schon wieder lichten. Das eben, das war doch nicht wahr? Das *konnte* nicht wahr sein! Ich lachte.

»Leute, kommt, gehen wir nach Hause, das ist doch alles hier völlig idiotisch!« Ich schüttelte den Kopf. »Der Tod ist doch bloß 'ne Karte! Sie ist sogar noch nicht mal schlimm. Sie meint nur Veränderung! Loslassen vom Alten, damit Neues entstehen kann...«

Da sah ich plötzlich das Blut in ihren Gesichtern. Über Julians Stirn zog sich eine rote, glänzende Spur, Claas'

Wangen waren blutbeschmiert, Tammy hatte Sprenkel wie Sommersprossen im Gesicht. Und erst ihre Kleider! All das Blut!

Ich brauchte ein paar Sekunden, bis ich begriff oder vielmehr bis ich glaubte, begriffen zu haben. »Ihr habt ihn umgebracht.«

Da richtete sich Tammy auf: »Ihr? Sieh doch mal deine Hände an!«

Ich streckte meine Hände von mir. Ich starrte auf meine Handflächen. Blutverschmiert. Ich streckte sie noch weiter von mir, als könnten sie unmöglich zu mir gehören. »Das ist eine Täuschung! Das ist alles bloß Einbildung, Halluzination! Julian, bitte, sag, dass das alles nur in unserer Fantasie existiert! Bitte! Julian!« Ich nahm seine blutige Hand in meine. »Bitte, bitte, sag was!«

Julian schwieg.

»Claas! Bitte!« Was glaubte ich? Dass Claas mit seiner Vernunft alles als Vision erklären könnte? Als Effekt irgendwelcher physikalischen Abläufe? Und dass wir eigentlich zu Hause in München saßen?

Statt einer Antwort erhob er sich. Seine Kälte in der Stimme jagt mir noch heute einen Schauder über den Rücken. »Kennt ihr den?«

»Ich weiß nicht.« Julians Stimme zitterte.

Claas bückte sich, schob den Umhang auseinander. Er hatte ein T-Shirt, billige kurze Hosen und Turnschuhe an. Die Kapuze war zurückgefallen und legte dichtes dunkles, kurz geschnittenes Haar frei. Ich überlegte, ob ich ihm schon mal begegnet war, in Les Colonnes vielleicht, aber von seinem Gesicht war nicht mehr allzu viel zu erkennen.

»Helft mir mal«, sagte Claas und versuchte, den Körper auf die Seite zu drehen. Zusammen schafften wir es. Nicht dass der Körper so schwer gewesen wäre, überhaupt nicht, aber er war zu schlaff.

Claas zog eine Geldbörse aus der Gesäßtasche und klappte sie auf. Fünfzehn Euro und ein paar Münzen, ein paar Plastikkarten und ein Führerschein.

»Patrick Brissart«, las Claas und sah Julian fragend an. Julian schluckte. »Der Sohn – von Vincent.« Er richtete sich mühsam auf. Da drehte er sich um und ich hörte, wie er sich übergab.

»Ich hab gedacht, er ist erst vierzehn oder so«, sagte ich tonlos. Er war siebzehn, so alt wie wir.

Mit aufgerissenen Augen starrte Tammy auf den Toten. »Mein Gott!« Ihre Worte kamen wie ein Schluchzen. »Was machen wir jetzt? Wir haben ihn *umgebracht!*«

Wir waren ganz still, während Claas am Hals nach dem Puls tastete.

»Los, wir müssen eine Herzmassage machen!«, drängte ich und Julian kniete sich schon neben Claas.

»Jetzt!«, sagte Julian und schlug dem Toten mit der Faust aufs Brustbein. »Claas, beatme ihn!«

»Nee!« Claas schüttelte den Kopf und wendete sich hastig ab. »Ich... ich kann das nicht!«

Ich stieß ihn weg, beugte mich bis auf wenige Zentimeter über den leblosen Körper, als die Augenlider des Jungen blinzelten.

Julian schlug noch einmal auf die Brust.

Und plötzlich regte er sich. Er atmete wieder. War das möglich?

»Er lebt!«, rief Tammy aufgeregt. »Gott sei Dank, wir haben ihn nicht umgebracht! Seht doch! Und er will uns etwas sagen!«

Eindeutig: Er sah uns aus seinen rot aufgequollenen Augen an und er bewegte die aufgeplatzten Lippen.

Gebannt starrten wir in das blutig geschlagene Gesicht. »Was?«, Tammy kniete am Boden. »Was hat er gesagt?«

»Seid doch mal still!«, sagte ich und näherte mein Ohr seinem Mund.

Wir warteten. Und die Sekunden verstrichen. Plötzlich brach es aus Claas heraus: »Er wird uns anzeigen! Genau das wird er tun. Das ist doch klar!« Claas wirkte mit einem Mal wie nüchtern. »Und dann wandern wir alle ins Gefängnis!«

»Nein, das wird er nicht tun ...«, protestierte Tammy.

»Ach, woher willst du das wissen? Willst du das Risiko eingehen? Wolltest du nicht Model werden? Macht sicher Spaß im Knast!«

»Claas!« Das war Julian.

»Was?« Wütend sah Claas ihn an. Er war jetzt völlig außer sich. »Wollt ihr euch die Zukunft verbauen? *Ich* jedenfalls will mein Leben nicht im Gefängnis verbringen!«

»Denkst du, *ich*?« Julian baute sich vor ihm auf. »Aber Fakt ist: Er *lebt*.«

»Ich hab's!«, sagte Tammy und wir drei wandten uns ihr zu. Das Haar klebte ihr im Gesicht, ihre Augen waren gläsern vom Alkohol – und ihr Gesicht war voller Blutspritzer. »Er hat mit uns Claas' Geburtstag gefeiert«, fing sie an und strich sich mit einer fahrigen Geste die Strähne aus der Stirn, »hat zu viel getrunken und... ist gestürzt... und...«

»Klar und zufällig in den Dolch gefallen, oder was?«, unterbrach ich sie.

»Es war eben ein Unfall!«, beharrte Tammy trotzig. »Vier Aussagen gegen eine. Sie müssen uns glauben!«

Ihr Satz verhallte. Es fühlte sich an wie eine Ewigkeit, bis Julian kopfschüttelnd sagte: »Wir könnten ihm Geld anbieten.«

Claas lachte auf. »Das ist ja so typisch für euch! Ihr glaubt, *alles* mit Geld kaufen zu können!«

Julian fuhr zu Claas herum, stellte sich nah vor ihn. Er überragte ihn um einen halben Kopf. »Ich hab's immer gewusst, Claas«, sagte Julian. »Du hast meinem Vater und uns allen immer nur was vorgespielt. In Wahrheit hast du uns verachtet.«

»Jetzt hört doch mal auf!«, ging ich dazwischen. »Wir müssen jetzt zusammen überlegen...«

Ein Stöhnen ließ uns alle umdrehen.

25

Ich weiß nicht mehr, wer es zuerst aussprach. Aber ich habe noch genau vor Augen, wie sich seine Halssehnen spannten, sein Mund ein Stück öffnete, als wollte er etwas sagen – wie erst seine Hand am Boden zitterte, dann sein ganzer Körper. Und er dann abrupt erschlaffte – und sein Kopf zur Seite fiel.

Tammy stürzte sich neben ihn und nahm seinen Kopf in die Hände. Seine Augen starrten reglos ins Leere. Er war tot.

Tammy schlug die Hände vors Gesicht. »Julian! Er darf nicht tot sein! Was machen wir denn jetzt?« Sie schluchzte. Von Claas kam ein leiser Fluch.

Der Boden unter meinen Füßen wankte. Nein, es durfte nicht wahr sein. Es durfte einfach nicht sein!

Julian half Tammy vom Boden auf.

»Er hat doch eben noch gelebt...« Sie fing an zu weinen.

Julian drückte seine Schwester an sich, legte schützend den Arm um ihren Kopf.

Ich schluckte. Selbst jetzt war ich eifersüchtig, was war nur los mit mir? Und doch dachte ich daran, wie gern ich von ihm so in den Arm genommen worden wäre.

»Totschlag. Oder sogar Mord«, sagte Claas. »Wir können ins Gefängnis wandern. Das ist euch doch allen klar, ja? Und werden alle vorbestraft sein.«

Jetzt merkte ich, dass ich am ganzen Körper zitterte.

»Er wollte uns einen Schrecken einjagen«, sagte Tammy leise. »Er wollte uns bloß einen Schrecken einjagen! Und wir haben ihn umgebracht!«

»Das hätte er sich verdammt noch einmal früher überlegen sollen«, sagte Claas, das schweißnasse T-Shirt klebte ihm am Rücken. »Was glaubt der wohl: dass wir ihm vor Angst schlotternd zu Füßen liegen oder was? Er ist selbst schuld!« Und auf einmal schrie er: »Er ist selbst schuld!«

»Er hat sich einen Spaß gemacht...«, sagte ich benommen.

»Aber dann war *er* es auch...«, sagte Tammy, »der uns beobachtet hat, es war sein Handy, er hat uns nackt fotografiert, er hat die Scheibe eingeworfen, das Stromkabel durchgeschnitten... meinen iPod geklaut... und...«, sie zögerte und schrie dann wütend: »Dieses perverse Schwein hat uns *terrorisiert!*«

Claas nickte bestätigend. »Richtig. Er hat uns terrorisiert.«

Ich hätte zusammenbrechen, schreien, wegrennen können, all das hätte ich von mir erwartet, doch plötzlich fühlte ich mich vollkommen klar und nüchtern.

»Wir müssen ihn verschwinden lassen.«

»Wir könnten ihn hier irgendwo verstecken.« Julian sah sich um.

»Viel zu gefährlich!«, wendete Claas abwägend ein. »Wenn man hier nach Fasern sucht, findet man mit Sicherheit einen Haufen von unseren.«

»Dann begraben wir ihn draußen irgendwo.« Tammy deutete in eine unbestimmte Richtung.

»Wie denn?«, fragte ich. »Willst du mit deinen bloßen Händen ein Loch graben?«

»Wartet mal.« Julian kratzte sich am Kopf. »Auf dem Weg hierher sind wir an einer Felsspalte vorbeigekommen, ich schätze mal, sie ist breit und tief genug.«

Wir waren uns schnell einig.

Julian und Claas packten ihn an den Handgelenken, Tammy und ich oberhalb der Fußgelenke. Der Umhang war nach oben gerutscht und man sah jetzt seine behaarten Beine.

Ich hab mir immer vorgestellt, dass ein Toter sofort eiskalt wird, dass sich die Haut so kalt und hart wie Marmor anfühlt. Aber seine war noch warm, wärmer als meine.

»He, wartet mal.« Ich blieb stehen. »Wie ist er überhaupt hier raufgekommen? Hat er vielleicht irgendwo an der Straße sein Auto abgestellt?«

»Ich hab ihn immer nur auf einem Motorroller gesehen«, überlegte Tammy. Julian nickte. »Stimmt. Außer er ist mit seinem Vater zusammen gekommen, um zu helfen.«

Wir schafften also die Leiche aus der Höhle. Und plötzlich, unter dem klaren Sternenhimmel, umgeben von würzig duftenden Büschen, oberhalb des Meeres, auf dem sich das Mondlicht spiegelte, und mit Blick auf die glitzernden Lichter von Les Colonnes, sickerte mir ins Bewusstsein, was wir getan hatten.

Wie hatten wir das tun können?

Ich blickte auf das Bein, das ich mit den Händen umklammerte, hörte Tammy neben mir atmen. Und setzte wie betäubt einen Fuß vor den anderen.

Julian leitete uns zu der Stelle, die etwas unterhalb der Höhle lag. Wie absurd, das zu sagen, aber wir hatten Glück, dass der Vollmond schien, sonst hätten wir sie nicht entdeckt.

Etwa einen Meter seitlich des Pfades brach der felsige Boden einfach ab und legte parallel zum Weg einen Riss von etwa fünf Metern Länge und einem halben Meter Breite frei. Büsche rankten sich an einigen Stellen darüber und bei Tageslicht würden wir sicher leere Plastikflaschen oder benutzte Taschentücher darin finden.

»Am besten legen wir ihn direkt an die Kante und rollen ihn dann hinein, sodass er seitlich drin liegt«, wies uns Julian an. Er hatte irgendwann, so kam es mir vor, die Regie in diesem Horrorfilm übernommen.

Ich war froh, als der tote Körper auf der Erde lag. Ich wollte ihn nicht mehr berühren.

»Wir machen es zusammen«, entschied Julian und sah uns an. »Okay?«

Wir wussten, dass dies so etwas wie ein kollektives Schuldeingeständnis war: *Wir hatten gemeinsam Vincents Sohn getötet.* Und so knieten wir uns also auf den Boden, um der Leiche gleichzeitig einen Schubs zu geben.

»Fertig?«, fragte Julian.

»Halt!«, sagte ich. »Sollten wir nicht noch was sagen, ich meine... er war... immerhin... ein...«

»Mensch?« Das kam von Claas.

Ich spürte, wie etwas heranrollte, eine schrecklich große Woge, die über mir zusammenzuschlagen drohte.

Als niemand etwas einwendete, sagte ich: »Es tut uns leid, das haben wir nicht gewollt. Bitte... bitte...« Den Rest brachte ich nicht heraus.

»...vergib uns«, sprach Tammy es aus. Ich war ihr dankbar dafür.

»Und los«, übernahm wieder Julian und jeder von uns schob. Die Leiche rollte über die Kante und fiel in die Felsspalte.

Anschließend schütteten wir Erde, trockene Büsche und größere Steine hinunter.

»Nicht zu viel«, schärfte uns Claas ein, »sonst wird vielleicht jemand aufmerksam, weil es anders aussieht.«

Schließlich blickten wir noch einmal prüfend hinunter. Nein, man sah nichts mehr. Selbst das helle Licht des Vollmonds zeigte nur Erde und Büsche und Steine.

Dann folgte der schwierigere Part. Wir mussten die Höhle aufräumen und so weit wie möglich unsere Spuren beseitigen. Wir packten unsere mitgebrachten Sachen in den Rucksack. Natürlich wussten wir, wenn jemand gezielt hier suchen würde, würde er eine ganze Menge finden: Haare, Hautpartikel, Kleiderfasern, Fingerabdrücke, Kerzen und wer weiß was noch. Und die Polster, wo sicher die meisten Spuren zu finden wären, konnten wir ja nicht mitnehmen. Am liebsten hätten wir sie verbrannt, aber an ein Feuer war gar nicht zu denken. Erstens hätte es wahrscheinlich einen Waldbrand ausgelöst und zweitens wäre es kilometerweit zu sehen gewesen.

Also konnten wir bloß hoffen, dass Patrick niemandem erzählt hatte, dass er uns zur Höhle folgen würde.

Es war halb vier Uhr nachts, als wir fertig waren und einen allerletzten Blick in die Höhle warfen. Sie sah ziemlich genau so aus, wie wir sie vorgefunden hatten. Abgesehen von dem toten Kaninchen. Mehr hatten wir nicht tun können.

Wir wollten gerade hinausgehen, als Tammy stutzte. »Wo ist eigentlich der Dolch?«

»Ich hab ihn vergraben«, sagte Claas. »Stellt euch vor, man findet ihn im Müll oder hier in der Gegend oder selbst bei der Leiche – dann hat man die Tatwaffe. Und was das bedeutet, muss ich euch ja nicht sagen, oder? Dann können sie sich nämlich relativ schnell zusammenreimen, was passiert ist. Und dann kommen sie ja vielleicht auch auf uns!«

»Mist, Claas«, sagte ich, »dann hättest du doch auch den Umhang nicht in den Felsspalt werden dürfen! Dann weiß man gleich, dass es um Henry Paige ...«

»Stimmt!«, sagte Julian. »Wir müssen diesen Umgang verschwinden lassen!«

»Mann, Leute, wir können ihn doch nicht wieder aus der Felsspalte ziehen!«, stöhnte Tammy.

»Hört auf!« Das war Claas. »Wir lassen den Umhang da, wo er ist. Niemand wird ihn finden. Niemand denkt an Henry Paige. Außerdem haben wir sein Buch. Niemand weiß, dass und was wir darin gelesen haben.«

»Aber wenn Patrick jemandem etwas davon erzählt hat?«, wandte Julian ein. »Schließlich hat er gesagt: ›I am Henry Paige ...‹, er wusste also davon.«

Claas schulterte den Rucksack. »Ich vermute, er war eher ein Einzelgänger. Oder hat er anders auf euch gewirkt?«

Keiner von uns sagte etwas.

Und das war das Ende der Diskussion. Ich glaube, auch wenn es keiner zugab, wir waren alle froh, dass Claas so klar sagte, was wir zu tun hatten.

Kam mir auf dem Heimweg schon eine Ahnung?

Es war Tammy, die meine Befürchtung bestätigte. Kaum in der Villa angekommen, begann sie, hektisch nach dem Buch zu suchen – und fand es nicht. Claas hatte es in die alte geschnitzte Kommode im Wohnzimmer gelegt, zu so überflüssigen Geschirrteilen wie Saucieren und großen Schüsseln mit verschnörkelten Griffen. Frau Wagner selbst hatte wohl keine Verwendung für sie.

Wir durchsuchten andere Schubladen, überall im Haus, in der Hoffnung, dass es einer von uns vielleicht versehentlich woandershin gelegt hatte. Schließlich gaben wir es auf. Das Buch von Henry Paige blieb verschwunden.

Und dann fiel uns ein, dass Vincent seinen Sohn zur Überwachung des Glasers zur Villa geschickt hatte.

»Wir müssen das Buch zurückholen!« Tammy geriet in Panik.

Energisch schüttelte Claas den Kopf. »Willst du bei ihm einbrechen und geschnappt werden? Nein«, er goss sich Milch in ein großes Glas ein. »Vielleicht ist es gar nicht so schlecht, wenn man das Buch bei ihm findet«, überlegte er und nippte an der Milch, »dann glauben alle, er hat es gelesen und sein Verschwinden hängt damit zusammen. Es weiß doch keiner, dass er es hier geklaut hat und wir es gelesen haben!« Er lächelte jetzt sogar. »Glaubt mir, das könnte ein Vorteil für uns sein.«

Wir ließen uns von ihm beruhigen, ich nahm ein paar Aspirin und versuchte zu schlafen.

Der nächste Morgen.

Ein paar Sekunden war die Welt in Ordnung. Als Sonnenstrahlen auf mein Gesicht fielen und ich das Zwitschern der Vögel hörte – und ja, auch das Rauschen des Meeres.

Doch dann traf mich die Erinnerung mit voller Wucht. Ohne den Absinth-Nebel präsentierte sich die Wirklichkeit klar und brutal. Zuerst versuchte noch etwas in mir, das, was passiert war, als bloße Fantasie oder als schlechten Traum abzutun. Aber dann fiel mein Blick auf meine Hände und ich konnte gerade noch einen Aufschrei unterdrücken. Unter meinen Fingernägeln klebte noch immer getrocknetes Blut.

Ich rannte, so schnell ich konnte, ins Bad und schrubbte mir mit einer Bürste die Nägel. Meine Finger waren rot und brannten. Hoffte ich, dass ich so einfach die Schuld unserer Tat loswerden könnte? Mit ein bisschen Wasser und Seife?

Wie sehr wir uns doch selbst belügen, wenn wir in Panik sind.

Als ich aus dem Bad ging, begegnete mir Julian. Ich wollte ihm in die Augen sehen, ja, ich suchte seinen Blick, aber er brachte nur ein leises »Hi« heraus und drängte sich dann an mir vorbei.

Hast du wirklich geglaubt, Mel, er könnte dir in die Augen sehen, wenn du eben selbst im Spiegel nicht dazu fähig warst?

Nur noch fünf Stunden, dann fuhr unser Bus von Les Colonnes nach Nizza ab, wo Claas und ich in den Zug nach Hause steigen würden. Tammy und Julian hatten vor, am nächsten Tag von Nizza nach München zu fliegen. Zwei Tage später wären auch die Schulferien vorbei.

Wir packten unsere Sachen zusammen und gingen uns einander, so gut es ging, aus dem Weg. Keiner wollte durch die Anwesenheit der anderen an den Albtraum erinnert werden.

Ich hatte auch noch die absurde Vorstellung, dass wir mit unserer Abreise nicht nur diesen Ort, sondern auch unsere Tat zurückließen.

»Wer weiß, wann ihn jemand zu suchen anfängt«, sagte Claas, als wir alle in der Küche standen und auf das Brodeln der Espressokanne warteten. »Wohnt er denn noch bei seinen Eltern?«

»Wohnte«, berichtigte ich automatisch. Alle sahen mich an. »Tut doch nicht so«, sagte ich, »er ist tot! Wir haben ihn ermordet! Und seine Leiche in diese Felsspalte geworfen!«

»Hör auf, uns zu belehren!«, fuhr Claas auf.

»Was, habt ihr's etwa schon vergessen?«, entgegnete ich nun wütend.

»Mel...«, begann Claas beschwichtigend, doch ich schnitt ihm das Wort ab: »Auch wenn er uns nicht mehr bei der Polizei beschuldigen kann: Wir haben es getan und wir sind schuldig!«

In diesem Moment ließ uns die Türklingel zusammenzucken.

»Die Polizei!«, flüsterte Tammy. In ihren Augen stand die pure Panik.

»Unmöglich«, meinte Claas in seiner üblichen analytischen Art, »das ist einfach unmöglich.«

Ich war gelähmt vor Angst. Jetzt mussten wir uns entscheiden: Sollten wir es gleich zugeben oder sollten wir alles abstreiten?

»Wir müssen aufmachen«, sagte Julian und setzte sich schon in Bewegung. Er wirkte still und erschöpft. Sein Strahlen, das mich am Anfang so verzaubert hatte, war verschwunden. »Die wissen, dass wir da sind.«

»Die Polizei? Wir dürfen nichts zugeben! Auf keinen Fall! Hört ihr! Ich gehe nicht ins Gefängnis!« Tammys Augen flackerten, während sie mit beiden Händen die leere Tasse umklammerte, als würde sie so Halt finden. »Julian, tu doch was! Ich... ich will nicht ins Gefängnis! Ich...!«

Ihre Selbstsicherheit und Arroganz waren wie weggewischt. Auch ihre Schönheit, mit der sie sonst alle Blicke auf sich zog, wirkte jetzt stumpf.

Julian holte Atem. »Wir geben nichts zu, verstanden?«, sagte er und sah mich und Claas beschwörend an. »Wir haben Patrick nicht gesehen.«

Tammy nickte.

»Und wenn uns Yannis doch beobachtet hat?«, warf ich ein. Mir erschien alles so aussichtslos. Würde nicht sowieso herauskommen, was wir getan hatten?

Es klingelte noch einmal.

»Wir waren ein bisschen spazieren«, sagte Claas schnell, »weil ich Geburtstag hatte. Wir wollten den Blick aufs Meer und Les Colonnes genießen.«

Niemand von uns hatte einen besseren Vorschlag und so ging Julian zur Tür. Mein Herz schlug im ganzen Körper, das Blut rauschte in meinen Ohren, mein Mund war trocken.

Ich war gerade in der Gegend, hörte ich schon in meinem Kopf die Stimme von Yannis, und da dachte ich, ich schau mal rein. Gestern Nacht ist der Sohn von Vincent nicht nach Hause gekommen. Haben Sie ihn zufällig gesehen? Oh, entschuldigen Sie, aber das da auf Ihrer Stirn, da ist... das ist ja Blut!

»*Bonjour*«, begrüßte uns Vincent freundlich von der Tür aus. »Ich war gerade in der Gegend. Ist alles wieder in Ordnung? Strom? Wasser?«

Er stand neben Julian, er war ein drahtiger, nicht sonderlich großer Mann – kleiner als sein Sohn – mit grauem Haar und wettergegerbtem Gesicht und irgendwie traurigen Augen.

»Ja«, brachte Julian hervor, worauf Claas ihm beisprang: »Danke, alles in Ordnung.« Ein perfekter Lügner! Sogar sein Lachen klang unbeschwert. »Es waren wirklich tolle Ferien hier! Wir kommen bestimmt wieder, oder Julian? Tammy?«

Mir wurde übel.

»Klar«, sagte Tammy ebenfalls überzeugend echt. »Wir haben viel Spaß zusammen gehabt!«

»Nächstes Mal gibt es sicher keine Probleme«, versicherte Vincent und Julian lächelte gezwungen.

Und dann sagte Claas: »Ach, ja, richten Sie Ihrem Sohn vielen Dank aus!«

Mir blieb die Luft weg. Der Nachklang seiner Worte erschien endlos. Kennst du das, wenn eine Stille quälend lang wird? Vincent wirkte irritiert, weshalb, dachte er vielleicht, erwähnt er ausgerechnet meinen Sohn?

Claas strahlte ihn an und sagte endlich: »Dass er den Glaser hier überwacht hat.«

Vincent nickte wieder. »Ja. Hat er gern gemacht.«

»Nächstes Mal kann er ja mal vorbeikommen, dann können wir unser Französisch aufbessern!« Das kam aus meinem Mund, stellte ich entsetzt fest.

»Ja, sicher.« Vincent hob die Schultern und ließ sie wieder fallen. Er wirkte leicht verunsichert. Er wusste nicht, ob die verzogenen, reichen Jugendlichen es ernst meinten oder ihn für dumm verkaufen wollten. Und er grübelte sicher auch darüber nach, warum sein Sohn nicht nach Hause gekommen war. Was allerdings nichts Ungewöhnliches sein müsste. Laut seiner Papiere wurde er – ich meine, wäre er – in zwei Monaten achtzehn geworden. Bestimmt kam er doch öfter nachts nicht heim? Bestimmt hatte er eine Freundin oder mehrere... Ich dachte an die Fotos auf seinem Handy. Vielleicht aber beobachtete er die Mädchen im Ort auch nur von fern. Hockte nachts unter ihren Fenstern und guckte ihnen in ihren Badezimmern zu, wie sie sich wuschen und auszogen.

Vincent murmelte etwas zum Abschied, dann begleitete ihn Julian zur Tür.

Kaum war die Tür hinter Vincent ins Schloss gefallen, drehte sich Julian zu Claas und mir um. »Habt ihr sie noch alle? Musste das sein?«

»Ja, musste sein. Du warst schließlich keine große Hilfe«, entgegnete Claas. »Findet ihr das nicht auch komisch, dass er einfach so vorbeikommt? Der wollte vielleicht unauffällig rausfinden, ob sein Sohnemann bei uns ist.«

»Quatsch, wir haben noch nie was mit dem zu tun gehabt«, widersprach Tammy.

Wir tranken schweigend unseren bereits lauwarmen Kaffee. Claas räusperte sich. »Also Leute, euch ist klar, dass wir mit niemandem, mit wirklich niemandem darüber reden dürfen, ja?« Er sah uns nacheinander eindringlich in die Augen. »Es ist unser Geheimnis. Wenn einer von uns redet, hängen alle mit drin, das wisst ihr doch, oder?« Ich nickte zögernd. Auch Tammy und Julian stimmten mit einem leichten Kopfnicken zu.

»Gut.« Er stellte seinen Becher in die Spüle. »Es wird alles gut, glaubt mir, dieser Typ war ein Perverser. Und ein Einzelgänger. Er hat niemandem was von uns erzählt, da bin ich mir ziemlich sicher.«

»Dann hoffen wir mal, dass du recht hast.« Tammy schluckte.

»Hoffen genügt nicht«, sagte ich. »Wir brauchen auf jeden Fall ein einheitliches Alibi.«

Wir entwarfen eine übereinstimmende Geschichte, und wiederholten sie mehrmals. Wir trugen sie so oft abwechselnd voreinander vor, dass ich sie schon fast für die Wahrheit hielt.

Es war der achtzehnte Geburtstag von Claas – das konnten wir ja nicht verschweigen, es stand in seinem Pass – und wir feierten in der Villa, bis wir Lust auf einen Spaziergang bekamen. Das müssten wir erwähnen, für den Fall, dass uns irgendjemand gesehen hatte. Wir wanderten laut unserer Geschichte ein bisschen durch die Berge und gingen dann wieder heim.

Schließlich packten wir unsere Rucksäcke und Koffer. Es fühlte sich seltsam an, die Villa zu verlassen. Die Woche kam mir einerseits vor, als hätte sie eine Ewigkeit gedauert. Andererseits fühlte es sich so an, als hätte sie nie existiert.

Ich war erleichtert, endlich zu gehen. Weil ich dachte, ich würde damit alles zurücklassen, was passiert war.

26

Unser Abschied voneinander fiel kühl aus. Claas nickte Tammy bloß zu, ich gab Julian die Hand, das war alles. Das Taxi wartete und wir stiegen ein. Ich winkte. Ein Reflex.

»So«, sagte Claas neben mir auf der Rückbank. »Geschafft. Auf uns kommt keiner, glaub mir.«

Seit seinen Worten ist ein halbes Jahr vergangen – und ich höre immer noch, wie Claas sie damals sagte. So überzeugt und mit Nachdruck. Ich wollte an die Wahrheit seiner Worte glauben. Dann aber kam jene Mail.

Im Video friert das Gesicht des Mädchens ein. Unwillkürlich versucht man, sie mit anderen Augen zu sehen als am Anfang. Gewalttätig, skrupellos, heuchelnd, feige – aber ist sie zu all dem, was sie gerade gesagt hat, überhaupt imstande?

Schalte ab, will man sich sagen. Aber die meisten schalten nicht ab. Sie warten auf das nächste Video, das sie hochladen wird.

Und es beginnt. Diesmal sieht nicht das Mädchen in die Kamera, sondern eine Fratze.

Ihre Stimme kommt aus dem Off: »Ob Lüge oder Wahrheit – der Magier nutzt alle Möglichkeiten, um sein Ziel zu erreichen. Er kennt kein Gewissen und wandelt auf dem schmalen Grat zwischen schwarzer und weißer Magie.«

Dann lässt sie die Karte sinken und sie erscheint wieder vor der Kamera. Sie sieht noch genauso aus wie im ersten Video, als sie weiterzureden beginnt.

Nach der Rückkehr aus Frankreich sind wir uns aus dem Weg gegangen. Claas gab Julian keinen Nachhilfeunterricht mehr und überhaupt wurde er von den Wagners auch nicht mehr so wie früher an den Wochenenden – oder sogar zu Weihnachten – eingeladen. Ich machte endgültig Schluss mit Claas und traf ihn nur noch hin und wieder und dann auch eher zufällig. Tammy – so wurde mir erzählt – setzte mit der Schule aus und ging für ein paar Monate nach L. A.

Julian hab ich nur einmal wiedergesehen, im Starbucks. Es war ein Schock. Er hatte sich ziemlich verändert. Und das lag nicht bloß am Winter. Er war blass und nicht mehr athletisch, sondern dünn, richtig mager, als ob er nichts mehr essen würde. Unter seinen Augen waren dunkle Ringe. Er stand an der Kasse und ich hob nach einer Weile die Hand.

Vielleicht hat er mich ja nicht erkannt, denn er hat einfach durch mich hindurchgesehen, seinen Café Latte in Empfang genommen und ist rausgegangen.

Ich musste es einfach jemandem sagen, das mit der Mail.

Ich bin nicht tot, stand da. *Die Wahrheit wird euch einholen. Jeden Einzelnen von euch. Es gibt kein Entrinnen. Die Posaunen heben schon an. Es wird nicht mehr lange dauern. Meine Karte ist der Magier.*

Claas hat sich ewig Zeit mit einer Antwort auf meine SMS gelassen. Und wenn ich versucht habe, ihn anzurufen, schaltete sich nur die Mailbox an.

Wenn ihm etwas passiert ist?, hab ich mich gefragt. Die Worte der Mail ließen mich nicht los: *Die Wahrheit wird euch einholen. Jeden Einzelnen von euch. Es gibt kein Entrinnen. Es wird nicht mehr lange dauern.*

Und wenn Claas der Erste ist, den die Wahrheit eingeholt hat?, dachte ich.

Es war Februar und seit Wochen war es eiskalt und wurde früh dunkel. An manchen Tagen wurde es gar nicht richtig hell und ich hatte das Gefühl, in der Dunkelheit gefangen zu sein. Es schneite und auf der Hauptstraße, die ich am linken Fensterrand sah, krochen die Autos in einer roten und einer weißen Lichterschlange vorbei.

Das Rad kann ich bei dem Schnee vergessen, wusste ich, ich müsste die U-Bahn nehmen, um zu Claas zu kommen. Ich zögerte. Würde nicht der Albtraum vom Sommer wiederaufleben, wenn ich Claas wieder gegenüberstehen würde? Und warum antwortete er nicht? Ging es ihm genauso? Wollte auch er nicht an den letzten Sommer erinnert werden?

Ich sah weiter aus dem Fenster in die Dunkelheit. Und da hab ich die Gestalt gesehen.

Unser Haus ist ein Eckhaus, der Eingang zum Laden und auch der Hauptteil der Wohnung liegen zu dieser Hauptstraße hin, mein Zimmer und mein Badezimmer sind zur kleinen Seitenstraße hinaus gerichtet. Gegenüber befindet sich ein modernes und eher hässliches Mietshaus, in dessen Erdgeschoss ein Schuhgeschäft ist. Es hat einen zurückversetzten Eingang, in dem man sich bei Regen unterstellen und die Schaufenster ansehen kann. Schaufenster und Eingang waren hell erleuchtet, es war so gegen sieben Uhr abends – und da habe ich ihn gesehen.

Warum ich dachte, dass mich diese Gestalt beobachtete? Dieser Mann in der dunklen Jacke? Ich war mir sicher, er musste es sein. Er sah hinauf zu meinem Fenster, er stand meinetwegen dort, das wusste ich, obwohl ich nicht viel von seinem Gesicht erkennen konnte, denn erstens hatte er das Licht im Rücken und zweitens... trug er eine Kapuze. Kapuzen versetzen mich in Panik. Jetzt weißt du, warum. Konnte das wirklich Patrick Brissart sein? Und war er auch der Typ in der U-Bahn?

Wenn er nur ein bisschen weiter nach vorn aus dem Schatten des Eingangs treten würde, würde die Laterne sein Gesicht erhellen, dachte ich und so wartete ich, starrte hinüber, aber er blieb dort stehen wie versteinert. Unverwandt war sein Blick auf mein Fenster geheftet. Er musste mich eben gesehen haben, als ich das Licht angeschaltet hatte.

Die Angst drückte mir die Kehle zu. Warum gehe ich nicht runter und frage ihn einfach, wer er ist und warum er zu mir hinaufsieht?, dachte ich. Wäre das nicht das

Einfachste, bevor meine Fantasie mich völlig in Panik versetzte?

Das Mädchen im Video wirkt nun sichtlich unruhig.

Da ruckt die Kamera zur Seite, verschiebt die Perspektive. Eine schwarz getigerte Katze bleibt genau vor der Linse stehen.

»Paula, geh runter!«, sagt das Mädchen und die Katze springt davon.

Aber der Bildausschnitt im Hintergrund hat sich ein wenig verändert und man sieht eine Schachtel neben dem Computer. Die Zahl der Viewer ist inzwischen auf siebenhundertzwei gestiegen.

Es vergingen wieder ein paar Tage des Wartens, da kam endlich Claas' SMS: *Sollen wir uns treffen?*

Ich rief ihn sofort an.

Ich habe ihm die Mail vorgelesen.

»Soll uns wohl einschüchtern«, meinte er und ich konnte ihn vor mir sehen, in seiner typischen Haltung. *»Ich bin nicht tot«*, zitierte er pathetisch: *»Die Posaunen heben schon an. Ich bin der Magier.* Das ist doch Schwachsinn!«

»Toll, dass das so klar für dich ist. Du hast diese Mail ja auch nicht bekommen! Wenn du schon so cool bist, dann verrate mir doch bitte mal, wer mich mit diesem Schwachsinn ärgern will.« Meine Stimme klang schrill in meinen Ohren. Und ich wunderte mich, dass er so gefasst war.

»Nicht ärgern, Mel. Er will dir Angst machen. Du sollst

nicht mehr schlafen, nichts mehr machen können, ohne daran zu denken.«

»Ich? Warum nur ich?«

»Keine Ahnung! Und du bist dir sicher, dass du wirklich niemandem vom Sommer erzählt hast?«

»Natürlich nicht! Was denkst du denn!«

»Okay«, sagte er, »ich hab auch dichtgehalten. Zu Julian hab ich kaum noch Kontakt – und zu Tammy...«

Ich wusste, dass er oft an sie dachte.

»Sie ist ja in L.A.«, sagte er rasch.

Ich hatte lange nachgedacht, ob ich ihm alles anvertrauen sollte. Allerdings: Wem sonst hätte ich davon erzählen sollen? Ich erzählte ihm von dem Typen in der U-Bahn und dem Typen vor dem Schuhgeschäft, der Patrick sein könnte.

»Du glaubst doch nicht an einen solchen Quatsch wie Seelenwanderung?«, meinte er.

Natürlich glaubte ich nicht dran, aber andererseits musste irgendjemand diese Nachricht ja geschrieben haben... irgendjemand, *der etwas wusste.*

»Mel«, unterbrach er meine Gedanken, »es gibt nur zwei Möglichkeiten. Erstens: Jemand war Zeuge oder ahnt etwas und will uns jetzt einschüchtern. Zweitens: Tammy oder Julian haben nicht dichtgehalten und entweder sie selbst oder irgendwelche Freunde wollen dich in Panik versetzen. Einfach so, just for fun.«

Claas, der Analytiker. Es klang irgendwie logisch, musste ich zugeben.

»Und wenn wir etwas in der Höhle vergessen haben. Oder wenn man die Leiche...«

»Die Stelle ist sicher«, unterbrach er mich entschieden, »da kommt man nicht einfach so hin, Mel.«

»Es gibt die verrücktesten Zufälle... Ausbau eines Wanderwegs zum Beispiel, ein Spaziergänger mit Hund...«

»Mel! Mel, hör endlich auf! Tu mir einen Gefallen und atme mal tief durch. Es ist vorbei, okay? Wir müssen es vergessen. Wir dürfen einfach nicht mehr daran denken, nicht mehr darüber reden. Und vor allem dürfen wir nicht panisch werden und uns den falschen Leuten anvertrauen.«

»Kannst du es etwa *vergessen?* Denkst du wirklich nicht mehr daran? Bist du so abgebrüht?«

»Nein! Bin ich nicht. Aber ich kann nichts mehr daran ändern. Und jetzt müssen wir nach vorne denken. Ich will nach Oxford, Mel, kapierst du, und ich hab gute Chancen. Ich... ich kann einfach nicht zulassen, dass meine Zukunft... von jemandem... zerstört wird!«

»Und was heißt das?«

»Das heißt...«

Ich hörte ihn ein- und ausatmen und sah ihn vor mir, wie er mit dem Zeigefinger seine Brille hochschob.

»Wir warten ab. Falls du was Neues hörst, sagst du mir Bescheid, dann verständige ich die anderen und wir werden...«

»Wir werden... was?«, unterbrach ich ihn.

»Mensch, Mel! Jetzt entspann dich mal. Rauch was, leg dich ins Bett, guck einen Film. Und denk erst mal nicht mehr dran, okay?«

Wie sollte ich mir jetzt einfach einen Film reinziehen?

27

Seit jenem Abend, an dem ich diese Gestalt vor dem Schuhgeschäft gesehen habe, verfolgte mich die Vorstellung des Magiers Tag und Nacht. Und immer, wenn ich in mein Zimmer kam, zog es mich zum Fenster und mein Blick wanderte zum Eingang des Schuhgeschäfts. Manchmal stand er wirklich da, mit seiner dunklen Jacke, seiner Kapuze. Abends, wenn es dunkel wurde, schaltete ich das Licht gar nicht erst an, damit er mich nicht sehen konnte.

Du willst jetzt wissen, warum ich nicht einfach da hinuntergegangen bin und ihn angesprochen habe, stimmt's?

Kannst du so einfach deiner größten Angst gegenübertreten? Würdest du der grausamen, brutalen Wahrheit ins Gesicht sehen wollen, dass du schuld bist am Tod eines Menschen? Am Tod eines Menschen, der dich nun nicht mehr nur in deinen Albträumen verfolgt, sondern der leibhaftig vor deiner Tür steht?

Eines Abends brachte ich den Mut auf, wahrscheinlich aus Verzweiflung darüber, dass mich meine Angst mittlerweile vollkommen durchdrungen hatte. Ich sah Patrick überall, wohin ich auch ging. Ich musste endlich Gewissheit haben.

Der Schuhladen hatte geschlossen und seine Beleuchtung gedimmt.

Es schneite dicke Flocken. Der Schnee blieb liegen und man konnte einzelne Fußstapfen auf dem Bürgersteig erkennen. Ein Pärchen ging vorbei, eng umschlungen, die beiden stapften durch den Schneematsch, blieben an einem der Schaufenster stehen. Er zeigte hinein. Sie zog ihn weiter, mein Blick folgte ihnen und blieb am Eingang haften. Da – die Gestalt im Schatten. Er war schon wieder da – oder immer noch?

Es ist ein ganz normaler Passant, der wahrscheinlich auf seine Verabredung wartet, versuchte ich mich zu beruhigen.

Das Licht der Laternen war nur ein Glimmen hinter dem dichten Vorhang aus Schnee.

Ich nahm meinen Mut zusammen, zog die Daunenjacke und meine Uggs an und stülpte mir eine Wollmütze über. Kalter Wind fuhr mir in den Kragen und klatschte mir einen Schwung eisiger Schneeflocken ins Gesicht. Ich zog die Mütze tiefer in die Stirn.

Meine Knie zitterten, als ich die Straße überquerte. Autos hatten die Schneedecke bereits festgefahren, ich musste aufpassen, nicht auszurutschen.

Meine Hand umklammerte die Dose mit dem Pfefferspray. Ich hab es noch nie benutzt. Geradewegs steuerte ich auf den überdachten Eingang zu, so, als wollte ich dort ins Haus. Nur noch wenige Meter. Vier, drei.

»Ich bin nicht tot!«

Hörte ich das Flüstern tatsächlich oder besetzte mich die Angst inzwischen so sehr, dass ich mir die Stimme nur einbildete? Ein Schatten huschte an mir vorbei und verschwand hinter den Mülltonnen. Ich wollte hinterherlaufen, aber ich war wie festgefroren und mein Körper schlotterte vor Angst. Hinter den Mülltonnen war keiner mehr. Ich gab mir eine Ohrfeige. Es tat weh, ich war wirklich wach.

Langsam ging ich zurück zu unserer Haustür. Durch das große Schaufenster unseres Geschäfts fiel das typische helle, klare Licht, das mir früher immer das Gefühl gegeben hat, sicher und geborgen – und in einer heilen Welt zu Hause zu sein. Meine Eltern bedienten beide noch, es war kurz vor acht.

Tja, ob meine Eltern etwas ahnten? Sie waren zumindest ziemlich besorgt gewesen, als ich aus Frankreich zurückgekommen war. Und ich hatte alle Mühe, ihnen auszureden, dass mir etwas Schlimmes zugestoßen war. Zuerst schob ich alles auf meine Angst vor der ungewissen Zukunft und dem Abi – aber als sie sich damit nicht zufriedenzugeben schienen, erfand ich was mit Claas. Dass ich in ihn verliebt war, er aber nicht in mich. Das glaubten sie dann zum Glück, zumindest fragten sie nicht mehr weiter – und meine Mutter tröstete mich damit, dass ich doch noch viele andere Jungs treffen würde.

Man sagt ja immer, dass Eltern viel mehr vom Leben ihrer Kinder mitbekommen, als ihre Kinder ihnen anvertrauen. Mag sein, dass sie ahnen, dass ich ihnen nicht alles erzählt habe. Aber ich gab mir alle Mühe, ab und zu wieder die unbeschwerte Tochter und gute Schülerin zu sein, die ich mal war.

Einen Moment lang beobachtete ich meine Eltern, wie sie lächelnd die Kunden bedienten, mein Vater sorgfältig den teuren Käse einpackte und meine Mutter mit beinahe liebevollen Bewegungen den San-Daniele-Schinken schnitt.

Da wusste ich, dass ich ihnen nie die Wahrheit sagen könnte.

Ich war jetzt in einer anderen Welt und das helle, klare Licht von früher machte mir Angst. Ich duckte mich in den Schatten der Hauswand.

Zurück in meinem Zimmer rief ich Claas an.

»Ich war unten! Ich hab ihn gesehen.«

»Und dann?

»Er ist weggerannt.«

Claas schnaubte. »Bist du sicher, dass du nichts eingepfiffen hast?«

»Für wie blöd hältst du mich, Claas?«

»Sorry. Aber du musst zugeben, es hört sich ein bisschen merkwürdig an, oder?« Ich glaubte, ihn sogar lachen zu hören.

»Es ist *gruselig,* Claas.«

»O.k., Mel, du hast Angst. So wie ich auch, wie wir alle. Und da kann sich das Gehirn schon mal auch...«

»Claas – der Typ war da, auch wenn du denkst, ich bin hysterisch und halluziniere –, und wenn er irgendetwas gegen uns unternimmt, dann bist du auch dran.«

In der folgenden Nacht wachte ich auf, geweckt von meinem Frog-Ton.

Auf meinen iPhone war eine Nachricht angekommen. 2 Uhr 13. Mitten in der Nacht.

Du wirst nie wieder ruhig schlafen.

Ich war sofort hellwach und rief Claas an. Es war mir egal, wie spät es war.

Ich las ihm die Mail vor.

»Warum hat er es ausgerechnet auf mich abgesehen?«

»Keine Ahnung, Mel.«

»Und was soll ich jetzt machen?«

»Im Moment gar nichts. Wir müssen ruhig bleiben, hörst du? Lass uns jetzt einfach abwarten, was weiter passiert.«

Zwei Tage später wollte er sich am Nachmittag am Kanal verabreden. Das Gewässer war zu dieser Zeit zugefroren und ein paar Menschen waren Schlittschuh laufen. Er wartete schon auf mich, an einer der Bretterbuden, wo man Glühwein kaufen und Schlittschuhe leihen konnte. Tagsüber war nicht viel los. Auch das Wetter war nicht besonders, kein blauer Himmel, kein strahlender Sonnenschein. Der Himmel war grau und undurchsichtig. Ein paar Rentner spielten Eisstockschießen, ein paar Mütter und Väter drehten mit ihren Kindern Runden auf dem Eis. Erst später am Nachmittag und dann am Abend würde es voll werden und man würde Musik andrehen. Gedankenverloren zerrupfte Claas ein Brötchen und fütterte damit die Enten.

»Was gibt's?«, fragte ich statt einer Begrüßung und

stellte mich neben ihn an die windgeschützte Bretterwand.

»Es kann nicht sein, oder? Ich meine, das ist *unmöglich!*«, fing er an. Er rupfte noch mehr Teigfetzen heraus und warf sie den Enten in den Schnee. »Ich hab auch eine Mail gekriegt.« Ich sah den Enten zu, wie sie die Brotkrumen vom Boden auflasen.

Vielleicht – will er mich nur verarschen, dachte ich. Das würde zu ihm passen. Im nächsten Moment wird er auflachen und sagen: He Mel, du bist ja so leicht zu verarschen und du hast ja so die Hosen voll!

Aber er lachte nicht. Er holte Luft und sah erst in den weißgrauen Himmel, dann mich an. »Es ist nur ein Satz, ich hab ihn schon viermal gekriegt.« Aus seiner Daunenjacke zog er sein Handy. *1000 Euro für mein Schweigen. Von jedem von euch* – konnte ich auf dem Display lesen.

»Er war tot, ganz bestimmt«, versuchte ich, mir einzureden. Da hatte ich wieder jene Nacht vor Augen, den Vollmond, die Höhle, die Felsspalte und den Moment, wie wir der Leiche von Patrick einen letzten Schubs gaben. Ich konnte mir nicht vorstellen, dass er aus der Felsspalte herausgeklettert ist. Und doch hatte ich ihn gesehen. Und doch gab es diese Droh-Mails und jetzt die SMS. »Er war doch tot, oder?«, wiederholte ich.

»Ja, natürlich!«, sagte Claas.

»Yannis«, fiel mir ein. »Yannis wusste doch von unserer Wanderung, er wusste von den Tarot-Karten aus dem Laden seiner Schwester...«

»Der Flic?« Claas runzelte ungläubig die Stirn.

»Ja, vielleicht braucht er Geld – oder... er kommt mit

seinen Ermittlungen nicht weiter und versucht, uns in Panik zu versetzen, damit wir die Nerven verlieren und alles gestehen.«

»Und wie erklärst du dir dann die Gestalt vor dem Schuhladen? War das Yannis? Eingeflogen aus Nizza oder Cannes?«

Nein, das klang ziemlich unwahrscheinlich.

»Vielleicht hab ich mir das ja nur eingebildet...«, räumte ich ein.

Wir rauchten jeder eine Zigarette und sahen den Leuten auf dem Eis zu.

»Bescheuertes Spiel«, sagte Claas und meinte die Eisstockspieler, die gerade wie besessen einen der Eisstöcke anfeuerten, der über das Eis schlitterte.

Ich dachte an Henry Paige. Henry Paiges Spiel.

Und wenn das ein Ausweg wäre? Tausend Euro und alles wäre vergessen? Mit tausend Euro so was wie Vergessen erkaufen? »Tausend Euro sind nicht die Welt, oder?«, sagte ich nach einer langen Pause.

Er ließ einen Rauchkringel in die kalte Luft steigen und wandte sich mir zu. »Du meinst, wir sollten diesem Wichser die Kohle zahlen?«

Ein Kind weinte, es war hingefallen, sein Vater, der auf seinen Schlittschuhen unsicher dahinstakste, zog es am Arm wieder hoch, während er sich selbst nur mit Mühe auf den Kufen hielt.

»Für mich sind tausend Euro nicht gerade wenig.«

»Ich kann dir was leihen«, sagte ich.

»Und wenn es eine Falle ist?«, wandte Claas ein.

Wir beschlossen, mit Tammy und Julian zu reden.

Zwei Tage später trafen wir uns im Starbucks. Claas hatte die Geschwister zusammengetrommelt. Wir hatten Glück: Tammy war vor einer Woche aus L. A. zurückgekommen.

Ich war zehn Minuten zu früh im Starbucks, aber Claas wartete schon. Er winkte mir aus der Ecke ganz hinten.

Ohne mir etwas zu bestellen, ging ich zu ihm. Um halb zwei war es ziemlich voll und ich musste mich zwischen dicken Daunenjacken und Mänteln, die über Stühlen und Sesseln hingen, durchschlängeln. Claas wirkte ziemlich erschöpft.

»Was Neues?«, fragte ich, als ich meine Jacke auszog.

»Guck's dir an!« Er schob mir sein Handy hin.

Ich hab's zuerst nicht glauben können, was ich da sah. Und es dauerte ein paar Sekunden bis ich kapierte, dass das Video da auf dem Display in Frankreich bei Les Colonnes aufgenommen war. Da waren die Berge, die Straße vor der Villa... und da waren Tammy und ich.

»Du hast ein Video von uns gemacht?«

»Mel!« Er hob die Augenbrauen. »Hast du mich filmen sehen?« Er schüttelte den Kopf. »Ich hab's per Mail gekriegt, natürlich anonym.«

»Jemand hat uns beobachtet, wie wir zu Höhle gegangen sind?«, fragte ich überflüssigerweise.

Auf dem Video sah man nun den Eingang der Höhle, in dem Tammy gerade verschwand. Dann brach das Video ab.

»Ist... ist noch mehr drauf?«

»Nein, das war alles. Aber es zeigt ja wohl ziemlich deutlich, dass wir in der Höhle waren.«

»Es zeigt gar nichts!«, rief ich aufgebracht. »Das kann überall sein!«

»Wenn man die Gegend kennt, kann man mit Sicherheit feststellen, dass es diese Höhle ist. Und wenn man dann dort nach Spuren sucht...« Er sprach nicht weiter. Sein linkes Augenlid zuckte und er kaute an einem Fingernagel. Seine sonst so spöttische Arroganz war dahin.

»Mann, Mel«, er atmete hektisch in seine Hände, »wenn irgendwas rauskommt, wenn die anfangen, jeden Stein in der Höhle rumzudrehen, dann...«

Ich schluckte. Ich hatte das Gefühl, ein Eisenträger legte sich auf meinen Nacken. Die Jungs am Tisch neben uns lachten, die Rothaarige hatte wohl gerade einen Witz erzählt. Es kam mir vor, als lachten alle im Café – nur wir waren irgendwie herausgefallen aus dem normalen Leben. Abgedriftet in ein düsteres Paralleluniversum.

Das kann alles nicht sein, dachte ich. Gleich wache ich auf und alles ist wie früher. Claas und ich reden über die Schule und meinetwegen über Quantenphysik oder Sokrates.

Aber natürlich geschah das nicht.

Sein Handy lag immer noch da mit dem eingefrorenen Bild des Höhleneingangs.

»Warum hast nur du es gekriegt?«, fragte ich Claas.

»Hab ich mich auch gefragt«, sagte er und legte die Stirn in Falten. »Und wieso nicht Julian oder Tammy, schließlich gehört deren Eltern doch das Haus. Sie sind doch viel bekannter in der Gegend als wir. Man kennt ihre Namen. Wer kennt denn meinen?«

Stimmt. Warum Claas? Warum ich?

»Hat es denn ... er ... aufgenommen, als er uns verfolgt hat?«, fragte ich. *Er.* Wir sprachen seinen Namen nicht aus. Als sei dieser Name mit einem bösen Zauber belegt.

»Auf seinem Handy waren Fotos von dir und Tammy, aber nicht das Video.«

»Aber er kann doch auch eine Kamera benutzt haben oder er hat das Video kopiert und auf seinem Handy gelöscht. Ich meine, falls er es war.«

Ich erinnerte mich, wie Claas dieses Handy und die Karte mit einem Stein zertrümmerte und im Garten vergrub.

Das Zucken um sein Auge herum wurde stärker. Abwesend fing er wieder an, an seinen Fingernägeln zu kauen.

Ich versuchte, klar und nüchtern zu denken – weil er offensichtlich nicht dazu in der Lage war.

»Aber, Claas«, sagte ich, »was zeigt dieses Video denn schon? Irgendwelche Jugendliche beim Wandern.«

»Nicht irgendwelche, Mel. Es zeigt dich und Tammy. Und Tammy geht in die Höhle, die in der Nähe, in unmittelbarer Nähe einer bestimmten Felsspalte liegt, und was da liegt, muss ich dir ja jetzt nicht wieder in Erinnerung rufen.«

»Trotzdem, dieses Video ist kein Beweis«, versuchte ich es wieder.

»Beweise lassen sich finden, Mel, glaub mir. Wir müssen nur an so einen obereifrigen Bullen geraten, einen, der sich was beweisen will, und schon sind wir geliefert!«

So hatte ich Claas noch nie erlebt. Bisher war er immer derjenige, der die Nerven behalten hatte und klare Gedanken fasste.

»Weißt du, was ich mich frage?«, sagte er nachdenklich. »Ob es jemand von uns ist.«

Die Idee war mir zwar auch schon gekommen, aber ich hatte sie wieder verworfen. Was sollte einer von uns mit diesem Spiel bezwecken?

Er sah über meine Schulter hinweg zum Eingang. Sein Gesicht hellte sich auf, jedenfalls für einen kurzen Moment. Ich brauchte mich nicht umzudrehen. Ich ahnte, wer sich den Weg an unseren Tisch bahnte.

»Hi«, sagte Tammy knapp, ohne mich länger als eine halbe Sekunde eines Blickes zu würdigen – und setzte sich neben Claas, der für sie ein Stück auf der gepolsterten Bank zur Seite rückte.

Auch sie hatte sich verändert.

Ihrer gesamten Erscheinung fehlte das Strahlen, das sie einst umgeben hatte. Sie sah erschöpft aus, müde, als könnte sie nicht mehr schlafen – so wie ich.

Dabei war sie doch in Kalifornien gewesen.

»Smog in L. A. oder was?«, fragte ich und meinte ihren gesamten Auftritt. Sie sah mich nur feindselig an.

»Kommt Julian nicht?«, fragte ich und drehte mich zur Tür um. Da sah ich ihn hereinkommen. Er war genauso blass wie letztes Mal, als ich ihn an der Kasse hatte stehen sehen.

»Hallo«, sagte er nur und ließ sich auf den Stuhl neben mir sinken, als wäre er fünfzig Kilometer zu Fuß durch den Schnee gelaufen.

Meinem Blick wich er aus.

»Also Leute«, fing Claas an. »Mel meint, wir sollten zahlen. Was meint ihr?«

Tammy hatte nervös mit ihrem iPod gespielt, jetzt ließ sie ihn abrupt auf den Tisch fallen. »Spinnt ihr?«, brauste sie auf. »Man weiß doch, wie so was läuft! Erpresser fordern immer weiter! Es hört nie, nie, niemals auf!«

Die Jungs am Nebentisch sahen zu uns herüber, weil Tammy den allgemeinen Geräuschpegel übertönt hatte.

»Tammy«, sagte Julian, »langsam, noch ist ja nichts entschieden.« Julian fuhr sich durch das glanzlose Haar. »Wie sollen wir denn das Geld übergeben?« Seine Stimme klang irgendwie hoffnungslos, als hätte er sich damit abgefunden, sein Leben lang diese Schuld mit sich herumtragen und dafür zahlen zu müssen.

»Ja, genau, wie sollen wir ihm das Geld zahlen?«, fragte ich jetzt auch.

Julians Blick streifte mich kurz.

»Ich bin sicher«, Claas schien sich wieder gefangen zu haben, »dass der Typ nicht vergessen wird, uns das mitzuteilen!«

Wir saßen eine Weile so da, schwiegen uns an und beobachteten abwesend das Treiben um uns herum. Wir hatten geglaubt, wir kämen davon. Und jetzt...

»Das Video beweist nichts«, sagte Julian auf einmal und senkte sein Kinn wieder in den Kragen seiner Daunenjacke, die er trotz der Wärme im Café angelassen hatte.

»Vor Gericht darf so was nicht verwendet werden, das weiß doch jeder«, warf ich ein.

»Ja, aber sie könnten die Höhle genauer untersuchen,

nach Fasern und so etwas«, meinte Claas und fügte hinzu: »Vorausgesetzt, sie finden die Höhle.«

»Der Typ blufft«, sagte Julian mit geschlossenen Augen, als würde er mit sich selbst reden, »und wenn wir zahlen, weiß er, dass wir etwas mit der Sache zu tun haben.«

»Und was sollen wir dann deiner Meinung nach tun?« Claas sah ihn stirnrunzelnd an. Julian öffnete die Augen, er zuckte mit den Schultern. »Wir ignorieren die Mail einfach.«

»Ab in den Papierkorb oder wie?«, sagte ich.

Julian nickte und dabei sah er mich das erste Mal richtig an.

Wir hätten auf ihn hören sollen. Aber wir hatten nicht die Nerven dazu.

28

Schon zwei Tage später traf ich Claas wieder.

»Julian hat mir gesagt, dass Vincent mit uns reden will. Er hat die Wagners angerufen«, sagte er leise auf der Rolltreppe zum U-Bahnsteig, als könnte uns jemand belauschen.

»Wieso will er ausgerechnet mit uns reden?«

»Was weiß ich!«, schrie er mich an. Eine Frau mit Kind an der Hand drehte sich zu uns um.

»Sorry.«

»Nein, Mel...« Er hatte etwas Gehetztes, Verzweifeltes an sich. Von seiner früheren lässigen Überlegenheit war nichts mehr zu spüren. »Ich... ich weiß gerade auch nicht weiter!«

Wir schwiegen einen Moment.

»Julians Eltern meinten, es sei doch wohl völlig verständlich, dass Vincent hofft, wir wüssten etwas. Bestimmt glaubt er, dass sein Sohn uns irgendwas erzählt hat. Weil er ja ab und zu am Haus zu tun hatte.«

»Was erzählt?«

»Na ja, keine Ahnung, vielleicht, von Freundinnen

oder Reiseplänen. Überleg doch mal, wenn du einen Sohn hättest, der plötzlich verschwindet, würdest du doch auch alle möglichen Leute fragen, ob sie irgendwas wissen, oder?«

Ich schluckte, ich wollte mir das lieber gar nicht so genau vorstellen. »Und was hat Julian gesagt, als seine Eltern ihm von Vincents Anruf erzählt haben?«

»Wir hätten nicht viel mit ihm zu tun gehabt, aber ihm sei aufgefallen, dass Patrick von diesem Schriftsteller angefangen habe, dem vorher die Villa gehört hat. Julian hätte gar keine Ahnung von der Geschichte der Villa gehabt, er aber schon. Und Patrick war fasziniert davon, dass Herny Paige so plötzlich spurlos verschwunden ist, und gemeint, bestimmt wäre er untergetaucht und hätte woanders ein neues Leben angefangen.«

Ich wunderte mich über Julians Improvisierkunst. »So ein Quatsch! Und das haben sie geglaubt?«

»Warum sollten sie das nicht, Mel?«

Ich schüttelte den Kopf. In dieser Sache konnte ich schon lange nicht mehr klar denken, geschweige denn unterscheiden, was glaubwürdig und was völlig weit hergeholt klang.

»Warum erzählt Julian so was? Warum noch mehr Lügen?«

»Aber Mel, denk doch mal nach!« Er lächelte wieder auf seine überlegene, spöttische Art. »Die Aufmerksamkeit wird doch dadurch in eine andere Richtung gelenkt. Er denkt, sein Sohn will es Henry Paige nachmachen.«

»Claas, mal echt jetzt, wer glaubt denn so einen Scheiß?«, rief ich aufgebracht. »Auffälliger geht es ja wohl nicht, und nur weil Vincent Gärtner ist, ist er doch nicht blöd!«

»Julian musste irgendwie reagieren und ich finde, so schlecht hat er das nicht gemacht.«

»Du machst dir doch nur selbst was vor, damit du nicht vollends die Nerven verlierst. Wenn du nämlich klar denken könntest, dann...«

»Jetzt mach mal halblang, Mel, die Sache ist verdammt ernst und Julian hat das Beste aus der Situation gemacht!«

Ich gab auf, es war sowieso zu spät. »Hoffentlich weiß auch Tammy Bescheid.«

Claas nickte. »Alles schon erledigt. Also, falls der Gärtner doch aus irgendwelchen Gründen...«

»Was für Gründe meinst du?«

»Langsam, Mel, falls er also vielleicht dich oder deine Eltern...«

»Wieso sollte er meine Eltern anrufen!« Ich schrie fast.

»Nicht so laut, verdammt noch mal! Es ist unwahrscheinlich, sehr unwahrscheinlich, ich wollte dir nur sagen, bleib einfach bei der Version, okay?« Die letzten Worte rief er schon im Laufen, denn seine U-Bahn fuhr gerade ein.

Ich habe ihm nachgestarrt, und als er mir dann noch aus der fahrenden U-Bahn zuwinkte, hätte ich am liebsten laut aufgeschrien. Ich war sicher, ganz sicher, Vincent ahnte etwas. Und wenn er jetzt zur Polizei gehen und ihnen diese idiotische Henry-Paige-Geschichte erzählen würde? Yannis war vielleicht eingebildet und eitel, aber dumm war er nicht. Er würde sofort an uns denken.

In der Nacht schlief ich so gut wie überhaupt nicht. Ich nahm aber auch keine Schlaftabletten, weil ich Angst hatte, sonst völlig die Kontrolle zu verlieren.

Danach hatte ich mich wieder besser im Griff, denn letztendlich war doch eines klar: Selbst wenn Vincent doch zur Polizei gehen sollte – falls er es wirklich tun würde –, ein Jugendlicher mit der Idee, einfach abzuhauen, war ja nichts Außergewöhnliches.

Trotzdem blieb die Angst. Sie war bei mir, die ganze Zeit. Kennst du das, wenn dir die Angst wie etwas ganz Schweres im Magen liegt, dir im Nacken sitzt, dich niederdrückt?

Meine Eltern und ich aßen meistens abends zusammen. Obwohl meine Mutter viel im Laden arbeitete – sie erledigte alle Bestellungen, eine immense Arbeit, weil wir immer wieder neue Produkte im Angebot hatten, mal einen Wein von einem besonderen Weingut in der Toskana oder einen ewig lang gereiften Ziegenkäse aus Andalusien –, kochte sie. Früher hatte ich ihr manchmal dabei geholfen und dann über vieles geredet. Nur über Jungs konnte man mit ihr nicht sprechen. Aber nach Frankreich und nach dieser Mail vermied ich es, mich mit ihr allein in der Küche aufzuhalten. Dann hätte sie mich garantiert gelöchert, warum ich so verschlossen sei. Ob mich irgendwas bedrückte. Ehrlich – ich war schon mehrmals nahe dran gewesen, ihr alles zu erzählen. Aber dann machte ich mir klar, dass das eine kindliche Sehnsucht war: Du gehst zu deiner Mama und die versteht dich und holt dich aus dem Schlamassel raus.

Auch die Abendessen zu Hause umging ich, gab vor,

fürs Abi lernen zu müssen, und nahm mir – gegen den Protest meiner Eltern – das Essen mit in mein Zimmer.

Dass ich mich keiner Freundin anvertrauen konnte, sagte ich ja schon. Ich wollte ja nicht noch jemanden in unser schreckliches Geheimnis reinreißen! Ich zog mich zurück, wusste nicht mehr, worüber ich reden sollte, denn das, was mich wirklich bewegte, musste ich ja für mich behalten. Ein Glück, dass Claas auf eine andere Schule ging als ich, sonst hätten sie sicher alle über uns gelästert und sich gewundert, warum wir uns noch nicht mal mehr ansahen.

In der Schule fragten mich zwei Lehrer, ob ich Probleme zu Hause habe, und rieten mir zu einem Termin mit dem Schulpsychologen. Natürlich sagte ich Nein.

Ich dachte an nichts anderes mehr als an die Höhle, an das blutige Gesicht, an den Moment, als wir den toten Körper in die Felsspalte rollten.

Und es sollte noch schlimmer kommen: Claas rief mich eines Tages aufgeregt an und fragte, ob ich schon meine Mails gecheckt hätte.

Ich musste schlucken. Nicht schon wieder eine Horrormeldung. Mit einem mulmigen Gefühl öffnete ich meine Mails. Fett und breit stand da: *Deponiert das Geld in der Villa, am Karfreitag.*

»Wir sollen noch mal dorthin fahren?«, fragte ich Claas entsetzt.

»Wir treffen uns in einer Stunde im Starbucks.« Er legte auf.

Diesmal kam ich als Letzte. Die drei saßen da, als hätten sie gerade ihren Haftbefehl ausgehändigt bekommen.

Es stellte sich heraus, dass wir alle die gleiche Mail bekommen hatten. *Deponiert das Geld in der Villa, am Karfreitag.*

»Das ist doch eine Falle, oder? Ich mach da nicht mit«, sagte Julian.

»Also ich fahr da bestimmt nicht noch mal hin«, sagte Tammy und krallte ihre Finger so fest um den Becher, dass die Knöchel weiß wurden.

Ich war derselben Meinung.

Claas schob die Brille hoch. »Also Leute, ich möchte da auch nicht wieder hin, aber euch ist schon klar, was auf dem Spiel steht, oder? Wenn uns der Typ verpfeift, landen wir im Knast. So hab ich meine Zukunft nicht geplant. Ihr etwa?«

»Scheiße!« Julian fuhr sich mit beiden Händen übers Gesicht, er sah noch ausgelaugter aus als beim letzten Treffen. »Warum ist das nur passiert? Warum konnten wir nicht…«

»Hör auf!«, unterbrach ihn Claas grob. »Rumjammern nutzt nichts! Wir müssen was tun!«

Julian sank in sich zusammen. Was hatte dieser Sommer nur aus uns gemacht? Sonst war Julian doch von den beiden immer der Stärkere gewesen. Ich bin ganz sicher – in Claas' Augen hab ich ein Aufblitzen von Triumph bemerkt.

Niemand sagte etwas, bis Claas wieder anfing: »Tammy will Schauspielerin und Model werden. Ihre beste Zeit sitzt sie im Knast ab. Du, Julian, willst dich noch nicht mit diesem Abschaum abgeben, oder? Stell dir mal vor, mit asozialen Wichsern in einer Zelle zu hocken. Würde dir sicher nicht gefallen. Und Mel – deine hochkarätige Dolmetscherkarriere ist im Arsch. Und ich will nach Oxford – nicht in den Knast. Wir kriegen das geregelt. Wir fahren hin und schnappen uns das Arschloch.«

Warum wir alle Ja gesagt haben?

Frag mich was Leichteres.

Diesmal hatten wir einen Plan, so schien es. Wir waren alle wütend auf diesen Unbekannten und wir waren entschlossen, unsere Zukunft nicht so einfach aufzugeben.

Im März vor dem Abi sind wir also wieder nach Les Colonnes gefahren.

Unseren Eltern sagten wir, wir wollten über Ostern gemeinsam fürs Abi lernen – Tammy hatte zwar noch ein Jahr Zeit, würde aber mitkommen.

Julian war vergangenen Monat achtzehn geworden und hatte einen 1er-BMW bekommen. Mit dem fuhren wir los.

Die Fahrt dehnte sich endlos. Nicht nur, weil es hinten drin eng war und ich die ganzen neun Stunden Fahrt eingepfercht hinten saß, sondern auch, weil wir ständig laut darüber nachdachten, was uns in Les Colonnes wohl erwarten würde.

Selbst wenn wir eine kurze Pause machten, fing einer von uns garantiert mit der Frage an, wer wohl ins Haus kommen und uns das Geld abnehmen würde.

»Und wenn es Henry Paige persönlich ist?«, meinte

Claas. Wir hatten gerade in der Nähe von Mailand zum Tanken angehalten und waren durch den Nieselregen zu den Toiletten und wieder zurückgelaufen.

Julian drehte sich um, bevor er den Motor wieder anließ. »Das ist doch totaler Bullshit, Claas! Was redest du für eine Scheiße?«

Wir erreichten Les Colonnes gegen halb zwölf mittags.

Du erinnerst dich doch, was ich am Anfang gesagt habe? Es rieche nach Zitronen, der Himmel und das Meer seien von einem strahlenden Blau?

Das war im August.

Der Ort hatte sich vollkommen verändert.

Als wären achtzig Prozent der Bevölkerung von der Pest oder einer anderen Epidemie hingerafft worden, waren viele der Läden und Cafés geschlossen, und zwar seit Monaten schon. Vor den Klappläden hatten sich Laub und Müll gesammelt.

Kaum jemand war auf der Straße unterwegs, der Verkehr war vernachlässigbar und Touristen sah man überhaupt keine mehr.

»Halt mal da drüben!« Claas, der neben mir saß, klopfte Julian auf die Schulter. »Ich will noch Zigarettenpapier kaufen.«

Während wir im Auto am Bordstein darauf warteten, dass er wieder aus dem Laden käme, der übrigens nur zwei Häuser neben dem lag, in dem ich die Tarot-Karten gekauft hatte, fragte Julian: »Findet ihr Claas nicht auch irgendwie anders?«

Tammy sah von ihren lackierten Nägeln auf, die sie sich gerade feilte. »Wieso? Er hat die Nerven behalten.

Und er hat recht. Ich will nicht in den Knast. Um keinen Preis.«

Nachdenklich sah Julian aus dem Fenster zum Laden und kniff die Augen zusammen. »Im Grunde hat *er* ihn getötet. *Er* hat ihm den Dolch reingerammt.«

Ich schluckte. »Du vergisst, dass er danach noch lebte und wir alle ...«

»Ich wollte ihn retten«, unterbrach mich Tammy.

»Hören wir doch auf«, sagte ich, »wir haben es alle zusammen gemacht.«

Julian trommelte mit den Fingern aufs Lenkrad. »Er spielt sich ziemlich auf.«

»Er versucht uns wenigstens heil durch die Sache durchzubringen.« Ich ärgerte mich über Julian.

»Melody hat recht«, stimmte Tammy mir überraschenderweise zu. Im Rückspiegel ihrer heruntergelassenen Sonnenblende bedachte sie mich sogar mit einem nicht ganz unfreundlichen Blick.

Claas riss die Autotür auf. »So, für ein paar Joints wäre schon mal gesorgt.«

Julian startete den Motor, da sah ich den Polizeiwagen auf uns zukommen.

Mein Herz stockte.

»Einfach cool bleiben, Leute«, sagte Julian, »wir wollen zusammen fürs Abi lernen.«

Da hielt der Wagen schon neben uns, Yannis ließ die Scheibe herunter. *»Bonjour!«* Er nickte uns zu. »So schnell wieder hier? Unser Dörfchen gefällt Ihnen, ja?«

»Oui, Les Colonnes est très joli«, sagte Julian und Tammy lächelte gezwungen. Yannis' Blick wanderte

über unsere Gesichter und blieb an meinem haften. Ich setzte ein unverbindliches Lächeln auf und verdrängte die Erinnerung an sein eindeutiges Angebot, mir noch andere Clubs in der Gegend zeigen zu können.

»Jaja«, pflichtete Claas Julian bei, »aber es hat sich ja zum Glück noch nicht bei den Touristen herumgesprochen.« Er zeigte nach draußen in die leeren Straßen, die geschlossenen Läden.

»*C'est hors de saison!* Es ist keine Saison«, erwiderte Yannis mit einem leichten Schulterzucken.

»Und ist in Ihrem schönen Örtchen etwas Neues passiert?«, versuchte ich unauffällig das Gespräch zu lenken.

Yannis' Blick bekam wieder dieses Diabolische. »Was soll denn passiert sein?«

In dem Augenblick war ich sicher, er hatte uns die Mails geschrieben.

»Ein Banküberfall vielleicht?«, spaßte ich.

»Nein«, er lächelte etwas gezwungen, »nur ein paar Todesfälle.«

Ich spürte förmlich, wie uns allen der Atem stockte. Sie haben die Leiche gefunden – ich wusste es.

»Tja, das bleibt nicht aus«, sagte Claas in lockerem Konversationston, »*c'est la vie, n'est-ce pas?*«

»Ja, der Tod gehört zum Leben dazu«, sagte Yannis, auf einmal wieder fast locker und freundlich. »Wie lange bleiben Sie?«

»Leider nur ein paar Tage«, antwortete Julian.

»Das hat schon so manch einer gesagt«, erwiderte Yannis, »und ist dann für den Rest seines Lebens hier hängen geblieben.«

Bevor ich noch über diese möglicherweise zweideutige Bemerkung nachdenken konnte, sagte Claas lachend: »Wollen Sie mit uns wetten?«

»*Mais non!*« Yannis lachte. »Aber nein! Ich bin schließlich Polizist, Sie wissen schon, Glücksspiel und Wetten und so sind für unsereins tabu!«

Ich konnte Yannis nicht einschätzen: Spielte er mit uns? Wusste er mehr? Ahnte er etwas? Steckte er selbst hinter der Erpressung?

»Übrigens«, sagte Yannis jetzt wieder ernsthafter. »Der Sohn von Vincent, eurem Gärtner, ist verschwunden.« Und er fügte nach einer kurzen Pause hinzu: »Genau in der Zeit, als ihr da gewesen seid.«

»Als wir abgereist sind«, berichtigte Claas und Yannis' Blick heftete sich auf ihn.

»Ach, ja, richtig«, erwiderte Yannis und zog seine Antwort fast genüsslich in die Länge, »ihr scheint es ja genau zu wissen.«

Julian war nur einen Moment irritiert, fasste sich aber zum Glück rasch. »Vincent hat es meinen Eltern erzählt.«

Yannis musterte ihn. Ich wusste nicht, ob es ihm einfach Spaß machte, uns wie Laborratten zu beäugen: Er schmeißt uns ein paar Köder hin und beobachtet, was die Ratten tun.

»Ich hätte euch noch gern ein paar Fragen gestellt, aber da wart ihr leider schon weg.«

Irrte ich mich oder musterte er uns jetzt wieder argwöhnisch? Hatte ich vor einem Dreivierteljahr noch gedacht, er würde uns mögen, vor allem Tammy und mich, wurde ich jetzt das Gefühl nicht los, dass er uns verdächtigte, irgendwie mit Patricks Verschwinden zu tun zu haben.

Und mein Bauchgefühl sagte mir, dass wir aufgeschmissen waren.

Aber dann redete ich mir ein, dass sie die Leiche nicht gefunden haben. Yannis hätte uns diese Nachricht sicherlich genüsslich auf die Nase gebunden. Die Sekunden dehnten sich.

Yannis sah noch immer durchs Seitenfenster zu uns herüber und Julian machte keine Anstalten, endlich loszufahren.

»Tja«, sagte Claas nun in seinem gewohnt überheblichen Tonfall, »ich weiß nicht, was Sie wissen wollten, denn wir hatten nichts weiter mit ihm zu tun, oder?« Damit richtete er die Frage an uns. Wir nickten. »Er war ja nur zweimal oben in der Villa, einmal mit Vincent und ein anderes Mal hat er netterweise den Glaser überwacht«, sagte Tammy und Julian ergänzte: »Wir haben ihm noch Extra-Trinkgeld gegeben... und das war's.«

Yannis' Blick glitt von Tammy zu Julian. »Bisher ist er jedenfalls nicht wieder aufgetaucht.«

Sie haben die Leiche tatsächlich nicht gefunden!, triumphierte ich insgeheim und versuchte mir nichts anmerken zu lassen.

»Vielleicht ist es ihm hier einfach langweilig geworden?«, warf Claas ein und lachte. »Nichts gegen Ihren Ort hier, aber für Kinder ist es doch ziemlich langweilig. Und wenn sie dann siebzehn oder achtzehn werden, wollen sie weg, die große weite Welt sehen, oder, *Monsieur Le Commissaire?*« Commissaire? War Yannis befördert worden? Oder wollte Claas ihm damit zu verstehen geben, dass er nur ein kleiner Streifenpolizist war, der auf ewig in der Provinz festsaß?

Yannis bedachte Claas mit einem vernichtenden Blick.

»Aber wenn wir Ihnen irgendwie weiterhelfen können«, sagte Claas übertrieben höflich, »dann tun wir das sehr gern, oder Leute?«

Wir nickten gezwungen.

Endlich machte Yannis Anstalten, uns weiterfahren zu lassen. Wir verabschiedeten uns höflich und ich atmete auf.

»Was sollte das eigentlich?«, fragte Tammy und warf einen wütenden Blick nach hinten zu Claas.

»Na, überleg doch mal! Wenn wir stocksteif und stumm im Auto gesessen hätten, hätte er doch sofort gecheckt, dass wir nervös sind!«

»Aber das mit dem Commissaire hättest du dir sparen können«, sagte ich, »damit hast du wahrscheinlich seinen wunden Punkt getroffen!«

»Ach, na und! Dieser Flic ist doch einfach lächerlich mit seinem weißen Gürtel und der strammen Jacke! Und er bildet sich noch was drauf ein!«

Keiner erwiderte etwas, ich glaube, wir alle wollten so schnell wie möglich zur Villa, die Angelegenheit hinter uns bringen und dann wieder nach Hause fahren, um endgültig zu vergessen.

29

Nicht nur der Ort hatte sich verändert, auch die Landschaft.

Wochenlanger Regen hatte die Erde aufgeweicht. Laub, Blüten und Piniennadeln moderten vor sich hin und hinterließen dabei den süßlichen Geruch nach Verwesung. Auf der Fahrt über die gewundene Straße hinauf in die Hügel blitzte das Meer metallisch blau herauf und der Himmel war so hell, ja fast weiß, als gäbe es ihn nicht mehr, als sei an seine Stelle eine große Leere getreten.

Julian steuerte den BMW in die Garage der Villa. Ich versuchte mir vorzustellen, wir wären das erste Mal zusammen hier und wollten ein paar Tage abhängen. Ich stellte mir vor, dass wir zusammen zum Strand hinunterfahren, dass wir Späße machen und lachen würden, dass ich mich nur für Claas interessierte, nicht für Julian. Und ja – Yannis gab es in meiner Vorstellung natürlich auch nicht.

Seltsam war, dass ich mich plötzlich den anderen so verbunden fühlte. Im Starbucks waren sie mir alle wie Fremde vorgekommen.

Sobald wir aus der Garage traten, wurden wir brutal an die Fakten erinnert: Vincent kümmerte sich nicht mehr um Haus und Garten, jedenfalls längst nicht mehr mit solchem Engagement wie früher. Julian und Tammy hatten erzählt, dass er nun häufig krank war und die körperliche Arbeit nicht mehr schaffte, seitdem sein Sohn verschwunden war. Und bisher hatten seine Eltern noch keinen Ersatz gefunden.

Das war deutlich zu sehen: Die Gartentür hing schief in den Angeln, das Garagentor klemmte beim Herunterlassen. Rost hatte sich in den Zargen abgesetzt, wenn man nichts dagegen tun würde, würde er sich bald eingefressen haben.

Das Haus machte einen verwahrlosten Eindruck, die Farbe blätterte von den Holzrahmen der Fenster und Türen, der Putz der Fassade warf von der Feuchtigkeit Blasen, es würde nicht mehr lange dauern und die Scheiben würden blind werden und auf dem Ziegeldach würde Moos wachsen.

Schweigend durchquerten wir den Garten, folgten Tammy und Julian ins Haus. Der Geruch nach Staub und alten Möbeln, nach lange nicht benutzten Wasserabflüssen in Küche und Badezimmern schlug uns entgegen. Man müsste alle Fenster aufreißen und mit einem dieser Zitrusduft-Putzmittel durchwischen, um den unangenehmen, abgestandenen Gestank zu vertreiben.

Die Espressokanne stand auf dem Herd, die wir damals am letzten Morgen benutzt hatten. Selbst die Kaffeespritzer waren noch neben den Feuerstellen zu erkennen. Wenigstens haben wir unsere Tassen abgespült, dachte ich. Sonst hätte ich das Gefühl gehabt, gar nicht weg gewesen zu sein. Warum können wir nicht die Zeit zurückdrehen, fragte ich mich, bis zu dieser Nacht, in der es geschah?

Wir hätten stattdessen ins La Porte gehen und dort Claas' Geburtstag feiern können und nicht in der Höhle. Und falls doch in der Höhle, dann ohne Absinth und ohne die Karten und ohne all die Kelche und Dolche aus der Truhe.

Dann wäre doch alles anders gekommen, oder? Dann hätten wir Vincents Sohn einen Wodka angeboten oder vielleicht hätten wir ihn auch mit Alkohol abgefüllt und uns einen Spaß daraus gemacht, uns vorzustellen, wie er am Morgen inmitten der Marmeladengläser mit den Katzenembryonen aufwacht. Es wäre immerhin ein harmloser Spaß gewesen. Und er wäre jetzt noch am Leben.

Julian schob die Terrassentür auf. Sofort drang die feuchte, nach Moder riechende Luft herein, als müsse sie uns ständig an unsere Tat erinnern. Wir bewegten uns schweigend, ja, schattenhaft durch das Haus, als wären so unsere Anwesenheit und unser Plan weniger real.

Wie blau und glitzernd mir der Pool im Sommer erschienen war. Ich erinnerte mich, wie Julian und ich in dieser einen Nacht im bronzefarbenen Wasser geschwommen waren.

Jetzt war das Wasser des Pools giftgrün von Algen. Die verblühten Zweige der Oleanderbüsche waren nicht geschnitten, auf den Terracottafliesen lagen Haufen modernder Piniennadeln, aus den Fugen spross das Unkraut. Ich kniete mich auf den Boden und beobachtete, wie eine Kolonne großer schwarzer Ameisen einen toten Käfer quer über die Terrasse transportierte.

Ein Platschen. Ich zuckte zusammen. Von der ersten Stufe des Pools war gerade ein Frosch in die Algenbrühe gesprungen.

Vielleicht ist es ja auch nichts Außergewöhnliches, vielleicht hatte es hier all die Jahre immer so ausgesehen – bevor Vincent und er heraufkamen und alles für den Sommer und die Wagners herrichteten, sagte ich mir. Und doch wurde ich das Gefühl nicht los, dass der heruntergekommene Zustand des Hauses mit uns zu tun hatte. Den einstmals schönen Ort, in dem es Ordnung gab, hatten wir zerstört. Jetzt wuchs alles regellos und es herrschte Tod anstatt Leben.

Wir setzten uns schweigend im Wohnzimmer auf die Couch und warteten auf eine weitere Nachricht. Unser Plan war: Wenn doch die Polizei hinter den Mails steckte – was zwar ziemlich unwahrscheinlich erschien –, würden wir erzählen, dass uns jemand Droh-Mails geschickt hatte und wir ihn uns schnappen und der Polizei ausliefern wollten. Und dass wir nicht die geringste Ahnung hätten, worauf die erpresserischen Nachrichten anspielten.

Natürlich würde die Polizei dann erst recht anfangen, Fragen zu stellen. Wieso kommt jemand dazu, euch solche Mails zu schicken? Was soll der Magier bedeuten? Warum habt ihr euch nicht sofort bei uns gemeldet?

Aber – ganz nüchtern und vernünftig betrachtet – konnte es die Polizei nicht sein. Sie hatten ja keinerlei

327

Beweise, ja, es war ja offenbar noch nicht mal eine Leiche aufgetaucht.

Und die Wagners hätten sicher von Vincent erfahren, wenn man sie gefunden hätte.

Die Zeit schleppte sich dahin.

Claas hatte im Sessel die Beine übereinandergeschlagen und wippte. Tammy polierte ihre Fingernägel und ich wusste nicht, ob ich den Moment herbeisehnen sollte, dass endlich jemand kam oder wenigstens eine Nachricht eintraf, damit wir die Sache hinter uns bekamen.

Julian hantierte in der Küche, und erst als er ein langes Steakmesser aus der Schublade zog, gleich darauf noch drei weitere und er die Klingen auf ihre Schärfe hin überprüfte, ahnte ich etwas.

»Die willst du doch nicht etwa...«, ich zeigte auf die Messer, »... benutzen?«

»Was denkst du denn? Dass ich ein Mörder bin?« Die Art, wie er lachte, machte mir Angst. »*Ich* hab ihm schließlich nicht den Dolch in die Brust gerammt«, fügte er hinzu.

»Das spielt doch jetzt keine Rolle«, sagte ich, auch wenn ich genau das Gegenteil empfand: Ja, so war es – ohne Claas' Angriff wäre es vielleicht nie so weit gekommen.

Claas beobachtete uns. »Ach, so denkst du in Wahrheit darüber!«

»Julian hat es nicht so gemeint«, versuchte ich zu beschwichtigen.

»Mel«, sagte Julian, den Blick nicht auf mich – sondern auf Claas gerichtet, »du musst mich nicht in Schutz nehmen. Claas weiß, dass ich es genauso gemeint habe.«

»Wir waren uns doch einig, Julian«, sagte Claas mit einem unsicheren Grinsen, »wir haben es zusammen getan.«

Niemand widersprach, aber Julians Anklage stand trotzdem groß und bedrohlich im Raum. Und ich spürte, dass es nur einen Funken brauchte, um die geladene Atmosphäre zum Explodieren zu bringen.

Irgendwann stand Julian auf und holte die Packung Red Bull und den Wodka aus dem Kofferraum. Wir fanden, dass ein bisschen Aufputschen genau das richtige war für das, was uns womöglich erwartete.

»Ich stelle mir dauernd Henry Paige vor.« Tammy stand an der Terrassentür und sah hinaus. »Ein alter Freak, du weißt doch, Julian«, sie drehte sich zu ihm um, »so einer, wie sie in Bangkok rumlaufen, Aussteiger. Der muss doch mindestens fünfundsiebzig sein.«

»Henry Paige ist mausetot«, meinte Claas.

Julian hatte sein Handy draußen auf einem Stuhl an der Ecke des Pools deponiert, denn dort gab es Empfang. Wir würden es hören.

»Wir müssen abwarten«, sagte Julian schulterzuckend, »oder hat jemand einen besseren Vorschlag?«

»Er wird sich schon melden.« Claas rauchte und sah den aufsteigenden Ringen nach.

»Warum hat er uns nicht gleich in die Höhle bestellt?«, grübelte ich.

»Weil unser Erpresser wahrscheinlich genauso wenig daran interessiert ist, dass ihn die Polizei entdeckt, wie wir – der will einfach nur sein Geld und keinen Ärger«, meinte Claas und es klang logisch.

»Ob er wirklich immer noch so versteckt in der Felsspalte liegt?«, fragte Tammy auf einmal.

»Daran muss ich auch schon die ganze Zeit denken«, gab ich zu. »Am liebsten würde ich hin und nachsehen.«

»Und wenn uns jemand dabei beobachtet?«, fuhr Julian auf und goss sich Wodka nach. »Der Täter kehrt immer an den Tatort zurück, heißt es doch.«

»Wir sind ja schon da«, bemerkte ich, »hier, in der Villa.«

Niemand erwiderte etwas darauf.

Wie sehr hatte sich alles verändert. Und ich meine damit auch unsere Gefühle.

Wir konnten uns nicht in die Augen sehen. Jedes Mal, wenn mein Blick den von Julian oder Claas traf, wichen sie ihm aus. Und als ich plötzlich einmal aufblickte, entging mir nicht, dass Julian hastig den Kopf abwendete.

Jetzt erschien mir die Szene im Pool mit ihm bloß noch wie eine kitschige, romantische Fantasie.

Und auch zwischen Julian und Tammy war diese Mauer. Kein einziges Mal mehr legte er seinen Arm um sie, die unbeschwerte Vertrautheit zwischen den beiden war weg. So wie Julian mich ansah, bevor er den Blick abwandte, war ich sicher, dass er mir die Schuld daran gab.

Und es *war* doch auch meine Schuld. Ich habe es ihm und Tammy auf den Kopf hin zu gesagt. Nur, weil ich eifersüchtig gewesen war.

Ich konnte mir nicht mehr erklären, wieso ich so sehr

von ihm fasziniert gewesen war. Wenn ich Julian ansah, empfand ich nichts mehr. Kein Verlangen nach Nähe, keine Besessenheit löste sein Aussehen in mir aus.

Ich hoffte wirklich, ich würde nur noch die Sache hinter mich bringen, damit ich endlich alles vergessen könnte.

Was natürlich vollkommen naiv war.

Die Zeit schleppte sich dahin, während wir bald bei jedem noch so leisen Geräusch erschraken. Bei einem Auto, das die Straße heraufkam, beim plötzlichen Gluckern der Wasserleitung, beim Anspringen des Kühlschranks.

30

Julian ging in der Küche auf und ab und prüfte zum wiederholten Mal die Küchenmesser.

Tammys Blick folgte einer Ameise, die im Zickzack über den Boden lief.

Wir rauchten, tranken Red Bull mit Wodka. Nicht nur ich wurde immer nervöser und wütender, weil uns der Typ so lange hinhielt.

Aus zehn Minuten wurden fünfzehn, dann zwanzig. Ich musste aufhören, auf meine Armbanduhr zu starren.

Mitten in die Stille hinein fragte uns Claas: »Habt ihr eigentlich schon mal überlegt, ob es einer von uns sein könnte?«

Er schaffte es, uns allen die Sprache zu verschlagen, was er offensichtlich genoss.

»Du verdächtigst einen von uns?« Julian, der ihm gegenübersaß, fand zuerst die Worte wieder. Wir drei starrten Claas an.

»Habt ihr euch das nie gefragt?«, redete er weiter und spielte mit der Dose in seiner Hand. »Kommt, seid doch mal ehrlich! Ich wette, jeder von euch hat sich das schon überlegt. Ist doch ganz normal.« Er wollte gerade wieder sein überhebliches Grinsen aufsetzen, als Tammy ganz plötzlich aufsprang und ihm eine klebte. *Klatsch* – mitten ins Gesicht.

Er war perplex. Nicht nur er. Sein Grinsen blieb ihm im Gesicht hängen und auf seiner Wange wurde der Abdruck von Tammys Hand erst weiß, dann rot.

»Hey, spinnst du?!«, brachte er dann doch heraus und tastete nach seiner Brille, die Tammys Angriff überstanden hatte.

Am liebsten hätte ich Tammy gratuliert. Auch weil sie nun sagte: »Du bist so ein mieses Arschloch, Claas!« Hastig verließ sie das Wohnzimmer.

Claas hielt sich immer noch die Wange, aber er grinste schon wieder. »Ich mag leidenschaftliche Frauen, du doch auch Julian, oder?«

Mit einem Satz war Julian auf den Füßen, riss Claas vom Sofa hoch und verpasste ihm einen Schlag in den Magen und setzte mit einem Haken ins Gesicht nach. Claas schrie auf, schnappte nach Luft, krümmte sich und sank stöhnend vor Julian auf die Knie. Seine Nase blutete. Doch Julian holte bereits zum nächsten Schlag aus.

Ich war vor Schreck erstarrt und plötzlich hatte ich wieder die Höhle vor Augen, wie wir Patrick Brissart zu Tode prügelten. Nicht noch einmal!, hämmerte es in meinem Kopf, nicht noch einmal! Ich warf mich auf Julian und hielt seinen Arm fest. »Hör auf damit! Julian! Aufhören!«

Er schubste mich mit einer Bewegung von sich, sodass ich aufs Sofa geschleudert wurde, packte den am Boden liegenden Claas am Kragen, zog ihn zu sich heran und zischte ihm ins Gesicht: »Ich mach dich fertig, du kleiner Schmarotzer!«

»Julian, der Held, den die Frauen lieben, was?«, japste Claas. Was war nur in ihn gefahren, warum konnte er es immer noch nicht lassen? Aus seiner Nase lief das Blut, besudelte sein Hemd und spritzte auf die Fliesen.

»Hört auf!«, schrie ich und griff nach Julians Arm. »Hört endlich auf! Tammy? Tammy!«

»Julian! Stop it!«, rief sie und Julian ließ tatsächlich von Claas ab, der nun rücklings auf den Steinboden knallte.

Nein, nicht noch einmal! »Claas!« All das Blut auf seinem Gesicht, sein stoßweiser Atem. »Claas!«

Als ich aufsah, hatte Julian den Arm um Tammy gelegt, er hielt sie fest, sehr fest – so wie im letzten Sommer, und Tammy drückte ihren Kopf an seine Brust... und weinte. Ich wandte mich ab.

»Tja, Mel, immer noch keine Chance, was?« Claas wischte sich mit dem Ärmel das Blut vom Gesicht. Es war ein Reflex – ich wollte, dass er endlich sein großes Maul hielt – ich scheuerte ihm eine – und musste wohl seine schon malträtierte Nase getroffen haben, denn er jaulte vor Schmerz.

Keuchend lag er am Boden und vielleicht hätten wir ihn tatsächlich zu Tode geprügelt, aufgeputscht wie wir waren. Red Bull, Wodka, unsere Anspannung, das Adrenalin, unsere Angst, unsere aufgestauten Emotionen, die Erschöpfung von der langen Reise. Doch da näherte sich Motorengeräusch und erinnerte uns, weshalb wir hier waren, wir erinnerten uns an unseren gemeinsamen Feind und dass wir jetzt alle zusammenhalten mussten.

»Hey, was ist los?«, ächzte Claas, als Julian ihn wieder auf die Beine zog.

»Merk dir«, zischte Julian und trat dabei ganz nahe an Claas' Gesicht heran, »wenn das die Bullen sein sollten, bist du gerade im Suff gestolpert, klar?«

Selbst in diesem Zustand – seine Nase blutete, seine Augen tränten – konnte Claas sein sarkastisches Grinsen nicht lassen. »Und wenn nicht?«

Julians Mundwinkel zuckten, da sagte Tammy: »Dann bist du geliefert. Wir drei sagen aus, dass du Patrick Brissart erstochen hast.«

Wir warteten auf das Geräusch eines abgestellten Motors, auf Türenschlagen, Schritte und das Klingeln an der Tür. Claas verschwand in der Zwischenzeit im Bad, um sich das Blut abzuwaschen.

War das Auto vorbeigefahren oder hielt es lediglich hinter der Kurve? Kein Türenschlagen, keine Schritte auf dem Kies waren zu hören.

»Kein Auto weit und breit«, verkündete er. Auf das Türklingeln warteten wir vergebens. »Immerhin keine Bullen«, meinte Tammy.

Inzwischen war es Nachmittag geworden. Ich ging hinaus zum Pool und blickte in den blassen Himmel. Ich sagte mir, hinter diesen so undurchdringlich erscheinenden grauweißen Wolkenschichten schien die Sonne und ich müsste nur lange genug warten und der Himmel wäre wieder blau.

Es wurde später und später. Julian ging hinaus und kontrollierte den Handyempfang. Alles war in Ordnung, doch nichts geschah.

Wie viel Uhr es mittlerweile war? Ich weiß es nicht mehr. Ich kam von der Terrasse ins Wohnzimmer zurück und Claas zündete einen Joint an.

»So Leute«, sagte er nach dem ersten Zug. »Es reicht mit dem Warten, findet ihr nicht auch? Ich jedenfalls hab keine Lust mehr.«

»Lust?« Meine Stimme überschlug sich. »Lust? Denkst du, auch einer von uns hat überhaupt jemals Lust zu all dem hier gehabt?«

»Wir sind doch nicht die ganze Strecke hier runtergebrettert, um einfach wieder nach Hause zu fahren!« Julian schüttelte den Kopf. »Kommt nicht infrage. Wir bleiben und erledigen das jetzt, endgültig.«

Claas hockte auf der Couch, sah uns der Reihe nach an und sagte mit einem Kopfschütteln: »Ich glaube nicht, dass er noch kommt.«

»Er will uns auf die Folter spannen, ist doch klar«, sagte Julian und goss sich noch mehr Wodka-Red-Bull ein.

»Aber wie lange sollen wir uns denn noch auf die Folter spannen lassen?«, fragte Tammy.

Claas lächelte sie herablassend an, stand dann langsam auf und füllte auch sein Glas auf. »Was würdet ihr sagen, wenn gar kein Erpresser kommen würde?«

»Wie kommst du da drauf? Meinst du, er hat Schiss gekriegt?« Julian kippte das halb volle Glas in einem hinunter.

»Vielleicht reicht es ihm auch einfach, uns in ein bisschen Angst und Panik zu versetzen.«

»Kannst du mal aufhören, dich so wichtig zu machen!« Tammy funkelte Claas wütend an.

Claas' Lippen umspielte ein Lächeln und fast genüsslich langsam forderte er uns auf: »Also, Leute, sucht euch alle mal einen Platz!«

»Tickst du noch richtig?«, wandte ich ein, »wir sind hier nicht im Kindergarten.«

»Klar, Mel«, er schlug sich mit der flachen Hand vor die Stirn, »hatte bloß manchmal den Eindruck.« Er lachte auf und wurde dann wieder mit einem Schlag ernst. »Ihr erinnert euch doch«, sagte er schließlich, holte tief Luft und zitierte mit Pathos: »*Geht euren eigenen Weg! Liebt, wen ihr lieben wollt! Habt den Mut, euch zu nehmen, was ihr haben wollt! Das Recht liegt bei demjenigen mit dem stärksten Willen! Wer sich unterordnet, ist selbst schuld! Sobald ihr erst einmal die engen Grenzen, in denen man euch erzogen hat, hinter euch gelassen habt, steht euch die ganze Welt mit all ihren Möglichkeiten offen!*«

Er lachte. »Ich hab unsern guten alten Henry Paige in vivo getestet. Und es hat funktioniert. Ich hab euch alle hierher gekriegt. Ich hab meine engen Grenzen gesprengt, es interessiert mich einen Dreck, ob man etwas ›macht‹ – oder nicht. Ich«, er schlug sich mit der Faust auf die Brust, »ich habe beschlossen, die Sache durchzuziehen!«

Lag es am Wodka? Er schien völlig durchzudrehen. Doch die Stille kann ich gar nicht beschreiben. Stell dir ein Loch vor, ein großes helles Loch, das war die Stille, die im Zimmer herrschte.

»Was ist los mit euch?«, fragte Claas noch einmal, »was seid ihr denn so wortkarg?« Er klatschte in die Hände. »Kommt, seht das doch mal ein bisschen sportlich, ihr seid doch Sportler, Tammy und Julian wenigstens.«

Keiner von uns begriff in diesem Moment, worauf er hinauswollte. Erst als er sagte: »Der Magier: Ob Lüge oder Wahrheit – der Magier nutzt alle Möglichkeiten, um sein Ziel zu erreichen. Er kennt kein Gewissen und wandelt auf dem schmalen Grat zwischen schwarzer und weißer Magie ...«, begann ich zu ahnen, wer der Magier in diesem Spiel war.

Was ich fühlte?

Ich hab mich das so oft im Nachhinein gefragt. Fassungslosigkeit? Wut? Hass? Erleichterung war es jedenfalls nicht.

»Kommt schon, was ist los, ich hätte doch ein bisschen mehr Erleichterung erwartet!« Claas goss sich Wodka nach und wanderte mit großen Schritten durchs Wohnzimmer, als gehöre ihm die Villa, nur ihm allein. »Wisst ihr, ich finde, es ist gut, einmal im Leben einer solchen sogenannten Extremsituation ausgesetzt zu werden! Da lernt man sich kennen. Wie man unter Druck reagiert. Ihr solltet mir wenigstens ein bisschen dankbar sein!«

Wieder sagte niemand etwas. »Klatschen könntet ihr wenigstens.«

»Du?«, fing ich mit zittriger Stimme an. Ich klang ganz fremd in meinen Ohren. »*Du* hast die ganze Sache inszeniert? Die Mails? Das Video?«

Ich musste etwas missverstanden haben, oder?

Claas schüttelte amüsiert den Kopf. »Da haben dir deine ganzen guten Noten in der Schule nicht geholfen, oder? Mel, du musst zugeben, du bist ganz schön in Panik geraten.«

Es wurde still, ganz still, und dann hob er mit lauter Stimme an: »Wer von uns hat schon den Mut, seinen eigenen Weg zu gehen?«

Ich erinnerte mich an die Zeilen von Henry Paige.

»*Von klein auf wird unser Wille von Autoritäten, seien es die Eltern oder Lehrer, gebrochen. Wir werden gleichgemacht, das Individuelle wird uns ausgetrieben. Wir haben zu funktionieren und oft Lehrern zu gehorchen, denen es oft selbst an Wissen und Weisheit mangelt!*«, zitierte er auswendig. »Julian, sag selbst, fühlst du dich nicht genau so? Was macht dein Vater mit dir? Lässt dir von mir Mathe eintrichtern, weil er glaubt, du musst so werden wie er, oder nicht?«

Julian sah ihn schweigend an, mit zusammengekniffenen Augen.

Claas redete unbeeindruckt weiter. »Und so vergessen wir, wer wir eigentlich sind, welche Talente und Kräfte in uns schlummern!« Er kam mir vor wie ein Schauspieler auf einer Bühne in einem voll besetzten Theatersaal. Uns hatte er zu seinem Publikum erkoren und wir hatten gefälligst sitzen zu bleiben und zuzuhören.

»Und du, Tammy«, machte er weiter, »nur weil dich alle schön finden, denkst du, du musst Model werden?« Er stand nun dicht vor ihr und Tammy saß stocksteif auf ihrem Platz. »Weißt du überhaupt, wer du in Wirklichkeit bist?«, sprach er weiter. »Was da eigentlich ist, ganz tief in dir drin?« Er schlug sich auf sein Herz. »Da, ganz tief drin?«

Er strich Tammy leicht über die Wange. Und Tammy ließ es geschehen, saß einfach nur bewegungslos da und schluckte.

Und er machte weiter, lauter, leidenschaftlicher noch. »Denn wüssten wir dies«, verkündete er inbrünstig, »würden wir uns gegen die Herrschenden wenden, würden sie von ihrem Thron stoßen, auf den sie glauben, ein Anrecht zu besitzen.« Sein Blick wanderte zu mir und er grinste. »Genau, das ist für dich Mel. Dolmetscherin? Wie kamst du nur auf so eine bescheuerte Idee? Du kannst doch viel mehr, als das Geschwätz von einem Idioten für einen anderen Idioten in eine andere Sprache zu übertragen! Mach doch endlich die Augen auf! Du kannst die Welt bewegen, Mel! Du willst dich am liebsten immer hinter dem Geschwätz von anderen, dem bereits Gesagten verstecken – ja, das tust du nur zu gern. Für ein gutes Abi reicht das ja vielleicht, aber dann?!«

Warum tat er das? Warum musste er jeden so entblößen? Ich wollte Dolmetscherin werden, ja, aber weil ich in New York leben und interessante Leute kennenlernen, weil ich am Weltgeschehen teilhaben wollte, weil... weil ich mir nicht zutraute, das Weltgeschehen mitzubestimmen? War es wirklich so?

»Was gibt es Schlimmeres«, fuhr er fort, »als am Ende des Lebens auf all die ungelebten Träume und Visionen zurückzublicken, die wir in unserer Jugend vielleicht einmal hatten?«, sprach er mit Pathos weiter. Hatte so auch Henry Paige zu seinen Anhängern gesprochen?

»Mel, du kennst meine Eltern. Du kennst unsere mickrige Wohnung. Meinem Vater sieht man den Loser schon von zehn Kilometern Entfernung an. Was ist er? Ein schlecht bezahlter Bürokrat! Und wisst ihr, was er einmal werden wollte?«

Unter seinem intensiven Blick schüttelte ich mechanisch den Kopf.

»Ägyptologe!« Er verfiel in ein gellendes Lachen. »Er hätte am liebsten ein Museum geleitet oder irgendein Pharaonengeheimnis gelüftet! Aber Beamter ist er geworden, Aktenschieber. Ich sage euch daher: Erobern wir uns unsere Stärke wieder zurück, mit der wir einst geboren wurden! Leben wir nach unseren eigenen Gesetzen. Lassen wir uns nicht vorschreiben, wen wir lieben dürfen! Wer außer uns selbst weiß und fühlt, wen er wirklich liebt.« Sein Blick blieb an Tammy haften. »Wer außer uns selbst«, wiederholte er leise und suchte ihren Blick, »weiß, wen er wirklich liebt?«

Ich bekam eine Gänsehaut bei seinen letzten Worten. Wohin sollte das alles führen? Tammy reagierte nicht, starrte auf ihre Hände, sie war genauso sprachlos und schockiert wie Julian und ich. Warum sagen wir nicht einfach etwas, beenden diesen Wahn?

Claas hatte sich mittlerweile noch weiter in Rage geredet, sein Blick ließ Tammy nicht los. »Niemand«, tönte er, »niemand außer dem Ziel der Liebe selbst – hat das Recht, einem diese Liebe zu verbieten!«

Und jetzt? Würde er jetzt vor Tammy auf die Knie sinken und ein Liebesgeständnis erzwingen.

Ging es letzten Endes nur um das?

Es war totenstill, bis auf unser Atmen und das entfernte Tropfen eines Wasserhahns.

»Na ja«, setzte Claas wieder mit einem spöttischen Grinsen an. »Aber eigentlich waren es die folgenden vier Sätze von Henry Paige, die mich auf die Idee gebracht haben: Für nächsten Monat haben sich drei Freunde angesagt. Ich werde ihnen hier eine neue Welt eröffnen. Ich werde ihre Leben auf den Kopf stellen! Ich werde sie zu wahrem Sein erwecken!« Er lachte wieder. »Drei Freunde, das hat gepasst!«

Wir anderen schwiegen fassungslos, abwartend. Weil wir jetzt alles wissen wollten. Alles, warum er uns so betrogen hatte.

Claas streckte den Zeigefinger der Hand, mit der er das Glas hielt, in die Luft und deutete auf mich. »Du hast mich erst auf die Idee mit dem Typen vor dem Schuhgeschäft gebracht. Mann, Mel, ich hab mir daraufhin vier Tage lang den Arsch abgefroren! Und am Ende hättest du mich beinahe erwischt. Aber es hat sich gelohnt!«

Er lachte irre. »Und, Tammy, als ich dich an deine Modelkarriere erinnert hab und mit dem Knast anfing, ist dir ganz schön das Gesicht runtergefallen. Sorry!« Er drehte sich um und nahm weitere Gläser aus dem Schrank. »So, jetzt wisst ihr fast alles. Ich finde, wir sollten diese Sache zusammen feiern! Die Erlösung vor dem Bösen! Niemand hat uns erpresst, niemand hat geklopft, es gibt keine Tatwaffe! Und die Leiche liegt auch noch da, wo sie hingehört.« Dabei goss er reichlich Wodka in die Gläser.

»Ach ja, da fällt mir noch was ein«, seine Augen hinter

den Brillengläsern blitzten auf. Wir hätten ihn stoppen sollen, spätestens jetzt, aber wir fühlten uns wohl immer noch wie Zuschauer, gefangen im Bann eines diabolischen Schauspielers.

»Julian!«, rief Claas. »Du wolltest plötzlich keine Nachhilfestunden mehr von mir. Ich bin euch lästig geworden, was? Weil ich dich daran erinnere, was du getan hast! Und weil ich etwas über dich und Tammy weiß, was deine Eltern nicht wissen dürfen, stimmt's? Ich hab zugesehen, wie du immer blasser geworden bist. Hast auch ziemlich abgenommen. Wenn es noch ein bisschen länger gedauert hätte, hätte ich dir geraten, psychologischen Beistand zu suchen.« Er lachte ein jähes, lautes Lachen. »Und deine geliebte Schwester wollte sowieso nur wieder nach Amiland.« Er äffte Tammys Tonfall nach: »In L. A. ist alles viel *cooler* und Ben sieht so *cool* aus...« Er betrachtete sein Glas in der Hand. »Wisst ihr, ihr konntet mich nicht einfach so abservieren! Nur weil eure Eltern viel Kohle haben, ein Ferienhaus, dir einen Scheiß-BMW zum Geburtstag schenken! Glaubt das bloß nicht!« Er zeigte auf Tammy. »Und du, du glaubst, dass du mich einfach wie Luft behandeln kannst, ja? Ihr irrt euch beide gewaltig!« Seine Züge verhärteten sich.

»Und, Julian? Warum habt ihr mich nicht mehr zu Weihnachten eingeladen? Warum keine Nachhilfestunden mehr? Du hast mich fallen lassen! Wie hast du das deinem Vater gesagt?«

»Nichts! Ich hab nichts gesagt!«, schrie Julian.

»Ich war euch nicht mehr gut genug, oder?« Claas' Augen verengten sich.

»Ich wollte mit dir nichts mehr zu tun haben. Und du hast es einfach nicht geschnallt!« Julian sprang auf.

»Und außerdem hast *du* ihm den Dolch...«

»Ich? Und was habt ihr gemacht? Nichts, diskutiert habt ihr! Dabei hätten wir ihn retten können!«

»*Du* wolltest ihn nicht retten! Schon vergessen? Dich hat nur dein Scheiß-Oxford interessiert!« Endlich war unser Schweigen gebrochen, endlich bot einer von uns diesem Wahnsinnigen die Stirn.

»Ja! Ich will nach Oxford! Ich will mein Leben nicht wegen eines Psychopathen wegschmeißen!«

»Aber das Video mit der Höhle...«, fing ich vorsichtig an. Ich war noch völlig durcheinander. »Woher...

Claas lachte auf. »Komm schon, Mel, du Intelligenzbestie, denk noch mal scharf nach!«

Auf einmal war es mir klar. »Es war auf Patricks Handy.«

»Die Kandidatin hat volle Punktzahl! Wollen Sie die hundert Euro gleich ausbezahlt bekommen oder für die nächste Frage einsetzen?« Claas amüsierte sich sichtlich als Showmaster in diesem perfiden Spiel. Er war aufgestanden und sah auf uns herab.

»Okay, okay, ich hab euch nicht die Wahrheit gesagt, mit dem Akku«, räumte er dann ein. »Das Video war drauf.«

»Aber warum hast du das getan?« Meine Gedanken drehten sich im Kreis. Ich begriff nicht.

»Warum?«, äffte er mich nach. »Warum?« Er schüttelte den Kopf, als ob das die sinnloseste Frage wäre, die er seit Langem gehört hatte.

»Warum? Das hab ich euch gerade erklärt. Hast du es noch nicht kapiert? Ich wollte euch zur *Erkenntnis* bringen!« Sein Gesicht glühte und seine Augen glänzten wie im Fieberwahn. »Erkenntnis, Erleuchtung!«, rief er. »Du wolltest dich an uns rächen«, sagte Tammy eisig.

Übertrieben runzelte er die Stirn. *»Was* wollte ich?«

»Natürlich«, sagte Tammy, »weil du bei mir nicht landen konntest. Denkst du, ich hab nicht gemerkt, dass du wie ein Speichellecker um mich rumgekrochen bist? Hast du echt geglaubt, ich stehe auf solche Typen wie dich?«

Endlich war Claas sprachlos. Tammy hatte mit ihrer Bemerkung ins Schwarze getroffen.

»Du hast uns total abgefuckt!« Tammy spuckte die Worte Claas vor die Füße.

»Du hast uns erpresst.«

Claas lachte. »Tausend Euro! Das ist doch keine Summe für dich, Julian! So viel kostet doch gerade mal die Anlage in deinem schicken BMW!«

»Du dreckiges Schwein!«

»Ach komm, Julian, ein bisschen Sportlichkeit, ja?«

Julian baute sich vor ihm auf. »Sportlichkeit? Die kannst du haben, Claas.«

Wer von uns anfing? Es war Julian. Er machte einen Schritt auf Claas zu, riss ihn am Hemdkragen und schob ihn dann rückwärts hinaus auf die Terrasse. Tammy und ich folgten und kamen am Rand des Pools zum Stehen. Wir drei wie eine Mauer vor Claas, dessen Fersen bereits über die Kante ragten. Er wurde nur noch von Julians Griff gehalten.

Sekunden vergingen so. Julian bebte vor Zorn, während Claas sich nur weiter über ihn lustig machte. »Na los«, rief Claas herausfordernd, »mach schon! Du bist so feige! Du bist in deine Schwester verknallt, mehr noch, du willst sie ficken und du verleugnest es! Du erbärmlicher Wurm!«

»Halt die Schnauze, Claas!«, rief Tammy.

»Tammy, du bist niemandem würdig!«, rief Claas. »Du sollst dich an dir selbst sattsehen!«

Julian hob ihn ein Stückchen höher, wenn er ihn losließe, würde Claas ins Wasser fallen.

»Halt dein perverses Maul, Claas!«, knurrte er.

»Claas! Hör endlich auf!«, schrie ich. Julian knirschte mit den Zähnen und ich wusste, gleich würde er die Kontrolle verlieren.

Doch Claas lachte nur. »Ach, die strebsame Mel, immer so brav, denkst du an deine Noten und daran, immer das Richtige zu machen! Und an Julian, der sich einen Scheiß für dich interessiert! Melody Krimmel, du glaubst ja gar nicht, wie nichtssagend du bist! Eine kleine, langweilige Streberin!«

Ich glaube, ich war es, die ihm eine zweite Ohrfeige an diesem Abend gab. Ja, daran glaube ich mich zu erinnern, auch wenn Julian behauptete, er habe ihm einen Kinnhaken verpasst und zu Boden geworfen. Auf die Terrakottafliesen. Julian zog ihn am Hemdkragen hoch, um ihm noch eine zu verpassen, doch Claas riss sich los, rutschte auf den moosigen Fliesen aus, landete mit dem Kopf an der Pool-Kante und klatschte ins Wasser, in die algengrüne Brühe. Wir standen am Rand und wollten ihn strampeln und rudern sehen und fluchen hören.

Vielleicht hätten wir ihn dann rausgezogen und noch weiter auf ihn eingeprügelt, bis ihm sein blödes Grinsen endgültig vergangen wäre.

Manchmal stelle ich mir auch vor, wir wären alle ins Wasser gesprungen und hätten ihn so lange untergetaucht, dass er es wenigstens mit der Angst zu tun bekommen hätte.

Aber die Wahrheit war anders, wieder einmal. Wir sprangen nicht ins Wasser und er strampelte nicht und ruderte nicht und fluchte auch nicht.

Er trieb einfach im giftgrünen Wasser, mit dem Gesicht nach unten, als betrachte er das Delfinmosaik auf dem Boden.

Wie lange wir ihm dabei zusahen, wie lange es brauchte, bis einer begriff, was passiert war? Keine Ahnung. Jedenfalls war es Tammy, die zuerst reagierte und uns zuschrie, ihn rauszuziehen. »Mensch, dieser Idiot ertrinkt uns noch!«

Wir wateten über die Treppe ins Wasser und bekamen seinen Körper zu fassen.

Sein Körper fühlte sich merkwürdig an.

Hast du mal ein Tier einschläfern lassen und es im Arm gehalten, als der Tierarzt ihm die Spritze gab? Es wird plötzlich ganz schwer und schlaff. Genauso fühlte Claas sich an.

Ich hab gesagt, dass ich ehrlich bin, und deshalb sage ich jetzt: Das hat er jetzt davon. Immer wieder, noch heute, höre ich diese gemeinen Sätze von ihm und sein widerwärtiges Lachen und sehe, wie er Patrick den Dolch in die Schulter stößt.

Es dauerte eine Ewigkeit, so kam es mir vor, bis wir ihn herausgezogen hatten und auf die Fliesen vor dem Pool legten.

Wir warteten.

Darauf, dass er uns angrinste und etwas Gemeines sagte.

Aber er lag nur da, mit starren Augen und offenem Mund.

Ob man ihn jetzt noch hätte retten können?

Vielleicht, aber keiner von uns versuchte es.

31

Wir gingen ins Haus, setzten uns auf die Couch, sahen hinaus auf den Pool und auf Claas, der dort lag, und tranken Wodka.

Der Himmel war grau, hab ich das schon gesagt? Und um sechs war er richtig dunkelgrau. Es fing an zu regnen. Die Tropfen fielen aufs grüne Wasser, erzeugten unzählige Ringe, die ineinanderliefen. Die Tropfen fielen auf die Terrakottafliesen und zersprengten die Ameisenstraßen. Die Tropfen fielen auf das schon feuchte, modrige Laub, es würde noch feuchter und bald zu einer breiigen Masse werden. Und die Tropfen fielen auf Claas, auf seine nassen Jeans und den nassen Pullover, auf seine nassen Haare und sein blasses Gesicht. Wir hätten ihn wenigstens auf den Bauch legen sollen, dachte ich.

»Die Brille«, sagte Tammy auf einmal. Sie sagte es ganz ruhig, als hätte sie »Mathematik« gesagt. »Er hat die Brille im Pool verloren.«

Und ich höre mich noch, wie ich sagte: »Es war ein Unfall.«

Ob ich zu diesem Zeitpunkt bereute, was passiert war und dass wir nicht versucht hatten, ihn zu retten?
Ich könnte einfach Ja sagen, um dich zu beruhigen. Du wärst dann doch beruhigt, oder? Weil du dir dann vormachen könntest, ich wäre ein normales Mädchen, das mal kurz die Nerven verloren hat. So wäre es doch, oder?

Bevor Julian die Notrufnummer wählte, einigten wir uns auf eine Version, bei der wir unbedingt, unter allen Umständen, bleiben mussten.
»Wenn sie uns gegeneinander ausspielen wollen, machen wir nicht mit. Sie bluffen bloß«, schärfte ich Julian und Tammy ein. Eine halbe Stunde nach dem Anruf war der Rettungswagen da. Yannis und ein Kollege, nicht der von damals mit dem Bauerngesicht, ein anderer, langer, schlanker mit einem unfreundlichen Gesicht, kamen ebenfalls und nahmen uns mit hinunter zur Polizeistation nach Les Colonnes.
Jeder von uns wurde einzeln befragt, aber nicht in der engen Betonzelle, die ich nun schon so gut kenne. Nein, die kommt nur in meinen Träumen vor.

Wir hatten uns detailgenau eine gemeinsame Version zurechtgelegt: Wir feierten unsere Wiederkehr, tranken Wodka, viel zu viel, unvernünftig viel und gekifft haben wir auch noch, ja, *bien sûr,* es war natürlich ein Fehler, es ist schrecklich, so schrecklich, *mais oui!* Claas wollte unbedingt in der grünen Brühe schwimmen. Na, ja, es war ein Spiel, aber sicher wollten wir es ihm ausreden, *vraiment!* Aber Sie wissen doch, wir hatten einfach zu viel Alkohol intus, *n'est ce pas?* Und offen gesagt, bekamen wir gar nicht so richtig mit, dass Claas wirklich schwimmen gegangen ist, wohl ausrutschte und in den Pool fiel.

Jaja, und erst als er so lange nicht kam, fiel es uns auf, *Monsieur le Commissaire.* Tammy ging zum Becken und sah ihn und dann schrie sie und sprang ins Wasser. So geistesgegenwärtig war sie, *mais oui!*

Julian und ich kamen nach.

Dann haben wir ihn aus dem Wasser gezogen und versucht, ihn wiederzubeleben. Aber er fing nicht mehr an zu atmen. *Il était mort!*

Der Arzt stellte als Todesursache Herzstillstand fest.

Protokolle wurden angefertigt, Claas' Eltern verständigt.

Wir wollten weg, natürlich, so schnell wie möglich, aber die Polizei bat uns, noch zu bleiben, bis Claas' Eltern da wären.

Und daher mussten wir doch eine Nacht in der Villa verbringen.

Die Minuten vergingen zäh, wurden zu Stunden und dann zu einer Ewigkeit. Keiner von uns konnte in einem der Zimmer vom letzten Sommer schlafen und so blieben wir im Wohnzimmer. Die beiden legten sich auf die Couch, Julian legte nur die Beine hoch, Tammy bettete ihren Kopf auf seinen Schoß und ich schob mir zwei Sessel zusammen. Zuerst ließen wir die Hirschgeweihlampe über dem Esstisch brennen. Aber irgendwann stand Julian auf und schaltete sie aus. Wir starrten in die Dunkelheit.

Kennst du das? Eigentlich ist es zu dunkel, um etwas zu sehen, aber es erscheint dennoch ganz deutlich vor euren Augen?

Die Geister kamen. Erst Patrick in seinem Kapuzenmantel. Mit erhobenem Schwert kam er auf mich zu, näherte sich Schritt für Schritt, ganz langsam, als wüsste er, dass ich nicht wegrennen kann. Und ich, ich starrte ihn an und begann zu zittern und zu flehen, er möge mich verschonen, ich habe es nicht tun wollen, es sei passiert, es sei einfach passiert – bitte, bitte nicht –, und als er das Schwert noch höher hob, schrie ich, aber da ließ er es schon auf mich niedergehen.

Julian schreckte hoch. Tammy machte wieder Licht. Und ich zitterte am ganzen Körper und suchte nach Claas, wollte nicht wahrhaben, dass er wirklich nicht mehr da war.

Ich fing an zu heulen, zu schluchzen, zu zittern.

Tammy verlor auch die Nerven, fing an zu schreien und zu heulen, bis Julian uns beide anbrüllte, was uns so erschreckte, dass wir tatsächlich aufhörten.

Schließlich krochen Tammy und ich zu Julian, wir drückten uns an ihn und er hielt uns fest – oder hielt sich wahrscheinlich auch an uns fest. Eine Weile tat das gut, sich nicht so allein zu fühlen, den Herzschlag, die Körperwärme der anderen zu spüren, ich schloss sogar mal die Augen. Aber immer heftiger drangen aus meinem Innern die immer selben Worte an die Oberfläche, bis ich sie nicht mehr zurückhalten konnte: »Wir sind Mörder«, schrie ich, »wir sind Mörder!«

Tammy stürzte sich auf mich wie ein wildes Tier, warf mich zu Boden, sie war viel stärker als ich, sie schüttelte mich und schrie immer wieder: »Halt die Klappe! Halt die Klappe, sag das nie wieder!«

Doch ich brüllte weiter: »Wir sind Mörder! Wir sind Mörder!«, bis Julian uns voneinander losriss.

Danach versank ich in eine Art Dämmerzustand. Irgendwann in der Nacht sehnte ich den Tag und das Ende der Dunkelheit herbei, als könnte ein neuer Sonnenaufgang auch ein neues Leben schenken.

Um halb acht, es war noch nicht mal richtig hell, stand die Polizei mit Claas' Eltern vor der Haustür. Sie waren die Nacht über durchgefahren und sahen furchtbar aus. Genauso wie wir.

Irgendwie hatte ich die Version, die wir der Polizei erzählt hatten, so verinnerlicht, dass ich auf einmal selbst an unsere erfundene Wahrheit glaubte. Es war ein ganz normaler Unfall gewesen. Ehrlich schluchzend fiel ich der Mutter von Claas um den Hals – und wimmerte, dass es so schrecklich war, dass wir einfach zu viel getrunken hätten...

Claas Mutter fing auch an zu weinen und hielt mich zuerst fest, aber dann schob sie mich von sich. Ich konnte es in ihrem Gesicht lesen: Warum bist du nicht gestorben oder du oder du?

Claas' Vater verhielt sich so, wie wohl auch mein Vater reagiert hätte. Er zeigte keine Gefühle, nickte uns zu und wollte dann den Pool sehen und ließ sich noch mal alles von uns berichten. Tammy entzog sich. Kauerte sich auf die Couch, während Julian und ich Claas' Vater Rede und Antwort standen. Erstaunlich, wie überzeugend wir die Version rüberbrachten. Wir wollten sie auch zu unserer Wahrheit machen.

Weitere Details erspare ich dir. Wir drei fuhren in Julians BMW nach Hause, während Claas' Eltern noch Formalitäten erledigten.

Meine Eltern, die wir genauso wie die Wagners von der Polizeistation aus angerufen hatten, nahmen mich zu Hause schweigend in die Arme – und machten mir dann erst Vorwürfe.

Die Beerdigung war schrecklich.

Sie fand in München auf dem Waldfriedhof statt und neben der Familie kamen noch Verwandte, Bekannte und Freunde von Claas' Eltern und natürlich kam auch die halbe Oberstufe. Die Lehrer hatten schon dafür gesorgt, dass breitgetreten wurde, wie es passiert war: Alkohol und Haschisch! Da seht ihr, wohin das führt!

Wie unsere Lehrer wohl reagiert hätten, wenn ich ihnen ins Wort gefallen wäre und geschrien hätte: »*Wir haben ihn umgebracht! Nicht der Wodka! Und wir haben noch einen Mord begangen! Wir! Nicht der Absinth!*«

Tammy, Julian und ich haben einen Kranz gekauft und auf die Schleife schreiben lassen: *Du hast die Grenzen hinter dir gelassen.*

Wir fanden es passend, war es doch an Henry Paige angelehnt und drückte aus, was er getan hatte – mit Patrick – und mit uns. Aber das wusste natürlich niemand der Anwesenden. Sie sahen darin wahrscheinlich nur einen tröstlichen Spruch.

Wir kamen davon. Mit zwei Morden. Denn auch Claas' Tod war letztlich nichts anderes.
Keiner von uns musste ins Gefängnis.
Wir waren frei, oder?

Die Beerdigung ist jetzt vier Monate her.
Ich hab gehofft, die Lüge würde die Wahrheit auslöschen. Aber ich hab mich geirrt.
Ich hab mein Abi gemacht, mit 1,5 anstatt mit 1,0.
Julian raucht und trinkt bis zur Besinnungslosigkeit, hab ich gehört, er nennt es Feiern. Zuerst fing er an den Wochenenden damit an, inzwischen aber nutzt er jede Gelegenheit. Tammy wiegt nur noch 48 Kilo. Sie verlässt wahrscheinlich die Schule. Sie geht auf keine Partys mehr und interessiert sich für nichts.

Die Toten verfolgen mich. Ihre Gesichter, ihre Schreie, Claas' spöttischer Gesichtsausdruck – die leeren Augen.
Ich bin nicht tot, ich bin in der Hölle. Und das ist noch schlimmer.
Dann hab ich auch noch eine Karte gezogen.
Die hier. Die Sieben Kelche. Die Verderbnis.

Das, was eben noch Quelle von Lust und Lebensfreude war, hat jetzt seinen Glanz verloren. Die Blüten lassen ihre Köpfe hängen. Die Gefühle sind wieder aus dem Gleichge-

wicht geraten und zeigen an, dass eine tiefe Enttäuschung noch nicht überwunden ist.

Du hast versucht, die alten Wunden zu verdecken; doch es hat nichts genutzt.

Nach jedem Rausch wird das Problem nur noch deutlicher.

Hinweis: Es ist Zeit, die Augen zu öffnen und sich der – vielleicht schmerzhaften – Realität zu stellen.

Ja, und das tu ich jetzt.

Danke fürs Zuhören.

Schade, eigentlich. Ich hatte so viele Träume. Gute Träume meine ich.

Sie nimmt die Handvoll Tabletten und betrachtet sie. Sie steht von dem Stuhl auf und legt sich auf das hinter ihr stehende Bett mit einer roten Tagesdecke. Die Kamera schaltet sich ab.

Nachtrag

Das Video wurde auf YouTube innerhalb weniger Stunden über neunhundert Mal angesehen.

Die meisten glaubten, das sei eine clevere, ziemlich gut erzählte Story, und mailten sie ihren Freunden. Einige wollten grundsätzlich nichts mit der Polizei zu tun haben und beruhigten sich damit, dass andere das für sie erledigen würden.

Das tat dann auch wirklich einer.

Ein Anrufer meldete der Polizei einen möglichen Selbstmordversuch von Melody Krimmel, Feinkost-Krimmel in München.

Als die Polizei in ihr Zimmer eindrang, saß Melody auf ihrem Bett.

Sie sagte, sie habe es einfach nicht fertiggebracht.

Melody Krimmel, Tammy und Julian Wagner werden nächsten Monat vor Gericht gestellt.

Das Böse hat seine guten Seiten – Die Arena X-Thriller

Susanne Mischke

Röslein stach

Toni ist einfach nur froh, von zu Hause auszuziehen. Endlich in den eigenen vier Wänden! Ralph, ihrem kontrollsüchtigen Stiefvater, ist sie ein für alle Mal entkommen. Doch die alte Villa, die sie mit drei Mitbewohnern teilt, birgt ein abscheuliches Geheimnis: Vor zwanzig Jahren wurde ein Mädchen auf brutale Weise darin ermordet. Und der verurteilte Täter ist seit Kurzem wieder auf freiem Fuß.

Arena

384 Seiten • Klappenbroschur
ISBN 978-3-401-06679-0
www.arena-thriller.de

Das Böse hat seine guten Seiten – Die Arena X-Thriller

Beatrix Gurian

Dann fressen sie die Raben

Nach dem vermeintlichen Selbstmord ihrer Schwester fühlt sich Ruby permanent beobachtet und verfolgt. Jemand steckt ihr das Foto eines toten schwarzen Jungen zu. Warum und was hat das mit den rätselhaften Andeutungen ihrer Schwester zu tun, die um ihr Leben kämpft? Die Polizei hält alles nur für einen schlechten fremdenfeindlichen Scherz. Doch dann steht Ruby plötzlich ihrem Verfolger gegenüber.

384 Seiten • Klappenbroschur
ISBN 978-3-401-06683-7
www.arena-verlag.de